COURS

DE

LITTÉRATURE CELTIQUE

PAR

H. D'ARBOIS DE JUBAINVILLE

MEMBRE DE L'INSTITUT

ET PAR

J. LOTH

DOYEN DE LA FACULTÉ DES LETTRES DE L'UNIVERSITÉ DE RENNES

CORRESPONDANT DE L'INSTITUT

TOME XI

LA MÉTRIQUE GALLOISE

Par J. LOTH

TOME II (2ᵉ PARTIE)

PARIS

ANCIENNE LIBRAIRIE THORIN ET FILS

ALBERT FONTEMOING, ÉDITEUR

LIBRAIRE DES ÉCOLES FRANÇAISES D'ATHÈNES ET DE ROME

DU COLLÈGE DE FRANCE ET DE L'ÉCOLE NORMALE SUPÉRIEURE

4, Rue Le Goff, 4

Librairie A. FONTEMOING, 4, rue Le Goff, Paris.

VIENNENT DE PARAITRE :

MARC-AURÈLE
PENSÉES
TRADUCTION NOUVELLE
Par G. MICHAUT

Ancien élève de l'Ecole normale supérieure, Professeur à l'Université de Fribourg (Suisse)

DEUXIÈME ÉDITION

Un volume in-16 écu. . . . . **3 fr. 50**

SERVICE DES MONUMENTS HISTORIQUES DE L'ALGÉRIE

LES
MONUMENTS ANTIQUES DE L'ALGÉRIE
Par Stéphane GSELL

Professeur à l'Ecole supérieure des lettres et Directeur du Musée d'Alger

Ouvrage publié sous les auspices du Gouvernement général de l'Algérie.

Deux forts volumes du format in-8° raisin, contenant 106 planches hors texte et 174 illustrations dans le texte. Prix. . . . 40 fr.

Chaque volume se vend séparément. . . . . **20 fr.**

Cet ouvrage est complet en deux volumes

LA
CONSPIRATION DE CINQ-MARS
D'APRÈS DES DOCUMENTS INÉDITS
(1642)
Par LOUIS D'HAUCOUR

Sous-chef de bureau du Ministère de la Marine, en retraite, Chevalier de la Légion d'honneur

Un beau volume in-16 cartonné. . . . . . . **1 fr. 50**

CLERMONTOIS ET BEAUVAISIS
NOTES D'HISTOIRE ET DE LITTÉRATURE LOCALES
Par A. PINVERT

Avocat à la Cour d'appel

Un beau volume grand in-8°. . . . . **6 fr.**

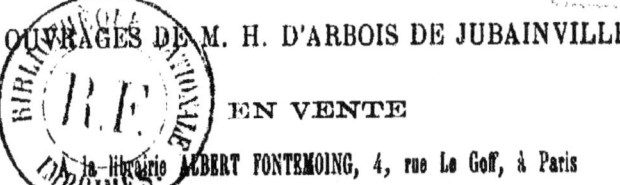

OUVRAGES DE M. H. D'ARBOIS DE JUBAINVILLE

EN VENTE

à la librairie ALBERT FONTEMOING, 4, rue Le Goff, à Paris

COURS DE LITTÉRATURE CELTIQUE. Tome I-XII. In-8°.

Chaque volume se vend séparément : 8 fr.

Tome I : Introduction à l'étude de la littérature celtique. 1883. 1 vol.

— II : Le cycle mythologique irlandais et la mythologie celtique. 1884. 1 vol.

— III, IV : Les Mabinogion (contes gallois), traduits en entier, pour la première fois, en français, avec un commentaire explicatif et des notes critiques, par J. Loth, professeur à la Faculté des lettres de Rennes. 1889. 2 vol.

  Ouvrage couronné par l'Académie française (prix Langlois).

— V : L'Épopée celtique en Irlande, avec la collaboration de MM. Georges Dottin, maître de conférences à la Faculté des lettres de Dijon ; Maurice Grammont, agrégé de l'Université ; Louis Duvau, maître de conférences à l'Ecole des Hautes-Etudes ; Ferdinand Loth, ancien élève de l'Ecole des Chartes. 1892. T. Ier, 1 vol.

— VI : La civilisation des Celtes et celle de l'épopée homérique. 1 vol.

— VII, VIII : Etudes sur le droit celtique. 2 vol.

— IX, X, XI : La Métrique galloise, depuis les plus anciens textes jusqu'à nos jours, par J. Loth, doyen de la Faculté des lettres de l'Université de Rennes, correspondant de l'Institut. 1900-1902. 3 vol.

— XII : Principaux auteurs de l'antiquité à consulter sur l'histoire des Celtes. 1902. 1 vol.

LES PREMIERS HABITANTS DE L'EUROPE, d'après les écrivains de l'antiquité et les travaux des linguistes. *Seconde édition,* corrigée et considérablement augmentée par l'auteur, avec la collaboration de M. G. Dottin, secrétaire de la rédaction de la *Revue celtique.* 2 vol. grand in-8° raisin.

Tome I : 1° Peuples étrangers à la race indo-européenne (habitants des cavernes, Ibères, Pélasges, Etrusques, Phéniciens) ; — 2° Indo-Européens. (Scythes, Thraces, Illyriens, Ligures.) 1889. 1 vol.   10 »

— II : Les Hellènes, les Italiotes, les Gaulois. 1892. 1 vol.   12 »

ESSAI D'UN CATALOGUE DE LA LITTÉRATURE ÉPIQUE DE L'IRLANDE, précédé d'une étude sur les manuscrits en langue irlandaise conservés dans les Iles Britanniques et sur le continent. 1883. 1 vol. in-8°.   12 »

RECHERCHES SUR L'ORIGINE DE LA PROPRIÉTÉ FONCIÈRE et des noms de lieux habités en France (période celtique et période romaine). Avec la collaboration de M. G. Dottin. 1891. 1 fort. vol. gr. in-8° raisin, avec Tables. 16 »

HISTOIRE DES DUCS ET DES COMTES DE CHAMPAGNE, avec la collaboration de M. L. Pigeotte. 1859-1869. 6 tomes en 7 volumes in-8°. (*Epuisé.*) 70 »

CATALOGUE D'ACTES DES COMTES DE BRIENNE (950-1350). 1872. Gr. in-8°, 48 pages.   3 50

INVENTAIRE SOMMAIRE DES ARCHIVES COMMUNALES ANTÉRIEURES A 1790.
VILLE DE BAR-SUR-SEINE. Grand in-4°.   5 »

I

COURS DE

LITTÉRATURE CELTIQUE

XI

OUVRAGES DE M. J. LOTH

VOCABULAIRE VIEUX-BRETON, avec commentaire, contenant toutes les gloses en vieux-breton, gallois, cornique, armoricain, connues. Paris, Wieweg, 1884.

L'ÉMIGRATION BRETONNE EN ARMORIQUE DU V° AU VII° SIÈCLE DE NOTRE ÈRE. Paris, Picard, 1884. (*Epuisé.*)

LES MABINOGION, suivis en appendice d'une traduction et d'un commentaire des triades historiques et légendaires des Gallois. Paris, Thorin, 1889. 2 vol. (Tomes III et IV du Cours de littérature celtique.)

LA MÉTRIQUE GALLOISE. T. I, t. II, première partie (tomes IX et X du Cours de littérature celtique). Paris, Fontemoing.

CHRESTOMATHIE BRETONNE (armoricain, gallois, cornique). Première partie : Breton-armoricain. Paris, Bouillon, 1889.

LES MOTS LATINS DANS LES LANGUES BRITTONIQUES. Phonétique et commentaire, avec une introduction sur la romanisation de l'île de Bretagne. Paris, Bouillon, 1892.

TOULOUSE. — IMP. A. CHAUVIN ET FILS, RUE DES SALENQUES, 28.

COURS

DE

LITTÉRATURE CELTIQUE

PAR

H. D'ARBOIS DE JUBAINVILLE

MEMBRE DE L'INSTITUT

ET PAR

J. LOTH

DOYEN DE LA FACULTÉ DES LETTRES DE L'UNIVERSITÉ DE RENNES
CORRESPONDANT DE L'INSTITUT

TOME XI

PARIS

ANCIENNE LIBRAIRIE THORIN ET FILS

ALBERT FONTEMOING, ÉDITEUR

LIBRAIRE DES ÉCOLES FRANÇAISES D'ATHÈNES ET DE ROME
DU COLLÈGE DE FRANCE ET DE L'ÉCOLE NORMALE SUPÉRIEURE

4, Rue Le Goff, 4

1902

INTRODUCTION AU LIVRE NOIR DE CARMARTHEN
ET AUX VIEUX POÈMES GALLOIS

LA

MÉTRIQUE GALLOISE

DEPUIS

LES PLUS ANCIENS TEXTES JUSQU'A NOS JOURS

PAR

J. LOTH

DOYEN DE LA FACULTÉ DES LETTRES DE L'UNIVERSITÉ DE RENNES
CORRESPONDANT DE L'INSTITUT

TOME SECOND
LA MÉTRIQUE GALLOISE DU IXe A LA FIN DU XIVe SIÈCLE

DEUXIÈME PARTIE

CYNGHANEDD CONSONNANTIQUE; RYTHME;
MÉTRIQUE BRETONNE-ARMORICAINE, CORNIQUE, IRLANDAISE;
ORIGINES ET TRAITS CARACTÉRISTIQUES DE LA MÉTRIQUE CELTIQUE

PARIS

ANCIENNE LIBRAIRIE THORIN ET FILS

ALBERT FONTEMOING, ÉDITEUR

LIBRAIRE DES ÉCOLES FRANÇAISES D'ATHÈNES ET DE ROME
DU COLLÈGE DE FRANCE ET DE L'ÉCOLE NORMALE SUPÉRIEURE

4, Rue Le Goff, 4

1902

LA

MÉTRIQUE GALLOISE

LES PLUS ANCIENS TEXTES JUSQU'AU XVᵉ SIÈCLE

LIVRE II (*Suite*).

CHAPITRE III.

LA CYNGHANEDD PAR ALLITÉRATION.

§ 1ᵉʳ. — *L'équivalence des consonnes au point de vue de l'allitération.*

Du milieu du douzième au quatorzième siècle, les lois sont à peu près celles que nous avons trouvées en vigueur aux quinzième-seizième siècles. Il n'y a à allitérer entre elles que les consonnes de même ordre, de même organe. L'équivalence paraît admise entre les sourdes et sonores

de même organe, à la fin des mots (voir tome I,
p. 26-30, 50), et même parfois à l'intérieur. Les spirantes sourdes et sonores restent séparées. Assez
fréquemment, *rh* et *r*, *ll* et *l* (1), *m* et *mh* allitèrent entre eux. On peut relever, du douzième au
quatorzième siècle inclusivement, deux différences
notables.

D'abord, la sourde initiale peut allitérer avec la
sonore de même ordre, notamment en cas de mutation syntactique.

Myv. Arch. :

P. 158, 2. Am a rygaraf tremyn **karwy**
    140, 1. Ac yn dra **drymhaf trengi** metwawd.
    194, 1. A phobloedd **Kymry** a **gymmer** attaw.
    143, 1. Ac ys imi (2) **dystion** a'm **testyn** ganthud.
    191, 1. Na didawl i **barch** can nid **perthyn**.
    178, 1. Cann dreic **Prydein** a **brydir**.
    182, 1. O gatwent **pressent** y **bryssya**.
    190, 1. Neud eu **porth** a **barthwyd** attaf.

L'explosive sourde allitère aussi parfois avec la
spirante sourde de même organe, en cas de
mutation.

(1) *Myv. Arch.* :

P. 240, 2.   Om **rhodudd** | **rwyg** ufeliar.
    140, 2.   Yr arynaic **lew** | **llaw** diferiawc.
    175, 1.   Guir **Cymry cymhellassant**.

(2) Prononcez *i'm*.

Myv. Arch. :

P. 160, 2. A eirchyeid **Prydein** a **phrydyddion**.

En cas de composition syntactique, la dentale ou labiale assimilée par un *n* précédant, devait encore se faire sentir au douzième siècle. On la trouve annihilée au profit de la nasale :

P. 157, 2. Eurglet y**muchet** (1) **Mochnant**.
  193, 2. **Vyn Duw vyn** neirthyat vad rad rannu.

Prononcez vy**n** N**u**w.

Mais on la trouve aussi allitérant avec une explosive :

P. 147, 1. Yn **dragywyd** ann**hranghedig** (pour *an* + *tranghedig*).
  180, 2. Yn dyndit ym**pryt** ym**ru** pan aeth (2).
  141, 2. Ergrynnai fy **mhwyll** o **bell** gerted (pour fy mpwyll).

Une autre différence importante avec la métrique des quinzième-seizième siècles : c'est que jusqu'au quatorzième, si deux consonnes commencent un mot, il suffit que la première allitère.

---

(1) Pour *ym buchedd*.
(2) Il est possible qu'il faille écrire *ymhryt*, mais plus probable que dans *ymru* l'explosive se faisait sentir (*ym bru*).

Myv. Arch. :

P. 140, 2.   Cadeu didudyd cietyf durawt.
149-150, 1. Hwrd gleisiau feidiad flaid cyfwyrain.
158, 1.   Nyd yr keisiaw tal tros a ganwyf.

Parfois même la seconde consonne seule allitère :

P. 141, 1.   Bum o du gwledig yn lleithiawc.

Au douzième siècle, la mutation de *wo-*, *ww*
initiale s'écrit souvent *o*, *w* ; or ces initiales allitèrent avec *w* consonne suivie de voyelle. Le
vers suivant de Meilir n'a pas d'allitération appa-
rente.

Myv. Arch. :

P. 141. 1.   Yn i fu weryd i obennyd.

Il faut rétablir :

Yn i fu weryd i.wobennyd.

P. 144, 1. Dymhunis ton wyrd wrth Aberffraw.
168, 2. Yn mywyd Riryd wryd wognaw (1).
176, 2. Ar wyr wawr wrach no neb.
150, 1. Nyd oedyn Wynedd wryd fychein.

(1) Souvent écrit *ognaw* (*gognaw*).

W allitère avec *gw-* :

P. 140, 2. Pan fai gyfluyt o **wyr gwychawc**.
   166, 2. Gwr **gwledig** ar **wladoet**.

Dans les vieux poèmes, les lois sont moins rigoureuses. Ce sont naturellement, en principe, celles que nous avons exposées plus haut pour les consonnes qui suivent la voyelle rimante. Il est cependant rare de trouver, en dehors de la syllabe rimante, une sourde allitérant avec une sourde d'organe différent. Je ne l'ai pas constaté d'une façon sûre à l'initiale (1).

Les sourdes allitèrent avec les sonores plus fréquemment qu'au douzième siècle.

Livre de Taliesin :

P. 125, 1. Pan vyd kechmyn Danet | an teyrned.
   162, 17. **Kychwedyt** am dodyw o **Galchvynyd.**
   164, 30. Y dillwg **Elphin** o **alltuted.**
   170, 10. Advwyn gaer yssyd | ar lan lliant.
   182, 9.   Ny obrynaf y lawyr | llaes eu kylchwy.
   200, 25. Ergrynawr **Cunedaf creisseryd.**
   211, 20. Arth a llew derllys | oleu bylleu.

(1) Dans ce vers du *Livre Noir*, 56, 17 :

            Om **parth** guertheisse **march** irod,

-rch est l'équivalent de *-rth*, mais c'est à la finale.

Livre d'Aneurin :

P. 75, 23. En Lloegyr **drychyon** rao **trychant** unben.
    100, 6. Ervessit gwin gwydyr lestri llawn.
    75, 24. A dalwy mwng **bleid** — heb **prenn.**

Livre Noir :

P. 20, 22 et 29. A ttif ydan **gel** yg coet. **Keliton.**
    28, 12. Kyn duguitei **awir** y lavr a **llyr** Enlli.
    36, 9.   Ny thebic **drud** y **treghi** (1).
    37, 6.   **Bresswil** in **prissur** pop pilgeint.

Livre Rouge :

P. 294, 2. Mochdaw mynych dorr | o'r **twrneimant.**

Livre Noir :

P. 28, 24. Gvir ny **lesseint** in **lledrad** (2).

   (1) Peut-être ici *y dreghi;* plus bas, 36, 12 :

         Gormot o cam syberwid ;
lisez o **gam.**
   (2) Il y a à se méfier de l'écriture :
   Livre Noir, 38, 2 :

         Guir daur kymynint a dur
est probablemen*t* pour :

         Guir deur **gymyniut** a dur.
P. 2, 20.   Ym **Bangor** | ar paul co**r**ed (ar baul).
   47, 21.   Ottid eiry gui**n** y cnes.

Prononcez y **gnes**

L'explosive allitère avec la spirante de même organe, plus souvent qu'au douzième siècle (1).

Livre de Taliesin :

P. 118, 13. A thal bual wrth **tal** meducith.
  124, 3. A **chymot Kymry** a gwyr Dulyn.
  178, 2. Ac ynyssed **Pleth** a **Phleth**eppa.
  181, 10. Trwy cbostol **Pwyl** a **Ph**ryderi.
  189, 22. A **Cheneu** vab **Coel** | bydei **kymwyawc.**
  190, 12. Gnissynt **kat** lafnawr a **chat** vereu,
  198, 19. Kyfranc **Corroi** a **chocholyn.**
  211, 7. A **thriganed kyrn** a **gwerin trygar.**
  212, 10. Pebyllyawnt ar **Tren** a **Tharanhon.**

Livre d'Aneurin :

P. 87, 11. **Carasswn** neu **chablwys** ar llain.
  73, 11. A **phrit** er **prynu breithyell** Gatraeth.
    15. A llurugeu **claer** | a **chledyvawr.**
  79, 5. Tynoeu **dra thrumein drum** essyt.
  86, 1. Dyfforthes **cat** veirch a **chat** seirch.
  86, 29. A phenn Dyvynwal **vreych** | **brein** ae cnoynt.

Livre Noir :

P. 35, 29.   Ew **keiff** new a **chirreiweint.**
  11, 23.   Dy**chricha croen** di visset.

En cas de nasalisation, on constate la même hésitation qu'au douzième siècle.

(1) **Peut-être** ici faut-il faire porter l'allitération sur wr*th* *t*al.

Livre Noir :

P. 10, 16.   Moli Duu | in nechreu | a diwet.

Il faut rétablir :

Moli Duu | in dechreu | a diwet.

P. 46, 3.   Duv y env in nufin im pop ieith.

L'allitération n'existe que si on écrit :

Duv y env in dufin im pop ieith.

P. 37, 6.   Bressuil, in prissur pop pilgeint.

En revanche, l'assimilation est nécessaire dans :

Livre d'Aneurin :

P. 83, 29.   Moch dwyreawc ymore.

Dans le groupe nasale-gutturale, la gutturale conserve sa valeur.

Livre d'Aneurin :

P. 72, 11.   Ys deupo kynnwys yg kyman.

L et *r*, dans un groupe de consonnes, allitèrent.

Livre d'Aneurin :

P. 75, 24.   A dalwy mwng bleid heb prenn.
   85, 31.   Gwr frwythlawn flamdur rac esgar.

Nous avons vu (tome I, p. 28), que *th* provenant de *th* + *d* initial allitère avec *th* simple. Le
Livre Noir en présente un exemple :

A segi athraed ym plith prit a **th**ydwet.

A *thraed* est pour *a'th draed*.

En revanche, dans le même livre, la dentale
semble devoir allitérer dans ce groupe.

Livre Noir :

P. 56, 15.   Fechid diristan o thiwod.

Il est possible qu'il faille rétablir :

Fechid diristan o'**th** diwod.

M et *v* (*f* moderne) paraissent allitérer dans :

Livre Noir :

P. 37, 24.   Rac Gereint vaur **m**ab y tad.
   59, 27.   Finaun **w**enestir **m**or terruin (1).

(*wenestr* = *menestr*).

_____

(1) Il est possible que ce soit un souvenir de l'époque où les
mutations syntactiques n'étaient pas écrites.

Ch et *h*, *chw* et *w* allitèrent dans :

Livre de Taliesin :

P. 115, 19. Tyrvi aches ehofyn ygrad.
   129, 4. Atchwelynt Wydyl ar eu hennyd.

Il faut, pour l'allitération, rétablir, le cas
échéant, *gwo-* pour *go; wo-*, *ww-* pour *o-*, *w-*
(*w-* allitère avec *gw*) (1).

Livre Noir :

P. 10, 17. Ae kyniw ny welli ni omet (womet).
   16, 3.   A gueleiste gureic a mab genti.
             (A weleiste wwreic a mab genti).

Livre de Taliesin :

P. 211, 9. Brein ac eryron gollychant wyar (gwollychant).

Livre d'Aneurin :

P. 90, 10. Gochanwn gochenyn wyth geith (Gwochanwn).
   100, 4. Yn dyd gwyth nyt ef weith gocheli (gwocheli).

(1) *Livre de Taliesin*, p. 200, 3 :
       Mal ucheneit gwynt wrth onwyd.

Livre Rouge :

P, 308, 13.   Bid wastat gwreic ny erchis.

H n'empêche pas l'allitération de la voyelle qui le suit.

Livre d'Aneurin :

P. 90, 11.   Pan elei dy dat ty (1) e belya.

Livre Noir :

P. 37, 1.   Y Duv y barchaw arch hewid.

L'allitération d'une seule consonne, dans un groupe de consonnes initiales, paraît plus fréquente même que dans la deuxième moitié du douzième siècle.

Livre de Taliesin :

P. 151, 2.   Eryri vre varnhawt.
   162, 29. Pan gyrchassam ni (2) trwydet ar tir Gwydno.
   163, 1.   Gogyfarch Vabon o arall vro.
   168, 21. Advwyn gaer yssyd ar glawr gweilgi.
   168, 27. Ac am bwyf o Dews dros vygwedi.
   193, 9.   Un yw bleid banadlawc anchwant.

Pour d'autres faits d'allitération dans les Vieux Livres, voir plus bas, § 4.

(1) *Ty* ne compte pas.
(2) *Ni* ne compte pas.

§ 2. — *Remarques sur la coupe des syllabes au
point de vue de l'allitération.*

A ne considérer que l'allitération, voici d'après
quelles lois paraît se faire la division des syllabes :

I. — En dehors de la composition, même par
préfixes, si la voyelle n'est suivie que d'une consonne ou d'une consonne double, la consonne, de
quelque nature qu'elle soit, explosive, spirante ou
liquide, se rattache, dans le mot, à la voyelle qui
la précède.

Nous avons vu que, dans la *cynghanedd lusg*,
la consonne qui suit la voyelle rimante lui est
rattachée et séparée de la voyelle qui la suit :

Myv. Arch. :

P. 218, 2. A ddaroganer a gymmery.

Livre d'Aneurin :

P. 90, 27. Noc ef, nac yngcat a vei wastadach.

Livre de Taliesin :

P. 202, 10. Kaswallawn a Llud a chestudyn.

Il y a, parmi les variétés d'allitération, un genre

qui fait allitérer deux syllabes initiales ou une syllabe initiale et un monosyllabe. On a les mêmes résultats.

Myv. Arch. :

P. 260, 1.   Eurvro *gad*w *gad*arn dinac.

Livre Noir :

P. 13, 2.   Yssi *un* a thri *un*ed *un* ynni.

Livre Rouge :

P. 293, 18. Ac *all*myn heb *all*ell kyrcheu.

Myv. Arch. :

P. 161, 2.   Gwesti *ked* | *ked*ernyd vwyvwy.

Livre d'Aneurin :

P. 63, 21.   Rac ergyt *cat*vannan *cat*wyt.
  100, 7.   Ac yn dyd *cam*awn | *camp* a wneei.

Myv. Arch. :

P. 143, 1.   Gwalchmai ym *gel*wir *gal* Edwin ac Eingl.
  150, 2.   Teyrned ai *gwyl* a *gwel*hator.
  151, 2.   Dyfnais rod o'i *fod* oi *fed*iant.
  153, 1.   Gwladoed pair *cad*air *cad*faon.
      2.   O gadau *rif*edau *rif* ser.

157, 1. Pedrydawc *ptoyllawc pwyll* goteith.
         Pell y *glod* o *glud*aw anreith.
158, 2. Gorne gwawr *vore* ar *vor* diffeith.
159, 1. Anwar vy *lluch*var onym *lloch*ir.
         Digrifwch *dragon dreig* Yorwerthyawn.
160, 1. Ervyd a *drych*id rac y *drach*wres.
    2.   Neud etiw *milwr mal* na ryuei.
161, 2. Par odrud *parawd vut vot*lawn.
         Rut *bar*eu a *beir* yn adwy.
163, 1. Gwrvawr *glyw* a *glew*yd arnun.
166, 2. Gnawd uch *knawd knud*oet ar gylchyn..
167, 1. Teyrnas *dinas din* a gymer.
         Oet fyscyad *fleim*yad *flam* gan ucher.
169, 2. *Treth* volawd *traeth*awd nawd nawsber.
170, 1. Ym pwyllad am *braff*gad *bryff*wn.
         Praff edlid...
176, 2. Bu *doeth* mal y *deth*oleis.
177, 2. Yn elwch yn *hedwch* yn *hed*.
178, 1. Ae balchgor heb *achor echv*raint.
         Truy dir periglus *pell*us *pell* dygir.
182, 1. Ac an *cam* an *cymm*er etwa.

Livre de Taliesin :

P. 124, 3.   A *chym*ot *Kym*ry a gwyr Dulyn.
150, 16. Ny *wyl* gwr ny *welas* Gwallawc.
164, 26. Rei gwyllt rei *dof Dof*yd ae gwna.
191, 24. Ar meint a *goll*wyf y ar*goll*awr.

Livre d'Aneurin :

P. 80, 13.   Dor angor *bed*in *bud* eilyassaf.
98, 23.   A lenwis *mir*an *mir* edles.
104, 29. Mal *tar*an nem *tar*hei scuytaur.

Livre Noir :

P. 16, 12. A gueleiste **din**ion **din** gowri.
    13. In myned **heb**od **heb** drossi.
 23, 4. Kywrug **brod**oryon **brad** o Winet.
 24, 9. A chivod **Hir**ell oc **hir** orwet.
    17. Ban llather y Saesson y kimerou trin.

Livre Rouge :

P. 298, 5. O gyfranc **barwn byrr** y gyweithi.
   24. A llyw pa dyr **Gwyned gwann** areith.

II. — S'il y a deux consonnes différentes se
suivant, les spirantes dentales exceptées, la première forme syllabe avec la voyelle précédente et
la deuxième avec la voyelle suivante.

Myv. Arch. :

P. 159, 2. Gwr a wnaeth a**rgel** ar galedi.
 166, 2. Ardemyl·e**hagd**oryf am e**hang**der.
 178, 2. Pan aeth **gur gor**mes uvelyn.
 169, 2. Yn **trym**gleis yn treis yn **trym**der.
 152, 2. Oed tromwan coelwan calfed.
 175, 1. Yssic dyd oswyd oeswydyr.
 190, 1. A wnaeth **dedwyd** yr **dedf**ryd iawn.
  .2. Ry ddyfu w**rhyd**ri **hydyr** afneued.

Livre d'Aneurin :

P. 74, 10. Nyt ef eistedei en tal lleithic.

Livre Noir :

P. 26, 2.   Ban vo pendevic **Dyved** ae guledichuy.

Livre de Taliesin :

P. 128, 32. Dysgogan **derwydon** meint a **dervyd.**

III. — Les spirantes dentales (sourdes ou sonores) et la spirante gutturale sourde se rattachent à
la voyelle qui précède.

Myv. Arch. :

P. 153, 2. Dangosed **gweithred gwaith** Fadon.
   155, 1. Llawer **marchog march** dyre.
   159, 2. Amsathyc kyrt a **byrt** a **bartoni.**
       Gwr a wnaeth **gwrthod gwrth** vod Dewi.
   160, 1. Agkymessur **cart kerteu** achles.
       Beirt ganhelw ganherth **berth** ry **borthes.**
   160, 2. Mygedawc **varchawc veirch** yn ehed.
   161, 2. Diachris **cartwys cert** vorad.
   169, 1. Ym buchet **Arthen arthvar** yn ig.
   179, 1. Arvolyant **urddyant urdd** enuaut.

Livre d'Aneurin :

P. 66, 23.   Rac **erthgi erthychei** vydinawr.

Livre Noir :

P. 16, 11.   Y divod un **gurthun gurtharab.**
   36, 23.   Y Duv y **barchaf arch** roti.

Pour *-lv-*, *-rv-*, v. II. Cependant *-rv-*, dans l'exemple suivant, paraît se rattacher à la voyelle précédente.

Myv. Arch., p. 165, 1 :

> Gwr yn **taryf** (1) yn **tervysc** wedy.

Pour *ss*, il peut y avoir doute.

Myv. Arch., p. 144, 1 :

> Eilywed **asserw** a seirch cystud.
> Argoed nwy **asswe aserw** yndaw.

Pour *nh*, *nn* (*nt*, *nd*); *mh*, *mm* (*mp*, *mb*), ils suivent la loi des consonnes simples. Pour ces sons, en composition syntactique, voir plus haut, ch. II, § 1.

IV. — Les préfixes sont séparés métriquement du mot auquel ils se joignent, qu'ils soient terminés par une voyelle ou une consonne. Il en est de même des composés, quand le sens des deux termes n'est pas oblitéré.

Myv. Arch. :

P. 150, 1. Cyn dyd difedyd **fedel** cyngrain.
148, 1. Llawfryded **fryd**au.

_____
(1) = *tarf.*

III.   2

Livre de Taliesin :

P. 183, 27. Glyw Reget **ryvedaf** pan veidat.
   150, 18. Dygawn ym lletcynt meint vyg keudawt.
   152, 1. Yn roded **rifed** anryfed.
   182, 1. Hoetran hydyr **hydreid** ae **treidia.**
   188, 2. Trwm yt ergryner crynoder y var.
   191. 24. Ar meint a **gollwyf** y argollawr.
   126, 1. Naw ugein canhwr y discynnant.
   198, 1. Dy ffynhawn **lydan | dylleinw** aches.
   149, 18. Aghyfnent o gadeu digones.
   206, 5. Yd atrefnwys **nefwy** yn ardnefon.
   150, 15. Yn erbyn yn yscwn gaenawc.

Livre d'Aneurin :

P. 74, 11. E neb a **wanei** nyt **atwenit.**

Livre Noir :

P. 25, 6.   A luniont **tagnevet** o **nef** hid laur.

Myv. Arch. :

P. 160, 1. Yttwyf amdanaw val ym **donyes.**
   167, 1. Rac twl y **gylchwy** pan am**gylcher** brwydyr.
   175, 2. Dy wal**wern** dry**wern** drevyd.
   176, 1. **Gurdvleid gorvlung.**

Pour *s* + *consonne*, il y a des exemples contra-
dictoires.

Myv. Arch. :

P. 160, 2.   **As gwtant yn dysc yn discyblon.**
   61, 2.   **Pasgen wrys pascveirch vrysc vreiscdawn.**
  169, 1.   **Gwasgarei gweisc** veirch mei muner.

Mais *Livre de Taliesin* :

P. 130, 15.   Yn erbyn yn yscwn gaenawc (*ysgwn*).

Myv. Arch. :

P. 169, 2. **Ysgryd gryd...**

Pour *s + consonne* précédé de *y* prosthétique,
il y a eu deux traitements. *Y* prosthétique forme
syllabe, en général. Dans ce cas, à l'initiale réelle,
en dehors de la composition ou de l'union par
prononciation, *ys* paraît se détacher le plus souvent de la consonne qui suit; de là l'évolution
sporadiquement constatée à diverses époques de
ysc- en *ys-g-*; *yst-* en *ys-d-*; *ysp* en *ys-b-*. Dans
d'autres cas, par exemple en composition avec un
mot ou une particule terminée par une voyelle,
s se joint à la consonne suivante, qui reste alors
sourde.

Ces résultats correspondent-ils à la réalité?

La métrique est un guide peu sûr en pareille
matière. Si on jugeait la coupe des syllabes en
breton-armoricain d'après la métrique du moyen-

breton, on arriverait à rattacher les consonnes, à l'intérieur du mot, à la voyelle qui les précède. Le principe de tous les vers en moyen-breton est celui de la *cynghanedd lusg :*

Clevet un neubeut ma breudeur.

Or, incontestablement, d'après la prononciation actuelle, à l'intérieur du mot, la consonne simple, en exceptant les spirantes sourdes, se rattache à la voyelle qui suit; lorsqu'il y a deux consonnes, si la deuxième n'est pas une spirante sourde, la première forme syllabe avec la voyelle précédente, et la deuxième avec celle qui suit :

> *Ca-ra-dec, breu-deur.*
> *I-zel, ta-dou, ca-lon.*
> *Cas-tell, cal-vez, a-bar-daez.*

Pour *m* (*mm*), les vibrations se partagent entre les deux syllabes :

Mäm|mou, tam|mou (dialectalement *ta-mou*).

Il semble qu'il en soit de même pour *s* sourd : -*bras-sa ;* ainsi que pour *rr* quand il conserve sa valeur double : *berra* (dialectalement *bē-ra*).
Pour *ch*, il se rattache à la voyelle précédente : *pech-ed, march-ad.*

Pour le gallois, au point de vue métrique, il
faut d'abord tenir compte du rapprochement des
syllabes allitérantes : il y a là une sorte d'assimilation momentanée, oratoire et musicale. Le substantif au singulier, très fréquemment rapproché
de son dérivé pluriel ou adjectif, a dû également
influer sur la prononciation de ce dernier : *mad*
a dû influer sur *mad-eu*, d'autant plus sûrement
que les besoins de l'allitération amènent de conti-
nuels rapprochements entre les syllabes à consonnes identiques.

Il semble néanmoins, en dehors de ces raisons,
que la prononciation galloise justifie, dans une
certaine mesure, cette coupe métrique. L'explosive, dans le corps du mot comme à l'initiale du
mot, produit souvent, à l'oreille d'un étranger,
l'effet d'une sourde. Cela tient vraisemblablement
à ce que la prononciation la coupe, en quelque,
sorte, pour une durée inappréciable, de la voyelle
suivante et la rattache à la voyelle précédente, au
moins par l'*implosion*.

Il y en a une autre preuve. Comme on le verra
plus bas (chap. VI, § 1), dans les mots de plus
d'une syllabe, la syllabe accentuée, en gallois,
composée de consonne + voyelle suivie d'une
consonne, n'est pas, à proprement parler, longue ;
elle ne produit pas cet effet à l'oreille ; elle ne
peut passer pour telle que par rapport à une brève
non accentuée. En breton, au contraire, la syllabe
accentuée de ce type est nettement allongée :

gall., *tădau*, pères ; breton, *tădou*. Cette différence
me paraît due, en partie, à une différence de
coupe ; en gallois, la syllabe comprend *consonne
+ voyelle + consonne;* en breton, *consonne +
voyelle :* gallois, *tad-au ;* breton, *tă-dou*. Le fait est
d'autant plus frappant qu'en gallois, la voyelle
finale d'un monosyllabe est allongée : *dă*, bon (1).

La consonne devenue ainsi finale de la syllabe
n'est pas, à proprement parler, une sourde, mais
elle n'a plus la sonorité que lui valait sa situation
intervocalique. Il semble qu'il ne puisse y avoir
de sourde ou de sonore très atténuée, en brittonique, qu'à la fin d'un mot ou d'une syllabe. On
en a un exemple frappant en breton. Il n'y a plus
de sourde explosive ou spirante, en breton, que
lorsque l'accent, étant après la consonne, la sépa-
rait de la voyelle suivante et la rejetait dans
la syllabe précédente. Moyen-breton superlatif :
brashaff, aujourd'hui *brassa*, *brassă*, *brassăŵ*
(cf. infinitifs en *-aat*).

Il est probable qu'il n'y a pas de coupe réelle
dans le groupe *voyelle + consonne + voyelle*,
quand la consonne reste sonore. De là la difficulté,
pour les indigènes lettrés eux-mêmes, de séparer
les syllabes par la prononciation (2).

---

(1) Il est probable aussi que la tendance marquée des Gallois à
faire allitérer la syllabe initiale et non pas simplement la consonne initiale vient aussi de là.

(2) Voir, pour l'irlandais, Whitley Stokes, *Félire Hui Gormain*,
XXXV. O'Molloy est en contradiction avec Mac Curtin. Je dois

En gallois, et il en a été de même en breton,
les spirantes sourdes (1) *mh, nh, rh, ll,* forment
syllabe avec la voyelle précédente (2). Dans le
superlatif, dans les verbes en *au* (breton *-at*), un *s*
a disparu. Dans le groupe *nh, mh* (breton *nt, mp*),
c'est l'accent qui a séparé le groupe de la voyelle
suivante : *hanner,* moitié, a été précédé par *han-
her, hant-her* (breton *hanter*) = *santéros* (3) ;
cannwyll a été précédé par *canhwyll* = *candella*
(breton, *cantol*) ; *cymmer* = *cymher* (breton, *kem-
per*) = *combéro-*.

Pour les spirantes sonores intervocaliques, les
vibrations se partagent entre les deux syllabes
sans interruption. Pour les spirantes sourdes, elles
sont rattachées à la voyelle précédente nettement
et coupées de la suivante par l'accent. Quelle est la
différence entre le gallois *calon,* cœur, et *callawr,*
chaudron? La liquide intervocalique de *calon* est
sonore ; celle de *callawr* est sourde. La première

dire que les exemples cités par M. Whitley Stokes à l'appui de
sa théorie ne me paraissent pas décisifs : ou ce sont des exemples de noms étrangers ou de mots à préfixes.

(1) La spirante sonore intervocalique paraît se rattacher à la
syllabe suivante; en réalité, il est probable encore ici qu'il n'y a
pas *coupe* au sens étymologique du mot.

(2) On remarquera qu'en irlandais il n'y a, en somme, de spirante sourde que dans la syllabe accentuée, c'est-à-dire qu'il n'y
en a que dans le cas où l'accent est assez fort pour rattacher la
spirante à la voyelle précédente et la couper de la voyelle suivante.

(3) Une forme avec premier terme à finale vocalique + *tero-s*
eut donné *han-der.*

est souvent redoublée, c'est-à-dire *prolongée* dans
la prononciation : de là la graphie *callon*, qu'on
retrouve à toutes les époques ; les vibrations se
partagent entre les deux syllabes *cal-lon*. Dans
callawr, *ll* appartient à la première syllabe ; il a été
coupé de la syllabe suivante par l'accent : *calldā-
rium* a donné *callt-hawr*, *call-hawr*, *call-or* (breton, *calt-hor*, *calt-or*, *caot-er*) ; en breton, *calon*
est à couper en *cā-lon*, (sans interruption réelle
entre *a* et *l*).

§ 3. — *La cynghanedd par allitération consonnantique du douzième au quatorzième siècle.*

La *cynghanedd* par allitération consonnantique
est des plus simples chez Meilir (vers 1137). Une
seule allitération, ou si l'on veut, deux initiales
allitérantes se croisant généralement, c'est-à-dire
l'une dans le premier membre du vers, l'autre
dans le second, suffisent. Il peut y en avoir davantage. La place des deux initiales allitérantes
n'est pas fixée d'une façon invariable. Cependant,
régulièrement, la deuxième, ou si l'on veut, l'initiale allitérante du second membre, est celle du
premier mot accentué ou important de ce membre.

Myv. Arch., p. 140-141, *passim :*

> Ni duc **neb** ceiniad | **nag** obonawd.
> Ac ail o **R**un hir | **r**yfel durawd.

Rynn ruthrai dorfeit | oet rybarawd.
Ry gadet Rufain | reg atwyndawd.
Ni fynnai gamhur | garu nebawd.
Rhag un mab Cynan | y cyndynnyawc.
Yr arynaic lew | llaw diferiawc.
O Ysgewyn barth | hyd borth Efrawc.
Dybu brenhin Lloegr | yn lluytawc.
Ni thorres i bawr | a fu breitiawc.
Gwedi tonneu gwyrt | gorewynawc.
Cad rag castel Mon | mor digeryt.
As rotwy fy ren | rann dragywyt.
Canawon Mordai | Mynogi ryt.
Ennillot llyw ystrad (1) | lle i gilyt.

Quelquefois, très rarement, les deux mots allitérants se trouvent dans le même membre.

Myv. Arch. :

P. 140, 1. Y ri a roai | heb esgusawd (2).
 141, 1. Am drefan dryffwn | rac eirolyt.

Chez Gwalchmai, un peu postérieur à Meilir, on retrouve les mêmes caractères (3) (*Myv. Arch.*, p. 142, 2 — 144, 2, poème composé avant 1169).

---

(1) Y de *ystrad* ne compte pas.
(2) Il est possible qu'il y ait une sorte d'allitération entre heb et esgusawd ; entre rac et eirolyt.
(3) Il y a chez lui quelques rares vers qui paraissent sans allitération ; mais le texte est fort altéré. De plus, si le vers isolé n'en a pas, il allitère avec le vers suivant (*Myv. Arch.*, p. 145, 2) :

     A dygyfor Lloegr a dygyfranc a bi
     Ac eu dygyfwrw yn astrussi.

Gwalchmai :

P. 142, 2. Mochdwyrcawg huan | haf dyfestin
        Lleithrion eu pluawr pleidiau edrin
        Yn ethryb caru | caerwyd febin
        Ar lleferyd gwar | gwery ei lain
        Dychysgogan Lloegyr | rac fy llain
   143, 1. Llachar fy nghleddau | lluch yd ardwy
        Rieinged rwych wyry | wared Lywy
   143, 2. A minnau o'm cof | cefais defnais.
   144, 1. Derllesid i'm llaw | llad y'm godau.

   146, 2. Nyd ef Rodri Mawr | mur ciwdodoed (1).
        Ys ef Rodri hir | huysgwr deyrn.

Comme chez Meilir, la consonne initiale allitérante du second membre est celle du premier mot
accentué ou du premier mot important de ce
membre.

Quelquefois déjà, chez lui, la *cynghanedd* est
plus compliquée.

Myv. Arch., p. 146, 2 :

   Balch ei fenwin | beilch ei faon.
   Alaf *dy* geinryd | elw [*dy*] ganrain.

Cynddelw (du milieu à la fin du douzième
siècle), *Myv. Arch.*, p. 149-150, 2 :

   Hwrd gleisiau feidiad | flaid cyfwyrain

(1) Poème composé avant la fin du douzième siècle.

Yn ail arwar mawr | myn yd gyngain
Tryliw ei ongyr | angryg rysgain
Ergyrwayw cludlain | clod huysgain
Gwelais wedi cad | colud ar drain
Gwelais rag terfysg | twrf adfirain.
· Nyd oedud fygwl | fugail Prydain.

P. 151, 1. Fal y cymerth **March** gwedi **Meirchiawn.**

152, 2. Hil haelion | heilyn dychymig   (8 syllabes.)
Aerllew tarf | torfoed friwenig
I fynu | i fyned am dirmyg.

153, 1. Gwydfid Eingl ygclad a'i trychai
Tra fu Owain mawr | a'i medai.

153, 2. Pennaf gwr | nid gorwag hofder.

154, 1. Gwynfyd beird | bod yn eu hoes   (7 syllabes.)
Kyd bydei fau | fed anhun.

154, 2. Bre uchel | braint ardangos
Ac aur llathr yn llaw deon
Ys berth | yd borthir y'n gwyl.

155, 1. Pob llary ar llyfnfarch diffun.
Pob llew a llafn ar [ei] glun
Mal turf (1) torredwynt am brys
Gan Llywelyn | lles kerdawr.
Cedwyr balch | bwlch eu hysgwyd
Llad Llywelyn | llwyr dilyw.

155, 2. A lle | ni llyssir cynrann
A'r llan | oduch llys Fadawg ·
O thyrr calonn | rag galar
Heb wyr llad | gan llyw camawn.

156, 2. Marchawc balch | bwlch y aesawr.

157, 1. Ardwyreaf dreic | o drud veith awen (10 syllabes.)
Blawt esgar | ysgor yn diffeith.   (8 syllabes.)

157, 2. Kyfleu[v]er gwawr dyt pan dwyre hynt.

158, 1. Treitle glyw Powys pei am getynt.

---

(1) Lisez *twrf.*

Nyd yr keisyaw tal | tros a ganwyf
Nys ryborthes nep | na thebyked
Ni rivaf y (1) ar vun | vod yn galed
Ac er peryf nef | nam divanwed.

160, 1. Oet balch y ragor | kyn no'e reges.
    2. Yt oet ymerbyn heb ymarbed.
161, 2. Llcithiawc Ywein | llwyth ogawn   (8 syllabes.)
     Yn llannerch yn lleudir Meruynnyawn.
163, 1. Ysgrud wlyt | ar wlet y melltun
     Ettivet Kynvyn | kert avael.
163, 2. Goronwy valch | vab Gwalchmei.
164, 2. Llas trawswalch | treis y devawd
     Y voli mab Duw | dibechawd.
165, 1. Buarth llat, llonyt o vragawd.
    2. Gwr llwrw llu | Lloegrwys digyflwyn.
167, 1. A Duw ae duc y arnaf
     A dwc pawb a vo pennaf.
169, 2. Teilwg ym | talu a roter.
171, 1. Ut yssym | etiw ar geir.
173, 1. Ongyr urdd | angerdd Fatholwch.
174, 1. Perchennauc parchus luman.
175, 2. Ni savei racdun ruych pell.
177, 2. Ac yr Duu diovryt guraget.
184, 1. O bob da defnytadoet
     O bob defnyt deifniawc oet.
185, 1. Gnawd y vart vendigaw haelon.
189, 2. Nis gwna pawb na vo pennaf.

GWYNFARDD BRYCHEINIOG :

P. 194, 1. Bart ny wyppo hwn | hynny dy geint
     Canu Dewi mawr | a moli seint
     Ac a ryt yn llaw | llwyr deithyawc.

(1) Y ne compte pas.

Gwilym Ryvel :

P. 196, 2. **Davyt Duw ytty ac rotes.**
Banllef beirt yth voli

Hywel vab Ewein :

P. 197, 1. Y edrych vy **chwaer** | **chw**erthin egwan.
2. Hiraythawc **vyg** kof **yg kyweithas**
Pan **ryvel** pan **rudit** e thei.
198, 1. Gwytva Ruvawn **bebyr** | **benn** teyrnet.
199, 2. Wrth gamu **brwynen** | **breit** na dygwyt.

Certains poèmes de Prydydd y Moch sont de la fin du douzième siècle. La *cynghanedd* consonnantique présente les mêmes caractères :

P. 199, 1. Prydein **hydyr** | **hudoet** ymdivad.
A **llafyn** coch | yn **llaw** gynnifyad.
2. Y **anaut** | y **eni** bu mad
Y eur **rut** | yn **rot** oe geinyad
Ef goreu a **vu** | o **vab** tad.
200, 1. Gwaew a llafn yn llat yn deutrwch
O vro **echeifyeint uchelgruc.**
2. A'n **hendad handym** agheuawl
Ti **wron oreu** eneidyawl.
201, 1. Anmynetus **vum** | **vyr** kadeithi.
204, 1. Mab Duw **nef** | boed **nerth** vy rydid.

Chez ces différents poètes, il n'est pas rare de

trouver la *cynghanedd* consonnantique plus compliquée :

P. 150, 1. Llaw ar **llafn** a'r **llafn** | ar **llu** Nordmain
Torfoed ymosgryn | tarf ymysgrein.
152, 1. Llawch **Gwyndyd** | **gwendud** ehangrwydd.
154, 1. Gan **llyw** cyfed **llew** cyfwlch.
156, 2. **Mygedvys** y **magadoet.**
157, 2. **Ked wàllaw kadoet** ollwg (1).
167, 2. **Cledyf clod wasgar** a **wisgaf** ar glun.
169, 2. **Gwasgarei gwciscveirch mei muner.**
199, 1. A **brwysglet** a **breisc lat** trwm yad.

Il y a aussi, chez tous ces poètes, plus particulièrement chez Prydydd y Moch une tendance
manifeste à ne pas se contenter de l'assonnance
de l'initiale, mais à faire allitérer toute la syllabe.

TREIZIÈME SIÈCLE.

Pendant ce siècle, il n'y a, au point de vue de
la *cynghanedd*, aucune révolution, mais une lente
évolution.

Ainsi, chez Dafydd Benfras, par exemple, dans
le *marwnad* de Gruffudd ap Llywelyn (mort vers
1243), la *cynghanedd* est aussi simple que chez
Cynddelw.

Myv. Arch. :

P. 220, 1. Canaf in arglwydd | cof enbyd ys man

(1) *Ollwg* est pour *wollwng.*

2. Bu erwan **yr** awr y cigleu
    Na bum **farw** o **fawr** bryderau.
221. 1. Gwyn eurdir **ardwy** dadanhudd
    Gradd **berchen** ei **barch** amdanaf
2. Cyd ymguddioch chwi (1) **oll** | mi ni allaf.

La *cynghanedd* vocalique est, il est vrai, plus développée et plus allitérée dans ce poème que dans ceux du douzième siècle.

Einyawn ab Madawc ab Rahawd à Gruffudd ap Llywelyn ab Iorwerth, mort en 1240 (*Myv. Arch.*, 266, 1 et 2) :

Arddwyreafy **hael** | **hwylglod** ellwg
Arddunyant **tarvoet** | **tyrrva** eitwg
Ar y estronion ys **drud** echwg
Yn y vo y **orffen** ar **ffort** deilwg.

Cf. Elidir Sais à Llywelyn ab Iorwerth :

P. 240, 2. Gnawd y **tyf** | **tywys** o egin
    Dothyw **llew** | a **lluchyg** gorddin
    Om **rhoddud** **rwysg** ufeliar.

SECONDE MOITIÉ DU TREIZIÈME SIÈCLE.

Les poèmes de Bleddyn sont de cette époque, et quelques-uns de la fin de ce siècle :

P. 251, 1. **Trywyr** a golleis | **tri** dyledogion

(1) *Chwi* ne compte pas ; ces vers sont de huit syllabes.

2. Och veith och vyth hyd anghcu
252, 1. Gwr a wnayth a gwayw | gwyar yn cochi
255, 1. Oct dilyvyn | eur a dalei.

Bleddyn emploie presque exclusivement la *cynghanedd* vocalique. Aussi est-il difficile de porter sur lui un jugement sûr au point de vue de la *cynghanedd* consonnantique; mais il est rare qu'elle se présente, chez lui, avec la simplicité des poèmes précédents :

P. 252, 1. Gwael neut bet | gwae vi nat byw.
  255, 1. Llew prut neud llawn prit a gro.

Avec Gruffudd ab yr Ynad Coch, dans un *marwnad* de Llywelyn ab Gruffudd (tué en 1281), nous trouvons aussi une *cynghanedd* plus compliquée :

P. 268, 1. Aur dilyfn a delid oi law
           Aur dalaeth oedd deilwng iddaw.
           Ys mau fyth bellach | ei faith bwyllaw.
  269, 1. Llawer deigr dros ran | wedi'r greiniaw.

Cependant, il se contente lui aussi encore parfois de l'allitération d'une seule syllabe et même, par exception, d'une consonne :

P. 268, 2. Arglwydd a gollais gallaf hirfraw.
  269, 1. O gleddyfawd trwm | tramgwydd arnaw
           Cadair anrhydedd | rhaid oedd wrthaw
           Llawer ystlys rhudd | a rhwyg arnaw.
           Och hyd attad, Ddw, na ddaw mor dros dir.

Même état chez Y Brawd Fadawg, que l'on fait fleurir au milieu du treizième siècle :

P. 273, 2. Caer fras eu dorau | fal dacar sych
Cawsant gennyd farn | nid adfernych fyth.
A wneych o ddrwg | a ddiwygych
Nid unwaith na dwy | dolurych bob awr
274, 1. Pan ddel y trillu | trallawd berych.
275, 2. Hagr a llawn | yw llun ci gorph.

QUATORZIÈME SIÈCLE.

Le poème de Gwilym Ddu o Arfon à Gruffudd Llwyd, de Trefgarnedd, se place aux environs de 1322 (cf. Lloyd, *Hist. of Pow. Fad.*, IV, p. 149). Il n'y a pas de différence sensible entre la *cynghanedd* consonnantique, chez ce poète, et celle de la seconde moitié du siècle précédent : comme chez eux, c'est surtout la *cynghanedd* vocalique qui se complique, même au point de vue de l'allitération :

P. 276, 2. Lle ym am walch grym | gryd oleurudd.
Ar llawr caer Degaingl | dygn o gystudd.
Y rydelid ced | cyd a Gruffudd.
Ym mowrglawr Tegaingl | Tegyr bwyllad.
Ar fraint caroharawr | cyrch oer irad.

Rien de particulier à remarquer non plus chez Llywelyn Brydydd Hodnant, et Iorwth Vychan (*Myv. Arch.*, p. 277, 2 — 278 ; 276, 2 — 280).

III. 3

Un poème, daté à peu près par son contenu (c'est l'éloge de Gwenllian, fille de Gruffudd Llwyt, de Trefgarnedd, dont il est question plus haut à propos de Gwilym Ddu), nous montre la *cynghanedd* plus développée. Casnodyn, l'auteur, lie généralement le dernier mot du vers au premier membre. De plus, il a une tendance à faire allitérer des consonnes sans importance. Il est évidemment préoccupé de restreindre le plus possible le nombre des consonnes sans allitération.

La pièce consacrée à Gwenlliant est en *cynghanedd* vocalique. La suivante, adressée à Ieuan, abbé d'Aberconwy, a plusieurs vers n'ayant que la *cynghanedd* consonnantique :

P. 283, 2. **Vy** un eneit hydyr | **vy** iawn ynat.
Vyggwiw rodyon chwyrn | vygwaredyat.
Vyn kynorthwy mawr | vyn kein neirthyat.
Vyn gwir gymorth hael | vyggwawr geimyat.
Vynghynnwys a wnei | gan vyghennat.
Gwylyei vud gwestei | gan vod gwastat.
Barn ae trossa dawn | Bernet drwssyat (1).
Ry diengis ym | rod oe anghat.

284, 1. Ar dwys ganneit ffyd | eur disgynnyat.
Kovyon Dyvric kall | kyvyawn divrat.
Kymorth y Drindawt | fo ym keimyat.
Kynnwys wyr | kynnes wirawt.
Kedyrn dut | kadarn a doeth.
Kar purffawt | kywir perffeith.

285, 2. Blingur eirf | blaengar arwyd.

---

(1) *Tr* dans *trossa* répond à -*t dr* dans Bernet drwssyat.

Le vers suivant, page 283, 2, est particulièrement important en ce qu'il nous montre que l'allitération est devenue surtout un ornement et un
exercice de poète savant :

Ion a barchei draw | wyneb eirchyat.

On trouve chez un poète de la même époque,
Gruffudd ab Madawc ab Maredudd, quelques exceptions à cette loi, qui veut que le premier mot
accentué des vers allitère avec le dernier, avec la
syllabe précédant la rime :

P. 295. 1. Elcel arwyn farw | fawreir doethder.

Chez lui, la même préoccupation se marque
aussi : l'allitération est employée sans motif, et
autant pour l'œil que pour l'oreille :

P. 294, 2. Nid heb ladd enaid | fu'r blwyddynedd.

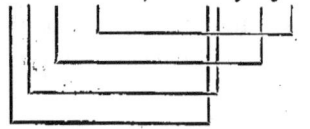

Il en est de même chez Risserdyn (même époque).

Myv. Arch., p. 291, 1 :

Mawl y hirwen doeth | mil ae harwed.

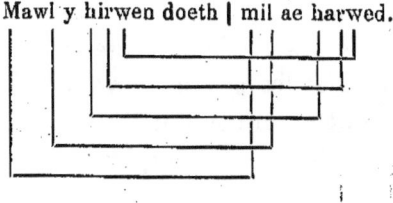

Chez lui, jamais le premier mot accentué n'est sans allitération.

Madawg Dwygraig, *Myv. Arch.*, p. 321, 1 :

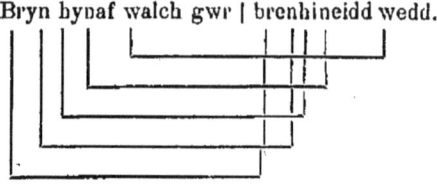

Bryn hynaf walch gwr | brenhineidd wedd.

§ 4. — *La cynghanedd consonnantique dans les vieux poèmes.*

Elle présente, avec la *cynghanedd* du douzième siècle, dans les poèmes antérieurs à ce siècle, des différences qui, sans être fondamentales, un point excepté, sont cependant dignes d'attention ; on les trouvera réunies à la fin de ce chapitre.

A. — *Livre Noir.*

Les pièces datées de la deuxième moitié du douzième siècle, dont il a été question plus haut, ne diffèrent en rien des autres poèmes de la même époque au point de vue de la *cynghanedd* consonnantique. Je les laisse de côté, ainsi que les pièces à triplets et les poèmes à vers de cinq syllabes, qui seront examinés plus loin.

Le poème I n'a que la *cynghanedd* vocalique.

Le poème IX (voir pour ces poèmes et les suivants, pour la *cynghanedd* vocalique, livre II,
chap. II, § 3) a le plus souvent la *cynghanedd* vocalique. La consonnantique y est peu développée :

P. 10, 16. Moli **Dau** | in nechreu | a divet	(9 syllabes).
Ac kyniw | **ny** welli | **ny**[w]omet	
Un vab **Meir** | **m**odridaw | **t**eernet.	
11, 26. **K**intevin | **k**einhaw amsser.	(7 syllabes.)
5. A **ch**yuet a **ch**id im a graget.	(9 syllabes.)
8. Mal **d**eil o vlaen **g**uit **d**aduet.	(7 syllabes.)
23. **D**ychricha croen **d**i visset.	(7 syllabes.)

Poème X : c'est une sorte de litanie en vers de
neuf syllabes, qui n'est pas cependant dépourvue
d'allitération :

P. 12, 22. A[th vendiguste] seithnieu a ser.	(9 syllabes.)

Poème XIII : comme dans la deuxième moitié
du douzième siècle (voir *cynghanedd* vocalique) :

P. 14, 18. Y Duv guin | guengert a **g**anaw.	(8 syllabes).
25. In **un** llu | i'r un lle teccaw.	
15, 24. Am y **cham** | ny **ch**imu a hi.	
30. Sew **ff**ort | y **ff**oes iti.	(7 syllabes).
16, 9. Toriw anwar | enwir ev binni.	(8 syllabes).
24. Ysprid **g**lan | a **g**leindid indi.	

Poème XVI : la *cynghanedd* consonnantique y

est parfois peu exigeante ; en tout cas, simple :

P. 17, 16. **A** pheleidir **a** gaur inyganhvy (*in Dyganhwy*).
    19. Ar dillad rution | in ev roti.
18, 3. Guraget dan y **G**int | guir yg kystvy.
    5. Amser **K**adwaladir | **k**ert a ganhvy.

Poème XVII : en exceptant certaines formules prophétiques, la *cynghanedd* consonnantique présente les traits de la deuxième moitié du douzième siècle avec les traits de la première moitié de ce siècle :

P. 18, 9. In diffrin **M**achavuy | **m**erchyrdit creu.
    15. A guarwyaur pelre | ac ev **p**enneu.
19, 5. A m'yscud ar wy isguit | a'm clet ar **wy** clun (1).
    6. Ac yg coed **k**eliton | y **k**isceisse vy hun.
•   15. **Nu nym** car i Guendit | ac **nim** eneirch.

Poème XVIII (Oianau ; voir *cynghanedd* vocalique) :

P. 21, 8. Rac erwis **R**ite[r]ch bael | rüyfadur fit.
    10. Hid in aber **T**aradir | rac trauseu Prydein.
    11. **K**imry oll inyeu **k**yfluit.
    25. Rac gŏdurt y galar | yssit arnaf.
22, 7. Y (2) dan vy guerid rut | nu neud araf.
    12. Ef gunahawd ryvel | a difissci.

_____

.1) Skene, *det* et *wy dun.*
(2) Prononcez *dan.*

14. Ac winttuy in diheu | a doant oheni.

19. Ac na bo guared | bith y Nortmandi

23. Meiri mangaled am pen keinhauc.

25. Kad meirch y danunt ve (1) deu wynepauc.

23, 2. Run dyuueid huimleian | chuetyl enryvet.

4. Kywrug brodoryon | brad o Winet.

15. Advit Frange ar ffo | fort ny ofin.

26. Ac escib lluch lladron | differch llanneu.

24, 11. Ac onym bit gan vy ri | ran trugaret.

24, 15. Y barduy dev kenev | in kywrenhin.

18. Guin ev bid vy (2) Kimri | kymrvy werin.

26. Ban eistetho Saesson in y sarffren.

25, 4. Briubaud llurugev | rac llun waewaur.

17. Kimri a oruit | kein bid ev dit.

26, 6. A geloraur rirtion (3) | rac ruthir Owein.

17. Gunahaud am Dyved | digivysci.

27, 7. Maban dirchavaud | mad y Vrython.

9. Mor truan y dyvod | ac ew dybit.

21. A wnahont dyhet a divysci.

25. Andav de (4) leis adar mor | maur ev dias.

28, 2. O clybod lleis (5) adar duwir | dyar ev grid.

Poème XX, p. 35, 18 (cf. livre II, chap. II, § 3).

P., 35, 18. Can treghis wi guisc a'm hoen.

20. Nym gunabo Dovit duy poen.

36, 3. A neu y nos y tragho.

30. Naut Meir guiri a'r gueriton.

(1) Ve ne compte pas; Skene, y danuitt.

(2) Vy ne compte pas.

(3) Liséz rution.

(4) Supprimez de et leis.

(5) Supprimez clybod.

Poème XXVIII :

P. 45, 12. Can vid **athro** im | nam **ethry**ad.
     16. Nam gollug oth lav | guallus trewad.
     28. Nid porthi **ryvic** | ryvegeis i'm bron.
     30. In adaud wy **ren** | ry damvneis.

Poème XXIX :

P. 46, 21. A peris lleuver lleuenit.

Poème XXXIV, p. 55-56 :

P. 56, 2. Yscinvaen **beirt bit** | butic clydur.
     10. Ac in llurv **kyheic** | **kimod** yron (1).
     12. Ban wrissuis pebrur | pell y aghev.

B. — *Livre de Taliesin.*
Poème I, p. 108 :

P. 108, 15. A ganhont **gam** vardoni.
      16. A **geissont** gyfarws nys deubi.
    109, 4. Nac ervyn ti (2) hedwch | **nyth vi.**
      5. Ren nef | **rymawyr** dy wedi.
      9. Darogan dwfyn **Dñi** (Domini).
      22. A'r sawl a **gigluen** vym bardgyfreu.

Poème II, p. 109 :

P. 109, 25. **Ren** am rothwyr dy **vola**wt.

(1) Skene, *kiniod.*
(2) *Ti* ne compte pas.

26. O ryret pressent periglawt.
28. Yd edryfynt seint sef kiwdawt.
31. Rymawyr ym (1) pa ym pechawt.
110, 1. Ty cirolet rac ried.
    2. Bydwyf o'r Trindawt trugared.
    4. Naw rad nef | nestic torvoed.
    12. Pell pwyll rac rihyd racwed.
    13. Ath iolaf wledic wlat hed.
    26. Sywedyd llyfreu llwyrlwys.
111, 3. Dwy vil veib o plant Llia.
113, 10. A their mil Morialis plant.
    16. Yn nefoed | nys digofant.

Poëme III, p. 115 :

P. 115, 1. Edympeilli oet ympwyllat.
  116, 1. Madws mynet yr ymdiot.
    15. Mal gwneuthur goleu y dall.
    20. Mal lladu llyry gwyeil.

Poëme IV :

P. 116, 26. Atuyn rin | rypenyt i ryret.
  117, 6. Atwyn march mygvras mangre.
    17. Arall atwyn | pan vyd hinhaws.
    28. Atwyn lloer llewychawt yn eluyd.
  118, 2. Atwyn lluarth pan llwyd y genhin.

Poëme VI, p. 123-129 :

P. 124, 2. Gwnahawnt gorvoled gwedy gwehyn.

(1) Ym ne compte pas.

125, 10. **Nyt** oed yr mawr**ed | nas** lleferynt.

15. **Kymry** a Sacsson | **kyf**eruydyn.

126, 1. Naw ugein **canh**wr y di**sc**ynnant

7. **Llym lliv**eit **ll**afnawr |'**ll**wyr y **ll**adant.

10. **Ry** drychafwynt **Kymry | kat** a wnant.

28. **Nys** gwnaho **m**olawt **m**eiryon **m**echteyrn.

127, 1. **Dysgogan** awen | **dyd**aw y **dyd.**

8. **Y** talu **gwyn**yeith | **gw**aet eu hennyd.

10. **Nyt** arbettwy **car | corff** y gilydd.

22. A **ll**wyth **ll**iaws **gw**lat **|** a **gy**nnullant.

28. Pwy meint eu dylyet o'r wlat a dalyant.

128, 1. Neu wrtheu **Dewi |** pyr y toryassant (1).

3. **Nyt ah**ont **All**myn | o'r nen y safant.

10. **Dybi** o lego **| lyg**hes rewyd.

11. **Rewinya**wt **ỳ** gat **| rwyc**cawt lluyd.

26. **Deu** unben **degyn | dwys** eu **kussyl.**

32. **Dysgogan derwydon |** meint a **dervyd.**

129, 15. **Hyt** yn aber **Santwic | swynedic** vyd.

Les vers, en grande majorité, ont la *cynghanedd* vocalique dans ce poème. La *cynghanedd* consonnantique y est assez lâche; quelques vers paraissent sans *cynghanedd.*

Poème X : ce poème en vers de cinq syllabes a, vers la fin, un certain nombre de vers de sept et huit syllabes :

P. 148, 28. Pan wnel **Kymry kam**ualhau.

(1) Texte : *wrtheu; pyr y toryassant = pyr doryassant.*

Poème XI, p. 149-150 :

P. 149, 4.   En enw gwledic | nef goludawc (1).
       18.   Agbytnent o gadeu digones.
   150, 5.   O rieu | o ryfel | ry diflawt.   (9 syllabes.)
       8.   Ac Owein mon | Maelgynig devawt.
     16.   **Ny wyl gwr** | **ny** welas Gwallawc.

Poème XII, p. 150-151 :

P. 150, 27.   Tri **dillyn diachor** | **droch drymluawc.**
   151, 2.   Ac Eryri vre varnhawt.
     21.   Efret wrth a gawd | y geudawt.

Poème XIV, p. 153-155 :

P. 154, 15.   A galwn ar y gwr an digoues.
     29.   Kigleu gyfarfot | am gerdolyon.
   155, 2.   A wnahon **dyhed** | a **dyvysci.**

Tout est, à part cinq ou six vers, en *cyngha-nedd* vocalique.

Poème XVI, p. 158-159 :

P. 158, 1.   **Ren rymawyr** titbeu
     2.   **Kerreifant** o'm **karedeu**
     4.   **Llewychawt** | vy **lleuferen.**

(1) Prononcez *'n enw.*

Poème XVIII, p. 162-164 :

P. 162, 20. Llawn yw y ystrat | lawen gynnyd.
  163, 8. Yscwydawr yn llaw | garthan yg gryn.
      9. A welei Vabon | ar ranwen reidawl (1).
     10. Rac biw Reget | y kymyscyn.
     28. Ban berit kat ri | rwyf dragon.

Poème XIX, p. 164-165 :

P. 164, 18. Gwr a wnaeth pop llat ac ae llwyda.
  165, 2. Ar meirch mawr modur | mirein eu gwed.

Poème XXI, p. 168-170 :

P. 168, 23. Ac amser pan wna mor | mawr wrhydri.
  169, 15. Llyfyn y cherdeu | yn y chalan.
     20. Atwyn y rodir | y pawb y ran.
     24. Lledyfawt y gan ri | ryfel eiran.
     25. A llen lliw ebocc | a medu prein.
     26. Hyny vwyf tavawt | ar veird (2) Prydein.
     30. Ny dyly kelenic | ny wyppo hwn.
     31. Yscriven Brydein | brydu briffwn.
  170, 3. Godef gwrych dymbi | hir y hadein.

Poème XXVI, p. 177-178 :

P. 178, 5. Hyt yd ymduc y tir tywarch yna.

(1) Ranwen probablement pour rawnwen.
(2) Texte : weird.

13. Y milwyr magei dawn pan attrodet.
14. Neu wlat yth weisson ti (1) pan diffydet.

La *cynghanedd* consonnantique est un peu lâche.

Poème XXX. p. 181-182 :

P. 181, 11. Neb kyn noc ef | nyt aeth idi.
17. Neut wyf glot geinmyn | cerd o chlywit.
21. Neu peir pen annwfyn | pwy y vynut.
30. Ig kaer pedryfan | ynys pybyrdor.
32. Gwin gloyw eu gwirawt | rac eu gorgord.
182, 3. Ni obrynaf i lawyr | lleu llywyadur.
13. Ny wdant wy yr ych brych | bras y penrwy (2).
26. Ae vn ufel tan | twrwf diachor.

Poème XXXI, p. 183-184 :

P. 183, 5. Ryfelgar rwysc enwir rwyf bedyd.
13. Gweleis i (3) twrwf teirffin traghedic.
14. Gwaed gohoyw gofaran gochlywid.
28. Gweleis (i) ran | reodic | am Uryen.

Poème XXXV, p. 189-190 :

P. 189, 12. E bore Duw sadwrn | kat vawr a vu

(1) *Ti* ne compte pas.
(2) Prononcez *ny wdant 'r ych brych.*
(3) *I* ne compte pas.

13. Or pan dwyre heul | hyt pan gynnu.
23. Lew, kyn astalci o wystyl ncbawt.

Poème XXXVI, p. 190-191 :

P. 190, 10. Ardwyre Reget | rysed rieu.
11. Neu ti rygosteis | kyn bwyf teu.
191, 3. Llwyth llithyawc cun ar ormant gwaet.
22. Sarff soned vricin | segidyd lawr.

Poème XXXVII, p. 192-193 :

P. 192, 5. **Gweleis** i pasc am leu am lys.
6. **Gweleis** i deil a dyfyn a dowys.
Gweleis i keig | kyhafal y blodeu.
16. Nym gorseif gwarthegÿd gordear.
192, 30. Un yw rieu rwyfyadur a dyawr.
31. Un yw maon meirch mwth miledawr.
193, 1. Dechreu mei | ym Powys byd mawr.
7. Un yw breyr | benffyc y arglwyd.
9. Un yw bleid | banadlawc anchwant.
17. Gwaladyr gwaed | gwenwlat Wrycn.

Poème XXXVIII, p. 193-194 : ᭣.

P. 194, 8. **Gwas** greit a gwrhyt gotraet.
29. **Gwynawc** ri gwystlant gweiryd goludawc.

Poème XLII, p. 198 :

P. 198, 9. **Dydaw** dybebcyr dybrys dybreu.
3. Marwnat Corroy | am kyffroes.

4. Oer deni gwr garw y anwyteu.
20. Lliaws eu tervysc | am eu tervyn.

Poème XLVI, p. 200-202 :

P. 200, 25. Eryrynawr Cunedaf creisseryd.
   201, 3. Gwiscant yeird kywrein kanonhyd.

Poème XLVII, p. 202 (quelques vers de neuf
syllabes, le reste en strophes) :

P. 202, 12. Gwlat verw dydervyd hyt Valaon.

Poème XLVIII, p. 203-204 :

P. 203, 5. Neu vi tywyssawc yn tywyll.

Poème L, p. 205-206 (presque tout en *cynghanedd* vocalique) :

P. 206, 13. Or pan amygir mel a meillon.

Poème LIII, p. 211-213 :

P. 211, 11. Ardyrched Katwaladyr lluch a llachar.
      12. Ar wyneb bydinawr broed ynyal.
      16. Gayaf gyt llyry llym llywit llogeu.
      23. Rac y varanres | ac vawr vedeu.
      30. Llwybyr tew lluossawc | llydan y wed.
  212, 9. Dwfyn darogan dewin drywon.
      22. Yn wir dydeubawr dyderbi hyn.

Poème LIV, p. 213-214 :

P. 214, 1. Dygorescynnau **Prydein** **prif** van ynys.
     5. Amlaes eu **peisseu** pwy eu heuelis.
   16. **Ry** talas mab **grat** | **rwyf** y areith.

Livre Rouge, XVIII, p. 293.:

P. 293, 9. Mal rot yn **troi** | **tramhwcilyeu**.
   17. Ac allwed Rufein | gan rwyveu.
   22. A Lloegyr yn **brydyon** | **brat** y rieu.
   23. A gwth **Ffreinc** ae **ffrawd** ar longheu.

Poème XIX, p. 294 :

P. 294, 2. **Mochdaw** **mynych** **dorr** | o'r **twrneimant**.
    7. Mochuyd ym **Prydein** **pryder** a **chwant**.
    8. Ac am deutu Lloegyr | llafar yt gwynant.
   12. **Twrwf** am y **tervyn** | traba ny barchant.

Poème XX, p. 294-295 (*cynghanedd* vocalique presque partout) :

P. 295, 4. Diryvic **Kymry** rac **kammwri**.
    7. Bleid **kedyrn** | **kadarn** y westi.

Poème XXI, p. 296 :

P. 296, 29. Orchwch (1) y **Dovyd** o dyvynder.

(1) Lisez *Erchwch*.

31. Dur ar **Loegyr** | a l**wgyr** y pader.

297, 10. A lleith **dreic** dragon y gilyd.

24. Rac llef **Duw** | didwyll gerennyt.

29. Am uvell **tervyn** | twrwf a dodi.

31. Ar ellwng redet rodyeu Henri.

298, 5. O gyfranc barwn | byrr y gyweithi.

299, 1. Gwr a las | o lesteir dichweith.

7. Poet ef an rodo | rann gobeith.

Poème XXIV, p. 304-308 (proverbes et aphorismes).

P. 305. 2. **Ny** nawt **k**yhafal **k**yvaeth law.

4. Pob **llyfwr llemittyor** arnaw.

9. **Digawn Dovyd darparo.**

306, 1. **Gwell** nac | no geu edewit (1).

27. Namvyn **Duw** | nyt oes dewin (2).

307, 12. Gwell rihyd | no ryssedha.

20. Kynnic mynawc marchogaeth.

31. **Ny** nawt **eing llyfyrder** rac lleith;

32. **Enghit glew oe gyfarweith.**

308, 5. Ny char Dovyd diobeith.

15. Ny rydecho rydygir.

18. A vo da gan **Duw** ys dir.

19. A vo glew gochlywir.

Livre d'Aneurin. Le Gododin :

P. 63, 11. Rac pebyll Madawc | pan atcoryei,

12. Namen un gwr o gaut eny delhei.

19. Ny nodi nac ysgeth nac ysgwyt.

(1) Skene, *gen.*

(2) Lisez *namwyn.*

25. Ef gwrthodes gwrys | gwyar disgrein.

50. Kyn no diw e gwr | gwrd eg gwyawr.

65, 8. Travodynt en hed | eu hovnawr.

10. Gwyarllyt gwynnodynt waewawr.

12. Rac gosgord Mynydawc Mwynvawr.

14. Dygymyrrws eu hoet | eu hanyanawr.

29. Ne llewes ef vedgwyn veinoethyd.

66, 9. Ef lladei Saesson | seithvet dyd.

20. Od uch lled lladei | a llavnawr.

27. A meibyon Godebawc | gwerin enwir.

67, 2. Gwyr gweiryd gwanar ae dilynei.

69, 5. Pareu rynn | rwygyat dygymmynei.

6. E gat blaen bragat briwei.

10. A llavyn lliveit lladei.

16. Eveis y (1) win a med | e mordei.

70, 4. Neus adrawd Gododin | gwedy fossawt,

5. Pan vei no llivyeu | llymach nebawt.

19. Bu bwyt brein bu bud e vran.

22. Ac o du gwasgar gwanec tu bron.

23. Beird byt barnant wyr o gallon.

28. Gorgolches e greu y seirch.

71, 4. Dra chas anias dreic ehelaeth,

5. Dragon yg gwyar gwedy gwinvaeth,

6. Gwenabwy vab Gwenn, gynben Gatraeth.

8. Ny deliis meirch neb Marchlew.

11. Keny vaket *am* vyrn *am* borth.

15. Yt rannei rygu e rywin.

16. Yt lladei a llavyn vreith o eithin.

27. Keredic caradwy e glot.

72, 1. Ys deupo car kyrd kyvnot.

3. Keredic caradwy gynran.

5. Ysgwyt eur crwydyr cadlan.

10. O daffar | diffynnei e vann.

(1) Y ne compte pas.

11. Ys deupo kynnwys yg kyman.

13. Pan gryssiei Garadawc y gat.

14. Mal baed coet | trychwn trychyat.

17. Ys vyn tyst | Ewein vab Eulat.

18. A Gwryen a Gwynn a Gwryat,

19. O Gatraeth o gymynat.

73, 1. A chet lledessynt wy lladassan;

2. Neb y eu tymhyr | nyt atcorsan.

4. Blwydyn oduch med | mawr eu harvaeth.

11. A phrit er prynu breithyell Gatraeth.

74, 11. E neb a wanei | nyt atwenit.

14. Rac vuan y veirch, rac rygiawr.

19. Ergyr gwayw rieu | ryvel ohwerthin.

75, 11. Am gwydaw | gwallt e ar benn.

18. Trywyr yr bod hun Bratwen.

77, 9. Nyt ef borthi gwarth gorsed

10. Senyllt ae lestri llawn med.

78, 11. Byssed brych briwant barr.

12. Am bwyll | am disteir | am distar.

13. Am bwyll | am rodic | am rychward.

15. Ny hu wy | ny gaffo | e neges.

30. No moryen | ny waeth wnelut.

79, 14. Kywyrein ketwyr kywrennin.

20. Id.

26. Ny phyrth mevyl moryal eu dilin.

80, 3. Kywyrein ketwyr kyvarvuant.

6. Seith gymeint o Loegrwys a ladassant.

13. Dor angor bedin | bud eilyassaf.

16. Ef lladei oswyd | a llavyn llymaf.

18. Mab klytno clot hir canaf.

81, 8. Llurugogyon nys gwn lleith lletkynt,

9. Cyn llwyded eu lleas dydarvu.

82, 13. Ardyledawc canu | kyman kaffat.

31. A gwedy dyrreith | dylleinw aeron.

83, 7. Ardyledawc canu | keman kywreint,

8. Llawen llogell byt | bu didichwant.

10. Yr eur a meirch mawr | a med medweint.

17. Dyfforthes meiwyr | molut nyvet.

26. Neus adrawd Gododin | gwedy lludet.

84, 2. Mal twrch y tywysseist vre.

4. Bu gwyar gweilch gwrymde.

11. Oed llew y lladewch chwi dynin.

23. Dyfforthes ae law luric wehyn.

85, 2. Gwlat gord garei gwrd vedel,

3. Gwrdweryt gwaet am irved.

6. Ardelw lleith dygiawr lludet.

31. Gwr ffrwythlawn | fflamdur rao esgar.

86, 21. Trindygwyd trwch trach y lavnawr.

23. An dyrllys molet med melys maglawr.

29. A plenn Dyvynwal a breich brein ae cnoyn.

87, 15. Neus adrawd gwrhyt | rac Gododin.

28. Ef lladei val dewr | dull ny techynt (1).

89, 3. Gereint rac deheu | gawr a dodet.

14. Ragorei veirch racvuan.

27. Trwm en trin a llavyn yt lladei.

28. Garw rybud o gat dydygei.

90, 10. Gochanwn gochenynt wyth geith.

12. Llath ar y ysgwyd | llory en y llaw.

13. Ef gelwi gwn gogyhwc.

25. Nym daw nym dyvyd a vo trymach.

91, 11. Er pan want maws mur trin.

92, 2. Trwm en trin a llain yt lladei.

26. Ar Gynt a Gwydyl a Phryden.

Gwarchan Adebon :

P. 94, 13. Emis emwythwas amwyn.

(1) Skene, *Ef lladei val deurdull nyt echyn.*

Gorchan Kynvelyn :

P. 96, 5.   Gorchan Kynvelyn kylchwy wylat.
     32.   Gwarchan kyrd Kynvelyn kyvnovant.

Gwarchan Maelderw, p. 97-107 :

P. 97, 25.   Tervyn torret tec teithyawl.
     26.   Nyt arvedawc e volawt.
  98, 1.   Dyssyllei trech tra manon.
     24.   A lenwis miran | mir edles.
     29.   Gogled Run | ren ry dynnit.
  99, 5.   Kentaf digonir canwelw.
     13.   Nac ysgawt y redec ry gre.
  100, 2.   Dywal yg cat kyniwng yg keni.
     5.   Baran baed | oed Bleidic | mab Eli.
     8.   Y ar arvul cann | kynn oe drenghi (1).
  101, 1.   Ef rodei gloywdull glan y gwychiauc.
     6.   Pan vei no llif llymach nebaut.
  102, 6.   Pan doethant deon o Dineidin.
     20.   Ae yg kynnor llu | lliwet disgin.
  104, 21.   Guannannon guirth med | guryt muihiam.
     29.   Mal taran nem tarhei scuytaur.
  105, 14.   Guelet e lavnaur en liwet (2).
  106, 12.   Ni cilias taro trin let un ero.
     22.   Erdyledam canu | i cinon cigveren.
     30.   Oed ech en temyr | treis canaon.
     34.   Erdiledaf canu | ciman cafa[t].

(1) Lisez *kyn noe.*
(2) Texte : *lavanaur.*

§ 5. — *La cynghanedd allitérative par syllabe initiale (voyelle + consonne; consonne + voyelle), ou même mot allitérant).*

A. — La syllabe commence par une consonne.

Myv. Arch. :

P. 141, 2. Ni thorraf am **c**ar fyn**gh**arennyt.
 150, 1. Gwelais yn **Rudlan** | yn **rudlan**w Cain.
 158, 1. Am Gyndelw **brydyt** | yd **bryder**ynt.
 161, 2. Gwesti **ked** | **ked**ernyd vwyvwy.
 162, 1. Gortyfynyad **bual** | **butu**golyaeth valch.
 167, 1. Nyd **bart** ae **dadvarn** | **beirt** ae **dadver**.
 169, 2. **Kertoryon kert**assant racdut.
 150, 1. Ar berging **Coeling**, am eu **coel**fain.

Livre Noir :

P. 11, 3. Ym **gu**einvod im **gor**od im **gor**wet.
 13, 1. Arduireav e **tri tri**ned in celi.
  5. **Dy volaur** ys guir **dy vola**udir ys mi.
 14, 13. Yssi per **gadeir gad**arnaw.
  ·20. O **pechu** a **pechu**is Adaw.
  23. In y **devret** in **devra**w.
 15, 27. **Periw** new a **peris** idi.
 16, 19. Oe **gvybod gvybu** Duv oheni.
 17, 29. A phont ar **Taw** ac arall ar **Taw**uy.
 18, 6. Afallen **peren** | **per** y chageu.
  12. **Gorvo**let y **Gi**mry | **gorva**ur gadeu.

19, 2.   Namuin seith lledwac guydi cu **llettkint.**

23, 8.   Oian a **parchellan** a **parchell** guin.

35, 23. **Direid** new, **direid** daear.

40, 29. Y **periw** a **peris** new a llaur.

41, 7.   **Gostecwir** llis **gosteguch.**

18. Ych **priwgert** ych **priwclot** a digaw.

45, 28. Nid portbi **ryvic ryvegeis** im bron.

45, 4.   Erbarch o **kyvarch** o **kyvaenad.**

46, 6.   Llyna mab **gowri gobeith.**

24. Lloer **vilioet vilenhit.**

48, 17. Crin **calaw caled** riv.

49, 25. Nim guna **pryder** im **Prydein.**

56, 25. Y ar march **cadarn kad** fer.

57, 24. Teulu **Madawc mad** anhaur.

58, 13. **Kywarchaw kywercheis** c canweith.

59, 20. Yg **goleuder** seint ig **goleudeith** (1).

Livre de Taliesin :

P. 108, 12. Si **ffradyr** yn y **ffradri.**

110, 25. A'r meint **traethadur** a **traethwys.**

115, 24. Yn gwna **medut meddawt medyd.**

126, 9.   Bydinoed **Katwaladyr kadyr** y deuant.

30. Nys gwnaw **medut meddawt** genbyn.

128, 7.   Y **pedeir** blyned a'r **pedwar** cant.

149, 14. **Kyweith kyweithyd** Clytwyn.

15. **Digonwyf digones** lyghes.

164, 7.   **Preid** Wenhwys iolin | **preid** daresteinat.

26. Rei gwyllt rei **dof** | **Dovyd** ac gwna.

170, 6.   A Bleidut gorllwyt **goreu affein.**

177, 28. Gwlat **Syr** a **Siryoel** a gwlat **Syria.**

(1) Les vers des pages 57-59 sont d'un poème de la moitié du douzième siècle environ.

181, 18. Ig kaer pedryvan **pedyr** y chwelyt.
183, 23. Gweleis i wyr **gospeithic gospylat.**
192, 15. **Glew** ryhawt **glewhaf** un yw Uryen.
193, 8. Un yw **hydgre hyd** yn divant.
    24. Un lle **rygethlyd rygethlic.**
194, 24. **Cleda cledifa cledifarch.**
212, 2. Hyt pan **traghwy traghawt** trydar.
214, 13. A **rywelei** a **ryweleis** o aghyfyeith.

Livre Rouge :

P. 296, 8. Llwrw **ganon** o gano y pader.
  304, 30. **Dychystud** aghen **dychyfyaw.**
  307, 18. **Mawr** Duw, **mor** wyt wrda (1).

Livre d'Aneurin :

P. 63, 21. Rao ergyt **Catvannan catwyt.**
  64, 2. Kwydei **pym pymwnt** rac y lafnawr.
  66, 12. Pan dyvu **Dutvwlch dut** nerthyd.
  70, 3. Ef **disgrein** eg cat **disgrein** en aelawt.
    30. **Cam** e adaw heb gof **camb** ehelaeth.
  73, 7. Mor hir eu **hetlit** ac eu **hetgyllaeth.**
  75, 9. Am **drynni drylaw** drylenn.
  76, 6. Na bei **kynhawal kynheilweing.**
  77, 3. **Nyt emda** daear nyt emduc.
  79, 4. Gododin gomynaf dy blegyt.
  80, 14. O'r sawl a **weleis** ac a **welaf.**
  85, 5. **Seingyat** am **seirch, seirch seingyat.**
  86, 19. Peleidyr pwys **preiglyn** benn **periglawr.**
  87, 29. **Tavloyw** ac ysgeth **tavlet** wydrin.

(1) Skene, *morwyt.*

31. **Menit** y gynghor | **men** na lleveri.

89, 16. Kyn **glasved** a **glassu** eu rann.

90, 29. **Pellynio** e glot **pellws** e **galch.**

96, 27. Kynon a **Chatrcith** a **Chatlew** o **Gatnant.**

98, 30. Gorthew am **dychuel dychuelit.**

100, 7. Ac yn dyd **camawn camp** a wneei.

101, 18. Meryn mab **Madyeith mat** yth **anet.**

104, 8. Rac **trin** riallu **trin** orthoret.

105, 15. En civamuin **gal galet.**

16. Rac **goduryf** y aessaur **godechet.**

21. Nyt atwanei **ri guanai riguan**et.

B. — La syllabe ou le mot commence par une voyelle.

Myv. Arch. :

P. 140, 1. Can dyddaw **angeu** | **angen** drallawd.

Handoet Gadgyffro o **An**arawt.

149, 2. Yn *ail* **arwyre** *ail* **arwy**rein.

143, 1. Gwelais o **arfod aerfab** Gruffud.

144, 2. **Argoed** nwy **asswe aserw** yndaw.

140, 1. Mal **Urien urdden** ai **amgyffrawd.**

142, 2. Yd **endewis enau** yn achlysur gwir.

147, 2. Nyd haws yth **esgar esgor** dy gosbawd.

148, 1. Yd **archaf** i **arch** iawn.

O'i **angau anghlaear.**

148, 2. **Arwystli arwyste** rad.

Am adfod *arth* **arfod arf** he.

150, 1. Gwelais eu **hadaw** heb eu **hadain.**

150, 2. **Aerdarf arynaig** | **aerdorf angor.**

Oed **amdroch** lynges **aches achor.**

150, 2. Oed *amliw* **gelau** | oed *aml* **gelor.**

Oed gwrd *am* **alaf** | *am* **Alun** drefred.

157, 1. Bro amnawt **oesgawt** | **oesgeith** y gynnygyn.
Drud **aerlud aerlew** yn **aerlleith**.

165, 2. Am **eurvro** am **eurvron** terrwyn.

185, 1. Auch rotaf **arawd** | **arovun** a wnaf.
Arvogyon gydyhun.

193, 1. Kyn yn dwyn yn **herw** yn **herwyt**.
Yn **herwr** ar Dovyt.

197, 1. Chweris oe hadaw | hi adoed kynrann.

201, 2. **Eryres** ormes | **eryron** dyrrva.

204, 1. **Ard**aly nef **ard**unya fyn dlid.
Dym dotyw **edliw** ac **edlid**.

207, 2. Penn **elyf** pen **elwyf** Wynet.

217, 1. Cyflawn **awen awydd** Fyrddin.

238, 1. Ny chaei dy **esgar escor** lludet.

252, 1. Gwr a wnaytb **adaw** | **adar** ar gynrein.

252, 2. Noc a wnaeth **agheu aghytt**ret avael.

253, 1. A golles **angel anghel**vytaf.

260, 1. Eurvro **gadw gad**arn dinac.

268, 2. Gwisgoed **amdanaf** | oddi **amdanaw**.

270, 2. A nawd a **archaf archengy**lion mawr.

271, 2. **Archaf arch** i'm naf.

276, 2. Pam na ddoi (*di*)**attaf** | neu fi **attad**.

Ce genre d'allitération, fréquent jusque dans la première moitié du quatorzième siècle, paraît être évité ensuite par les poètes. Il est contraire aux idées des métriciens des quinzième-seizième siècles sur la *cynghanedd*.

Livre Noir :

P. 13, 2. Yssi **un** a thri **un**ed **un** ynni (1).

(1) Skene, *yuni*.

17, 3. Pendevic **adwi**n a**dvi**ar.

19, 24. A tiff in **arg**el in **Arg**oydit.

21, 7. Clat in lle **arg**el in **arg**oedyt.

24, 16. O hil Ris **aerllu**t **aerlly**f bitin.

36, 23. Y Duv y **harcha**w **arch** roti.

58, 17. Y **al**ar ae **al**on ympob ieith.

26. Rvit **atta**w **atte**p vygobeith.

Livre de Taliesin :

P. 124, 30. Dechymyd **aghe**n **aghe**u llawer.

114, 28. O **ossymdeith O**sepio.

201, 32. Rac mab **Ede**rn kyn **edy**rn anaelew.

212, 2. Gadent eu **hamry**dar ae **hamry**sson.

110, 18. **Advwyn** haf o'r **advwynd**awt (1).

Livre Rouge :

P. 293, 18. Ac **Allm**yn heb **all**el kyrcheu.

305, 30. **Anghyfaely**wr an**ghyfy**rdelit.

Livre d'Aneurin :

P. 77, 3. *Nyt* **emd**a daear *nyt* **emd**uc.

7. O gyvle **anghe**u o **angha**r dut.

70, 31. Nyt adawei **adw**y yr **adw**ryaeth.

85, 9. Keint **amna**t **amd**ina dy gell.

87, 18. Godef gloes **anghe**u trwy **angky**ffret.

90, 24. Peum (2) dodyw **angky**vwng o **angky**varch.

(1) Lisez *Adwynhaf* en le faisant porter sur *kerenhyd* du vers
suivant.

(2) Lisez *neu'm* ?

94, 5. Ny phell gwyd aval o avall.   (8 syll. : proverbe.)
97, 3. Gwibde adoer adwyaer.

§ 6. — *Allitération par voyelle initiale, sans préoccupation des consonnes ?*

Au douzième siècle, il n'y a pas un seul vers où ce mode d'allitération puisse être relevé. Pour les Vieux Livres, je mets les vers où cette allitération est admissible sous les yeux du lecteur. Dans quelques cas, cette allitération paraît certaine.

Livre Noir :

P. 11, 18. A llevuod ac imtuin enviret.
  12, 19. A'th vendiguste attpaur a dien.
    23. A'th vendiguiste awir ac ether.
  23, 25. A rieu enwir edwi fruytheu.

Livre de Taliesin :

P. 111, 1.   O dwfyn veis affwys abret.
    12. A Poli ac Alexandria.
    13. A Garanwys ac Indra.
    15. Asicia Affrica Europa.
  113, 20. Uffern oer y hachles?
  117, 1.   Arall atwyn hael gwyl Golystaf.
    2. Atwyn aeron yn amser kynhaeaf.
    5. Arall atwyn rythalhwyr aede.
    27. Arall atwyn yn amser paradwys.

31. Arall atwyn athreidaw o geryd.

34. Atwyn didryf ewic ac elein.

118, 1. Arall atwyn ewynawc am barchuein.

125, 20. A lluman a daw agarw discyn.

162, 23. Odid o Gymry ae llafaro?

169, 19. Advwyn gaer yssyd yn yr eglan.

177, 27. Hael Alexander ae kymerth yma.

190, 20. Yn y doeth Ulph yn treis ar y alon.

182, 21. Pan aetham gan Arthur afyrdwl gynhen.

183, 24. A gwyar a vaglei ar dillat.

29. Pan amwyth ae alon yn Llech wen.

189, 30. A lladwn ac ef ae gyweitbyd.

192, 29. Un y egin echangryt gwawr.

193, 28. Anhawd diollwg awdloed.

211, 4. O dit o vab dyn arall y par.

Livre Rouge :

P. 296, 9. Oret y Duw | o Duw uy omnied (1).

307, 5· Nyt eglur edrych yn tywyll.   (Proverbe.)

Livre d'Aneurin :

P. 71, 19. Issac (2) anvonawc o barth Deheu.

78, 7. Erkryn e alon afar (3).

85, 21. Bedin ordyvnat en agerw.

86, 9. Rac eidyn aryal flam nyt atcor.

15. Namen un aryf amdiffryf amdiffwys.

84, 18. Kynnedyf y Ewein esgynnu. ar ystre.

22. Anglas asswydeu lovlen.

(1) Lisez *ny ommed*.

(2) Lisez *Issawc*.

(3) Skene, ar af.

87, 21. **Ac ucheneit** hir **ac eilywet.**

   26. Ķynnwys ygalwt **nef | adef avneuet.**

89, 19.   E hual **amhaval afneuet.**

106, 15. Ef ladhei avet **ac eithaf.**

§ 7. — *Assonance et allitération interne.*

Par assonance, j'entends ici simplement l'accord
ou consonnance vocalìque sans tenir compte de la
place et parfois de la valeur des consonnes. Quant
à l'allitération interne, son caractère sera précisé
par les exemples qui suivent. Ce genre de *cynghanedd* ne paraît pas dans les poèmes à partir
de la deuxième moitié du douzième siècle. Pour
les Vieux Livres, bon nombre de cas sont douteux ; je mets sous les yeux du lecteur les pièces
du procès.

A. — Assonance vocalique.

Livre Noir :

P. 17, 14. Ac a **v**it **vo** y g**a**t | **in** ardudvy.

   24, 4. A p**o**rtheis i n**ei**thvir o anhunet.

   25, 21. A chussil a rot**a**f e | y Wenabwy.

   27, 20. Gvitil a Brython a Romani.

   46, 5. Mad deuthoste yg corffolaeth.

   10, 19. Meir mam Crist | ergynan | rianet.

   15, 14. Gvnaeth Duv trugar gardaud.

   20, 26. A dyvod grande o aranvinion.

   22, 2. Ny mat rianed o plant Adaw.

   24, 19. Ban llather y Saesson y Kimereu trin.

36, 25. Im eneid rac y poeni.
37, 7. Ym eneid rac poenoweint (1).
56, 9. Kid y lleinv keudawd | nis beirv calon.

Livre de Taliesin :

P. 108, 9. Wyf bard ni rifaf i eillon.
109, 18. A chyn vyghyfalle ar llathen preu.
126, 32. O ymdifeit veibon ac ereill ryn.
154, 20. A Maelgwn vwyhaf y achwysson.
156, 9. Avacdu vy mab inheu.
163, 1. Gogyfarch Vabon o arall vro.
192, 24. Mawr Gwrneth ystlyned y Vrython.
193, 10. Un yw gwlat vab eginyr.
     21. Lliaws Run a Nudd a Nwython.
125, 32. Y Aber Peryddon ny mat doethant.
127, 11. Atvi pen gaflaw heb emennyd.
150, 9. A wnaw Peithwyr gorweidawc.
158, 28. Gweleis ymlad taer yn Nant Frangcon.
159, 1. Y geissaw yscut a hudolyon.
164, 23. Lleaws creadur a vac terra.
198, 21. Tardei pen am wern gwerin goadvwyn.
202, 9. Seith meib o veli dyrchafyssyn.
     12. Gwlat varw dydervyd hyt Valaon.
206, 6. Keinyadon moch clywyf gofalon.
214, 4. Famen gowyreis herwyd maris.

Livre d'Aneurin :

P. 66, 24. O Vreithyell Gatraeth pan adrodir.
67, 8. Gwrthlef ac evo bryt ae derllydei.
71, 16. Yt ladei a llavyn vreith o eithin.
     20. Tebic mor lliant eu devodeu.

(1) Skene, *rac poein owein.*

76, 12. Oed dinas e vedin ae cretei.

85, 15. Eillt Wyned klywer e arderched.

87, 20. Dygwydaw an gwyr ny penn o draet.

99, 8. Taf gwr mawr y wael Maelderw.

100, 31. Ath vodi gwas nym gwerth na thechut.

104, 11. Div merchyr bu guero eu citunet.

70, 18. Bu ehut e waèwawr bu huan.

83, 29. Moch dwyreawc ymore.

101, 5. Ny sathraut Gododin ar glaur fossaut.

Livre Rouge :

P. 293, 20. A gwander seis ac inseilau.

295, 13. Mi ath ogyvarchaf ar arwydon.

B. — Allitération.

Livre de Taliesin :

P. 115, 18. Mal arvoll dillat heb law.

149, 29. Ny medylyeisti dy alon.

158, 12. Oed gwell y synhwyr nor veu.

189, 23. Lew, kyn astalei o wystyl nebawt.

182, 14. Seith ugeint kygwng yn y aerwy.

203, 3. Neu vi a elwir gorlassar.

190, 20. Yn y doeth Ulph yn treis ar y alon.

Livre d'Aneurin :

P. 83, 19. Diw merchyr perideint eu calchdoet.

Livre Rouge :

298, 19. Duundeb Saesson yssew nosswaith.

CHAPITRE IV.

On peut affirmèr que, depuis la seconde moitié
du douzième siècle, il n'y a pas de vers gallois
sans *cynghanedd* interne. On trouve parfois encore, fort rarement, dans la seconde moitié du
douzième siècle, de ci, de là, un vers qui, par lui-
même, ne paraît pas en avoir ; mais, dans ce cas,
il est relié métriquement à un vers précédant ou
suivant.

Myv. Arch., p. 145, 2 (Gwalchmai à Owein
Gwynedd) :

> A **dygyfor** Lloegr **dygyfrang** a hi
> Ac eu **dygyfwrw** yn astrussi.

Le second vers n'a pas de *cynghanedd* par lui-
même : c'est un reste de l'ancienne conception de

l'unité métrique. Nous avons constaté que, pour
les vers dits à *cyrch* ou *toddaid* (distique de seize
ou dix-neuf syllabes), l'unité était ce que les Alle-
mands ont appelé *Langzeile*, et que j'ai nommé
grand vers. Il en est de même pour le *cywydd
odliaidd*, qui est une longue ligne de quatorze syllabes ; pour le *hupunt byrr*, dont les trois vers
sont des membres du vers de douze. Le vers de
cinq syllabes remonte aussi vraisemblablement au
vers de dix syllabes, comme nous l'avons vu
(livre I, ch. I, § 2). La *cynghanedd* vient à l'appui
de cette hypothèse ; la scansion, aussi. C'est ainsi
que les deux vers suivants de Taliesin, isolés,
sont défectueux :

P. 161, 12. Vu gwr ae goreu   (5 syllabes.)
        13. Yr holl greadurieu.   (6 syllabes.)

Il faut les unir, et rattacher *yr* à *goreu* :

Vu gwr ae goreu'r | holl greadurieu.   (10 syllabes.)

Dans les triplets, les trois vers sont intimement
unis ; les deux premiers, dans le système à *toddaid*
ou *cyrch*, sont indivisibles. En partant de l'unité
métrique ancienne, on arrive à diminuer et presque à supprimer la catégorie des vers sans *cynghanedd* dans les Vieux Livres. Il y a cependant
une réserve à faire : le genre du poème doit aussi
entrer en ligne de compte ; les dialogues parfois,

dans les triplets, se passent de *cynghanedd;* le
genre des prophéties (*brudieu*) est aussi assez peu
exigeant en matière de *cynghanedd.*

§ 1. — *La cynghanedd dans les vers de quatre syllabes.*

Il n'y a qu'un seul poème de ce type, en dehors
de la strophe *hupunt byrr;* il se trouve dans le
· *Livre de Taliesin* (Skene, II, XXXIII, p. 185-187).

Les vers sont reliés les uns aux autres par divers
artifices : allitération initiale, reprise ou allitération de la finale à l'initiale du vers suivant, inver-
sions, etc. :

> **A** ryfed mawr
> **Ac** eur **ac** awr
> **Ac** *awr* a chet
> **A** chyfrivet
> **A** chyfriuyant
> **A** *rodi* **chwant**
> **Chwant** oe *rodi*
> **Yr** vy llochi
> **Yt** lad yt gryc
> **Yt** vac yt **vyc**
> **Yt** vyc yt **vac**
> **Yt** lad yn **rac**
> **Racwed** rothit.

On remarque même, p. 186, 25 :

> **Annogyat kat**

Diffreidyat gwlat
Gwlat diffreidyat
Kat annogyat.

§ 2. — *La cynghanedd dans les vers de cinq syllabes*.

Livre Noir. — Les quatre poèmes du *Livre Noir* de ce type sont ordonnés dans l'édition de Skene, en vers de dix syllabes, ce qui paraît justifié par le manuscrit (voir plus haut, livre I, chap. I, § 2). Dans ces vers ainsi disposés, la *cynghanedd*, en dehors de la rime finale, consiste essentiellement dans la rime à la coupe, c'est-à-dire dans la rime de la cinquième syllabe avec la finale du vers. Il y a en outre, dans quelques vers, rime de la césure avec un mot dans l'intérieur du second hémistiche (V, p. 7, 22; VII, p. 9, 25, 29) :

— Guae ti din hewid | pir doduid im bid (12 syllabes.)
— Rotiad bid beddrael | nid guael y gerenhit.
— Nis rydraeth ryveteu kyvoeth ruyteu Dovit.

Les reprises ou répétitions sont fréquentes d'un vers à l'autre :

P. 7, 31. **Pa roteiste** o'th reuvet | **kin** kyues argel.
    32. **Pa roteiste** o'th olud | **kin** muill moll mud.
  8, 28. **O seith** lavanad ban im se suinad.
    29. **O seith** creadur pan im dodaeth ar pur.

30. **Oetun** tan llachar pan im roted par.

31. **Oetun** prit daear, nym dyhaetei alar.

32. **Oetun** guint gouchaf llei vynruc nom da.

P. 9, 1. **Oetun** nyul ar mynit yn keissau keton hit.

2. **Oetun** blodev guit ar vinep elvit.

Les deux hémistiches, outre la rime par leur finale, sont aussi assez souvent reliés par l'allitération :

P. 9, 12. **Ny llettaud lle dinag** | *na* **didrif** *na* **diag.**

13. A widy **tagde** | **teernas** arvere.

14. Dygettaur y tri llu | rac drech drem Jessu.

16. **Llu** arall **brithion** | eiliv brodorion.

20. **Myn y mae meillon** | a gulith ar tirion.

21. **Myn y mae** kertorion | in kyveir kysson.

27. O'r saul **dymguytat** | ar lleith **dimgorbit.**

Dans le poème XI, les deux hémistiches sont aussi souvent reliés par l'allitération :

P. 13, 1. Arduireav e **tri** | **trined** in celi.

4. A'th volaf **vaur** ri | **maur** dy urhidri.

5. *Dy* **volaur** ys guir | *dy* **volaudir** ys mi.

Dans le vers 21, chaque membre allitère à part.

A **serch** in **sinhuir** | a bun (1) **hygar huir.**

Dans le poème XXXII, qui est un dialogue, les vers de cinq syllabes sont groupés par deux ou par

(1) Peut-être *hun.*

quatre, quelquefois davantage (deux fois six vers,
une fois sept, une fois trois) :

P. 50.   **Pa gur yv** y porthaur | **Gleuluid gavaelvaur.**
           Pa gur ae govin | Arthur a **Chei guin.**
           Pa imda genhid | guir goreu im bid.
           Ym ti ny doi | onys **guaredi.**
           Mi ae **guar[e]di** a·thi ae **gueli.**
           Vyth neint Elei | assivyon ell tri.
51, 5.   — Oet **rinn** vy gueisson | in amuin eu detvon.
           — Neustuc Manauid | eis tull o trywruid.
           — A Mabon am Melld | maglei guaed ar guelld.
           — Pop cant id cuitin | id cuitin pop **cant.**
           Rac Beduir bedrydant.
52, 21.   *Oet* **trum** y dial | *oet* **tost** y cynial.
           Pan **yvei** o wual | **yvei** wrth peduar.

Livre d'Aneurin. — Il y a un certain nombre
de tirades de cinq syllabes dans ce Livre (p. 62,
67, 95, 99).

   Page 62. Il y a, de par la rime, quatre quatrains
de vers de cinq syllabes avec deux distiques, l'un
au milieu, l'autre à la fin de la tirade. Les vers,
ou bien ont la *cynghanedd* par eux-mêmes, ou par
groupe (deux à deux), ou des deux façons :

1.   Gredyf **gwr** oed **gwas**
2.   **Gwrhyt** am dias.
3.   Meirch **mwth myngvras**
4.   A (1) dan **vordwyt megyr** was.

(1) Prononcez *dan.*

5.   Ysgwyt ysgavyn lledan

6.   Ar bedrein mein vuan.

13.   Kynt y waet e lawr

            Nogyt y neithyawr ;

            Kynt y vwyt y vrein

            Noc y argyvrein,

            Ku kyveillt Ewein.

Ce quatrain gagnerait à être ordonné par vers de dix :

> Kynt y waet e lawr | nogyt y neithyawr
> Kynt y vwyt y vrein | nogyt y argyurein.

Les deux tirades des pages 67-68 présentent les mêmes caractères.

Dans le *Gorchan Kynvelyn* (p. 94-96), la *cynghanedd* est fort développée par vers :

P. 95, 2. Tyllei garn gaffon.

     7. Gwryt govurthyach.

   10. Rac canhwynawl cann.

   11. Lluc yr duc dyvel.

   17. A galar dwvyn dyvyd.

   21. Med mygyr melyn.

Mais aussi, assez souvent, il faut unir les vers pour avoir la *cynghanedd :*

P. 95, 2. Tyllei garn gaffon.

    3. Rac carneu riwrhon.

    4. Ryvelvodogyon.

28. **Dyrreith grad voryon.**
    Adan (1) **vordwyt** haelon.
30. **Kyvret kerd wyllyon**;
31. **Ar welling** diryon.

Page 99 (*Gorchan Maelderw*) : la *cynghanedd* fort développée présente les mêmes caractères.

Livre de Taliesin (voir livre I, chap. I, § 2), V, p. 118-123. Sur cent soixante-douze vers, si on prend les vers un à un, cent vingt-six manquent de *cynghanedd*. En les groupant, au contraire, en tenant compte des répétitions, des reprises, on en réduit le nombre à une vingtaine.

Page 121, 15 :

> **Ac ym oed** y ereu
> **Ac ym oed** i ieitheu
> **Ac ym oed** i ganwlat
> **Ac** eu **cant** lloneit
> **Canuet** gwlat pressent
> Ny bum heb gatwent
> **Oed** mynych **ky**far chwerw
> **Yrof** a'm kefynderw (2)
> **Oed** mynych kyrys cwydat
> **Yrof** y am kywlat
> **Oed** mynych **ky**flafan
> **Yrof** i ar truan.

(1) Prononcez *dan.*
(2) Skene, *eim* au lieu de a'*m.*

Pages 121-122 :

Tafaw ti (1) vyn **deutro**et
Mor **tru** eu hadoet
Tavaw dy'r (2) boenet
Escyrn vyn traet
Tavaw dy vyn dwy vreich
Ny ny (3) dybyd eu beich
Tavaw dy vyn dwy yscwyd (4).
Handid mor dyvyd
Tavaw dy'r cethron
Ymywn vyg callon ;
Tavaw dy gethrawt (5)
Yrwg (6) vyn deu lygat,
Tavaw'r (7) da allat
Coron drein ym iat ;
Tavaw dy oestru
A wanpwyt vyn tu.

Poème VII, p. 129-137 (deux cent cinquante-sept vers). Ici, il y a encore plus de vers sans *cynghanedd*, si on les isole. En revanche, il y en a pëu qui n'allitèrent en les groupant par deux ou trois. Les reprises, les répétitions sont fréquentes : trente et un vers commencent par *pan ;* ces vers

---

(1) *Ti* ne compte pas.
(2) Skene, *dyr.*
(3) Supprimez un des *ny.*
(4) Scandez : *Tavaw vyndwy 'scwyd.*
(5) Probablement *gethrat.*
(6) Prononcez *rwng.*
(7) Texte : *yr.*

sont groupés ou séparés par deux vers au plus. Il y a non seulement répétition ou allitération à l'initiale, mais encore dans l'intérieur d'un vers à l'autre :

P. 135, 1. **Gogwn pan dyleinw**
      Gogwn pan dillyd
      Gogwn pan wescryd
      Gogwn py pegor
      Yssyd y dan vor.

P. 133, 4. **Pet** *wynt* **pet** *ffreu*
      Pet *ffreu* **pet** *wynt*.
      Pet avon ar hynt
      Pet avon yd ynt ;
      Dayar **pwy** y llet
      Neu **pwy** y thewhet

22. ·Llaeth **pan yw** gwyn
      Pan yw glas kelyn
      Pan yw barvawt myn.

Poëme VIII, p. 137-144.(deux cent quarante-huit vers) : même système. Dans les vingt-deux premiers vers, dix-sept commencent par *bum*.

Poëme IX, p. 144-147 (quatre-vingt-quatre vers) : vingt-neuf vers commencent par *p*, généralement *py, pan, pwy,* une fois *pet,* une fois *pechadur*) :

P. 146, 13. Eneit **pwy** y hadneu
      Pwy pryt y haelodeu
      Py parth pan dineu
      Rywynt a **ry**ffreu.

Poème X, p. 147-149 (sur cinquante-trois vers, quatorze de huit syllabes) : *id.* : allitération assez marquée.

Poème XIII, p. 151-153 : sur soixante-six vers, il n'y a aucun vers sans *cynghanedd*, si on les groupe deux à deux. Pris un à un, un bon nombre en sont aussi pourvus :

P. 151, 22.	**M**ydwyf **m**erweryd
	Molawt **D**uw **d**ofydd
	Llwrw **k**yfranc **k**ywyd
	Kyfreu dyfynwedyd.
153, 9.	A **b**eird a **bl**odeu
	A **b**riallu a (1) **b**riwdeil
	A **bl**aen gwyd godeu.
25.	A **m**el a **m**eillon
	A **m**edgyrn **m**edwon
	Adwyn y **d**ragon
	Dawn y derwydon.

Poème XV, p. 155-157 : si on tient compte des répétitions à l'initiale, et qu'on groupe les vers deux à deux, il n'y en a pas sans *cynghanedd* :

P. 155, 20.	Ae **ff**onsa ae **ff**ur
	Ae **r**eom **r**echtur
	Ae **r**i **r**wyfyadur
	Ae **r**if yscrythur
	Ae **goch** **goch**lessur.

(1) Probablement a à supprimer.

156, 2.   Treded dofyn doethur
          Y vendigaw Arthur ·
          Arthur vendigan (1)
          Ar gerd gyfaenat.
157, 20. **Breuhawt bragawt bric**
          Breuawl eissoric.

Poème XVII, p. 159-162 (cent deux vers) : la
cynghanedd est moins soignée ; quelques vers,
même groupés deux à deux, en sont dépourvus.
Il y a construction symétrique dans quatre vers
de suite :

P. 161, 15.   Nyt kerdawr kelvyd
              Ny molhwy Dofyd (2).
      17.   Nyt **ky**wir keinyat
              Ny molhwy y tat

Poème XX, p. 167-168 (cent neuf vers) : *id.* (3).

(1) Lire *vendigat?*

(2) Skene, *mohwy.*

(3) Cf. dans le même livre : XXIII, p. 173-174 (cinquante vers):
jamais deux vers groupés ne sont sans *cynghanedd*. — XXV,
p. 175-176 (cinquante-neuf vers); un certain nombre de vers ont
plus de cinq syllabes; *id.* — XXVIII, p. 179 (vingt-trois vers);
id. — XXXII, p. 184-185 (Uryen, cinquante-six vers); il y a
des vers même deux à deux sans *cynghanedd;* reprises et répétitions fréquentes. — XXXIV, p. 187-189 (Uryen, cinquante-neuf
vers); répétitions fréquentes et symétriques (cf. p. 188, 23). —
XXXIX, p. 195-200 (Uryen, 46 vers); *id.* — XL, p. 196-197
(vingt-trois vers); *cynghanedd* presque absente, si on ne tient pas
compte des reprises et répétitions initiales. — XLI, p. 197 (vingt
et un vers); *id.* — LII, p. 207-211 (soixante et dix-sept vers;

§ 3. — *La cynghanedd dans les triplets.*

Dans le triplet, encore moins que dans tout autre genre, il ne faut prendre le vers isolément.
Si on ne sépare pas les trois vers les uns des
autres, il y a peu de strophes sans *cynghanedd*,
soit qu'un des trois vers soit particulièrement
avantagé par lui-même, soit qu'il se lie par la
rime ou l'allitération à l'un des autres ou aux
deux, sans parler de la rime finale. Dans le *Livre
Noir*, sur deux cent-vingt strophes environ, il n'y
en a pas plus de deux ou trois qui en paraissent
dépourvues. Dans le *Livre Rouge*, sur six cents
strophes environ, il en est de même. Un seul
poème en est à peu près complètement dépourvu :
c'est un dialogue religieux entre Gwrnerth et
Llywelyn, qui ne paraît ancien à aucun point de
vue (1). Si dans le triplet il y a un vers pris isolément, sans *cynghanedd*, c'est généralement le
premier ou le second : l'élégie de Katwallawn,
dans le *Livre Rouge*, a cinquante-cinq vers ;
parmi les seize vers qui, isolément, n'ont pas de

---

un bon nombre ne sont pas de cinq syllabes); nombreuses reprises et répétitions; p. 207-208, dans douze vers, reprise de
duw tous les deux vers. — LV, p. 214-216 (soixante et un vers);
nombreuses reprises et répétitions à l'initiale. — LVI, p. 216-217
(vingt-deux vers); *id.*

(1) Dans le *Cyvoesi Myrddin*, qui est du douzième siècle, quatre strophes n'ont pas de *cynghanedd.*

cynghanedd, on ne trouve qu'une fois le troisième vers.

Sur trois cent vingt-quatre vers dont se compose l'élégie de Cynddylan, quarante-six vers, isolément, n'ont pas de *cynghanedd* : sur ces quarante-six vers, six seulement sont des troisièmes vers. Le triplet ressemble à l'épigramme : le trait principal est souvent dans le dernier vers.

La proportion pour la *cynghanedd* vocalique et la *cynghanedd* consonnantique paraît approximativement la même que dans les autres genres.

Les traits caractéristiques du triplet fixés pour la structure de la strophe dès le neuvième siècle (voir tome II, livre I, ch. II, § 3) le sont aussi au point de vue de la *cynghanedd*, d'après les poèmes du manuscrit de Juvencus. Pour ces poèmes et les triplets des *Mabinogion*, voir plus haut, tome II, première partie, p. 194-197.

A. — *Cynghanedd vocalique.*

I. — La *cynghanedd* vocalique, dans les triplets à *gair cyrch* ou *toddaid*, à rejet intentionnel ou non.

Nous savons qu'en vertu d'une loi générale appliquée sans exception depuis la deuxième moitié du douzième siècle, s'il y a rime interne, le membre portant la deuxième rime se relie à un mot précédant la rime finale par l'allitération;

tandis qu'en cas d'allitération, deux mots allitérants (régulièrement un mot par membre) suffisent.
En vertu de cette loi, le *gair toddaid* appartenant
en réalité, à l'origine, au deuxième vers et étant
métriquement traité en conséquence, si le *gair
toddaid* rime avec un mot du deuxième vers, il
doit y avoir lien d'allitération entre ce mot et un
autre suivant, c'est-à-dire, d'après l'idée des métriciens, dans le deuxième membre de ce vers. Si
le *gair cyrch* allitère avec un mot du deuxième
vers, la loi est appliquée et une allitération suivante est inutile. Il peut se faire que le poète ait
jugé inutile de faire rimer ou allitérer le mot ou
gair toddaid avec un mot suivant : c'est son
droit. Il n'y a donc pas à s'étonner de trouver, au
moins dans les poèmes antérieurs à la deuxième
moitié du douzième siècle, de ces expressions ou
mots sans lien métrique, isolés dans le vers ou
distique.

Dans le *Livre Noir*, au cas où il y a lien entre
le *cyrch* et le second vers par rime, on constate,
dans le plus grand nombre des cas, un lien d'allitération entre le dernier membre du second vers
et le premier (1).

---

(1) *Livre Noir.* Il y a lien : 29, 13, 25; 30, 12, 17, 18, 21; 31, 2,
11, 20; 32, 11; 33, 5; 15; 44, 8, 17; 48, 4, 13, 17, 29; 49, 1, 25, 28,
31; 50, 18; 60, 28 (vingt-quatre cas).

Il n'y a pas lien : 44, 10; 54, 28; 33, 8; 34, 23; 44, 28.

Ces évaluations, comme les suivantes, ne sont qu'approxima-
tives.

S'il y a simplement allitération entre le *cyrch* et un mot du deuxième vers, il peut y avoir un deuxième mot (du second membre, celui-là) allitérant en outre (1).

La proportion pour la liaison paraît moins forte dans le *Livre Rouge* (2).

Au point de vue de la *cynghanedd* dans les deux premiers vers, on peut répartir les triplets à *cyrch* en deux catégories :

1° Le *gair cyrch* ou *toddaid* rime le plus souvent avec la coupe du vers suivant (allitère quelquefois avec un mot du deuxième vers); le mot qui précède le *gair cyrch* rime avec la finale des deux vers suivants.

Dans ce type, le plus souvent, les deux premiers vers forment seize syllabes; la coupe du premier vers est généralement à la cinquième syllabe, la deuxième à la huitième syllabe (celle qui rime avec la finale des vers suivants) (3).

---

(1) Cf. *Livre Noir*, 31, 2 :

> Bet Gurgi gvychit a guindodit — lev
> A bet llaur llu ovit.

(2) Les triplets du type à *cyrch* rimant ou allitérant, précédés d'un mot rimant avec la finale des vers suivants, sont relevés plus bas.

(3) *Livre Noir* : 29, 25 ; 30, 12, 17, 18, 21 ; 31, 2, 17, 20 ; 32, 32 ; 33, 5, 8, 15 ; 34, 7, 23, 26 ; 44, 8, 11 ; 44, 28 ; 47, 15 ; 48, 4, 13, 19, 29 ; 49, 1, 13, 22, 25, 28, 31 ; 50, 18 ; 54, 22, 28, 25 ; 60, 28.

Livre Rouge : 219, 1 ; 220, 4, 19, 22 ; 221, 26 ; 224, 18 ; 225, 1, 14 ; 230, 4 ; 231, 1 ; 232, 18 ; 234, 15 ; 236, 16 ; 239, 13, 25 ; 246, 3, 18 ; 247, 3, 9, 12 ; 248, 5 ; 251, 22, 25 ; 252, 3, 6 ; 24 ; 253, 1, 4, 10, 13, 19 ;

Livre Noir, p. 30, 18 :

> Bet mor maurhidic diessic — unben
> Post kinhen kinteic
> Mab Peredur Penwetic.

Parfois le *gair cyrch* seul rime avec le vers suivant (1).

Livre Noir, p. 29, 1 :

> Bet Keri cletifhir y godir hen egluis
> .   Yn y diffuis graeande
> Tarv torment y mynwent Corbre.

Parfois, rarement, le *gair cyrch* rime avec la finale des vers suivants.

Livre Rouge, p. 234, 22 (cf. 235, 4) :

> Pan dyvo y Brych cadarn hyt yn Ryt Bengarn
> Lliwawt gwyr treuliawt karn
> Penndevic Prydein yno penn barn.

Dans un bon nombre de cas, le *gair cyrch* ne rime ni n'allitère avec le deuxième vers (2).

254, 10, 16, 25; 255, 10, 13, 25; 256, 3, 15; 260, 18, 21; 261, 7, 10; 266, 1; 268, 19; 269, 1; 270, 19; 278, 4; 270, 22; 280, 21; 281, 16, 22, 25; 282, 13, 16; 283, 4, 22; 285, 1; 287, 17; 291, 13.

(1) *Livre Noir* : 29, 1; 32, 11; 34, 26.

Livre Rouge : 219, 16; 221, 26; 222, 22; 223, 1; 225, 7; 233, 24; 234, 22; 235, 4; 253, 25; 256, 6; 278, 25.

(2) *Livre Noir* : 29, 16; 30, 27; 30, 33; 31, 24, 27; 32, 8; 33, 2, 11;

III.   6

2° Le premier vers du triplet est, métriquement, indépendant des deux autres.

Livre Noir. — Sur environ vingt et un triplets de ce genre, cinq font rimer la césure (la cinquième syllabe) du premier vers avec la finale du vers qui, lui, a dix, parfois onze et même douze syllabes. Dans deux des autres, il y a rime entre la cinquième syllabe et un mot suivant avant le mot final (1).

34, 4, 26; 36, 1, 17; 38, 31; 43, 4; 44, 1, 5, 19, 22, 25; 47, 18; 48, 16, 29, 32; 49, 10, 13, 16, 19; 53, 11; 54, 13, 25; 55, 7; 60, 10, 16; 61, 17. Dix-huit de ces triplets font rimer la cinquième syllabe du premier vers avec un mot suivant généralement la cinquième syllabe. Il n'y a pas de rime, rarement allitération entre les deux mots du premier membre du premier vers.

Livre Rouge : 219, 10; 220, 1, 7, 13; 223, 10, 13; 224, 1; 225, 20, 26, 6, 13; 227, 24; 228, 4, 10; 229, 15, 21, 22; 239, 13, 25; 243, 15; 245, 16, 19, 22; 246, 3, 6, 9; 247, 1, 7, 10, 12; 248, 15; 249, 23; 252, 9, 12; 253, 3; 254, 1, 7, 10, 22, 25; 255, 1, 4; 258, 21; 259, 7; 260, 21, 24; 261, 16, 19; 263, 4, 10, 16; 264, 8, 16, 25; 265, 25; 267, 1; 270, 7, 10; 272, 1; 274, 6, 12; 279, 7; 280, 15, 18; 281, 16; 282, 1, 4, 16, 19; 283, 19, 13, 16; 284, 7, 10, 13, 16, 19, 22; 285, 1, 4, 25; 286, 1, 7, 10; 288, 3, 12, 15, 24; 289, 4; 290, 21, 24; 291, 13. Dans trente-quatre environ de ces triplets, la cinquième syllabe du premier vers rime avec un mot suivant avant le *cyrch* : c'est générale-ment la huitième syllabe, quelquefois la septième, rarement la neuvième.

(1) *Livre Noir* : 28, 26; 29, 7; 31, 8, 27; 32, 2; 33, 30, 33; 35, 7; 36, 4; 38, 7, 10, 13, 16, 19, 22, 25, 28; 60, 4, 7, 10; 13, 16.

Livre Rouge : 219, 7, 10 (le premier vers a huit syllabes); 220, 13, 22, 25; 222, 10 (huit syllabes), 13, 16 (huit syllabes), 25; 223, 16; 231, 10; 232, 15; 233, 21 (huit syllabes), 26; 248, 25 (huit syl-labes); 248, 21 (sept syllabes); 252, 12; 253, 16; 256, 9; 257, 8; 262,

Livre Rouge. — Sur une quarantaine de triplets de ce genre, deux font rimer la cinquième syllabe du premier vers avec la syllabe finale. Dans six autres, la césure principale, la cinquième syllabe, rime avec la troisième syllabe suivante, c'est-à-dire la huitième (cf. plus haut, 1°, au point de vue de la coupe).

Une strophe se compose de trois vers dont aucun ne rime avec l'autre.

Les deux premiers vers ont chacun huit syllabes ; le troisième en a six.

Livre Rouge, p. 289, 22 (élégie de Cynddylan) :

> Edeweis y weirglawd aer ysgwyt
> Digyvyng dinas y gedyrn :
> Goreu gwr Garanmael.

II. — La *cynghanedd* vocalique dans les triplets sans *gair cyrch* ou *toddaid*.

La très grande majorité de ces triplets est à vers égaux, généralement de sept syllabes.

Livre Noir. — Sur deux cent quatre-vingt-cinq vers de ce genre (quatre-vingt-quinze triplets), quarante-sept ont la *cynghanedd* vocalique ; vingt-

4, 16, 22, 25; 263, 13 (sept syllabes); 269, 13, 16, 25, 22; 280, 3 (sept syllabes); 281, 19, 22; 282, 7, 25; 283, 1; 284, 4, 25; 287, 15; 290, 12,

huit ont le lien d'allitération entre les deux membres. Il n'est pas inutile de remarquer que, sur
ces quarante-sept vers, trente-deux fois c'est le
troisième vers, c'est-à-dire le vers saillant, et
comme la quintessence du triplet, qui a la *cynghanedd* vocalique.

Livre Rouge. — Sur huit cent soixante-dix
vers environ (deux cent quatre-vingt-dix triplets
en laissant de côté l'élégie de Gereint analysée au
Livre Noir), cent soixante-dix ont la *cynghanedd*
vocalique; soixante-dix-sept lient les deux membres du vers par l'allitération. De plus, très souvent, les mots rimants allitèrent entre eux :

P. 280, 1.   **Kadwynawc kildynnyawc** cat.
    4.   **Kadwynawc kynndynnyawc** llu.
281, 12.   Gwynngnawt **Kyndylan kyngran** canllu.

Si ce ne sont pas les deux mots rimants qui
allitèrent, c'est un d'eux qui allitère avec un autre; parfois ce sont deux autres mots.
    Dans quelques triplets de ce type, le premier
vers ne rime pas avec les autres.

Livre Rouge, p. 283, 7 :

       Eryr **Eli** ban y **lef**
       Llewssel gwyr **llynn**
       Creu **callon Kyndylan wynn**.

Ibid., p. 263, 13 :

> Gwen gwgyd gochawd vy mryt
> Dy leas ys mawr casnar
> Nyt car a'th lavawr (1).

B. — La *cynghanedd* consonantique dans les triplets.

Le rôle de la *cynghanedd* par allitération est le même dans les triplets que dans les autres strophes : nous l'avons constaté plus haut. On trouve, dans le vers à *cynghanedd* consonantique du triplet, tous les types constatés dans les autres genres, dans les Vieux Livres.

Livre Noir :

P. 30, 1. A wnai ar Loegir lu kigrun.
29, 28. Guydi gurum a choch a chein.
29, 23. Gvydi llaver kywlavan.
20. Bet gur gurt yg kyniscin.
31, 32. Hirguynion bysset Beitauc Rut.
33, 32. Ystifful kedwir cadarn.

Livre Rouge :

P. 220, 16. Run y enw ryvel o vri.
234, 3. Maroh marw eurdeirn Gogled.

Les vers sont fréquemment unis les uns aux

(1) Ces deux strophes sont altérées vraisemblablement.

autres (en dehors du premier distique) par des répétitions ou l'allitération.

Livre Noir :

P. 54. 6.   A'th vit **naut** canys erchit.
     7.   Canis **nawt** im a rotit.
    30:    **Gweleis** aer rac kaer **Wantvy**.
    31.   Rac **Mantvy** llu a **weleis**.
56, 30.   Y **gur** nim guelas beunit,
    31.   Y tebic y **gur** deduit.

Livre Rouge :

P. 248, 6.   **Gnawt** y **vanw vagu** hor,
     7.   **Gnawt** y **voch** turyaw kylor.
249, 11.   Kalangayaf kein **gyfrin**.
       Kyfret awel a dryckin.

§ 4. — *Les vers rimant ou allitérant deux à deux dans les Vieux Livres.*

Outre les vers de cinq syllabes et les triplets, les Vieux Livres présentent un nombre considérable de vers d'autres longueurs qui, isolés, n'ont pas de *cynghanedd*. On peut affirmer que c'est à peu près sans exemple, en exceptant quelques rares distiques de *toddaid*, dans la métrique de la deuxième moitié du douzième siècle.

Livre Noir :

P. 11, 17. Meithrin corph y **lyffeint** a nadret,
    18. A **llevuod** ac imtuin enviret.

21, 12. Llyuelin y env o eissillit
13. Gwinet gur digorbit.
18. A mi disgoganaf e **rac** ton navfed,
19. **Rac** unic bariffvin gvehin Dived.

22, 22. **Penaetheu bychein** anudonauc,
23. Meiri **mangaled** am **pen keinhawc.**
25. Kadmeirch ydanunt ve (1) **deu** wynepauc,
26. **Deu** wlaen ar eu guaev aholeithauc.
28. Guell bet no buhet | pop ygbenauc,
29. Cirrn ar y guraget | pedryfanhauc.

24, 8. Kywruc glyw Powis a chlas Guinet,
9. A **chivod hirell** oe **hir** orwet.

25, 19. **Na chlat** de redcir **nac** iste wiuuy (2),
20. **Nac achar** waes na **char warvy.**
21. A **chussil** a rotaf e y Wenabuy.

27, 1. A mi discoganaw e kad ar y ton,
A **chad** Machavvy a **chad** avon.
20. Gvitil a Brithon a Romani
21. A wnahont dyhet a divysci.

46, 19. Bendith nau toryw new i'r kelvit
20. Creaudir kyvo[e]thawc Duu dovit.

47, 3. Iolune ar a **beir** kyvoethauc,
4. Duu vab Meir a **peris** new ac eluit.

56, 18. Dial kyheic **am** oet blis
19. **Am** y kywreu y melis.

Livre d'Aneurin :

P. 64, 5. **Kynt** y gic e vleid | **nogyt** e neithyawr.
6. **Kynt** e vud e vran | **nogyt** e allawr.
7. **Kyn noe** argyvrein | e waet e lawr.

(1) Skene, *y danuitt.*
(2) Lisez *nac iste wiuuy* = *nag ys ty fywi*, ne mange pas de truffes (*bywi* est aussi synonyme de *cylor*, *earth-nut*).

67, 6. **Blaen** eur a phorphor kein as mygei ;
   7. **Blaen** edystrawr pasc ae gwaredei.
72, 9. **Kynn kysdud** daear hynn **affan**
   10. O daffar **diffynnei** e vann.
73, 20. **Ny** wnaethpwyt neuad **mor** orchynnan,
   21. *Mor* **vawr** *mor* **orvawr** y gyvlavan.
   24. Un seirchyawc saphwyawo son edlydan,
   25. Seinyessit e gledyf em pen garthan.
74, 24. Heyessyt y lavnawr rwg dwy **vydin,**
   25. Arderchawc varchawc rac Gododin.
   27. Disgynsit en trwm rac alavoed **wyrein,**
   28. **Wyre llu** llaes ysgwydawr.
70, 15. Arwr y dwy ysgwyd adan
   16. E dalvrith ac eil tith or **wydan.**
81, 19. O drychan riallu yt gryssyassant
   20. Gatraeth, tru ! namen un gwr **nyt** atcorsant.
83, 14. Ar neges **Mynydawc mynawc** maon.
   15. A merch Eudaf hir dreis gwananhon.
75, 15. Amuc **Moryen** gwenwawt
   16. Mirdyn a chyvrannu penn.
77, 21. Gwyr nyt oe **dyn** drych draet fo
   22. Heil **yn** achubyat pob bro.
81, 11. O osgord **Vynydawo,** vawr (1) **dru,**
   12. O drychant namen un gwr ny dyvu.
85, 3. Gwrdweryt gwaet **am** irved,
   4. Seirchyawr am y rud yt ved.
86, 14. O osgord Vynydawc ny **diangwys**
   15. Namen un aryf amdiffryf **amdiffwys.**
   21. **Trindygwyd trwch trach** y lavnawr.
   22. Pan orvyd oe gat ny bu foawr.
90, 13. *Ef* gelwi **gwn** gogyhwc,
   14. **Giffgaff dhaly dhaly, dhwc dhwc,**
   15. *Eff* lledi bysc yng corwc,

---

(1) Skene, *wawr,*

16. Mal bann llad llew llywywc.

91, 3. Gweleys y deu oc eu **tre re rygwydyn**,

4. O eir Nwython **ry godessyn**.

83, 8. Llawen llogell **byt | bu** didichwant,

9. Hu mynnei engkylch **byt | Eidol** anant.

— *Gorchan Adebon :*

P. 94, 13. Emis emwythwas amwyn,

14. **Am** swrn **am** gorn Kuhelyn,

15. En **adef** tangnef collit,

16. **Adef** led buost lew yn dyd mit.

— *Gorchan Maelderw :*

P. 97, 24. Nac emniel dy dywal a **therwyn**,

25. **Tervyn** torret tec teithyawl.

98, 25. Hu tei ldware yn **gorvynt**,

26. Gwyr **gorvynnaf** ry annet.

101, 28. Pan **wanet** yg kyveillt ef **gwanei**

29. **Ereill**, nyt oed a mevyl yt a dyccei.

103, 14. Nys adraud a vo byw o **damgueiuicit**.

15. **Llu o dam** lun luch liuanat.

106, 17. **Godolei** o heit meirch e gayaf,

18. **Gochore** brein du ar vur.

— *Livre de Taliesin :*

P. 108, 1. **Gan** iewyd **gan** elestron

Ryganhymdeith achwysson.

14. **A deuhont** uch medlestri,

15. **A ganhont gam** vardoni.

109, 16. A *chyn* mynhwyf der**wyn** creu

17. A *chyn* del e**wyn** vriw ar **vyg** geneu.

28. Yd cdryfynt seint sef kiwdawt,
29. Rex nef bwyf ffraeth ohonawt.
24. Archaf wedi yr Trindawt,
25. Ren am rothwyr dy volawt.

110, 29. Nifer a vuant yn agbyffret
30. Uffern, oer gwerin gwaretret,

114, 17. Ar meint a gredwys yg kywyd,
18. A gredis trwy ewyllis Dofyd,
19. Meint ar lit trwy yrodyd.
23. Tost yt gwyn pop colledic,
24. Fest yd hawl eissywedic,

115, 27. Karaf y gorwyd a goreil clyd,
29. Nyt ef caraf amryssonyat.

126, 33. Trwy eiryawl Dewi a seint Prydeyn,
34. Hyt ffrwt ar lego ffohawr allan.

127, 27. Gofynnant yr Saesson py geissyssant,
28. Pwy meint eu dylyet or wlat a dalyant.
29. Cw mae eu herw pan seilyassant,
30. Cw mae eu kenedloed py vro pan doethant.

129, 24. Yn yr yg Gelli kaer am Duw yssyd,
25. Ny threinc ny dieinc nyt ardispyd.

158, 15. A hudwys gwreic a vlodeu,
16. A dydwc moch o Deheu.

159, 10. An rothwy y Trindawt
11. Trugared dyd brawt
12. Kein gardawt gan wyrda.

162, 31. Pan ymchoeles echwyd o gludwys vro
32. Nyt efrefwys buch wrth y llo.

164, 16. Gwr a gynheil y nef arglwyd pop tra,
17. Gwr a wnaeth y dwfyr | y bawb yn da,
18. Gwr a wnaeth pop llat | ac ae llwyda,
19. Medhet Maelgwn Mon | ac an medwa.
27. Yn dillig udunt | yn dillat y da,
30. Y dillwg Elphin | o alltuded.

169, 23. Oed ef vyn defawt i nos galan

24. Lledyfawt y gan ri | ryfel eiran.

31. Yscriven Brydein bryder briffwn,

32. Yn yt wna tonneu eu hymgyffrwn.

177, 22. Alexander yn hual eurin gwae a garcharer,

23. Ny pheil garcharwyt agheu dybu.

178, 19. As gwenwynwys y was | kyn noe trefret,

20. Kyn no hyn bei gwell digonet.

183, 24. A gwyar | a vaglei | ar dillat,

25. A dulliaw | diaflym | dwys wrth kat.

189, 26. Dyrchafwn eidoed | oduch mynyd

27. Ac amporthwn wyneb | oduch emyl.

29. A chyrchwn Fflamdwyn | yn y luyd

30. A lladwn ac ef ae gyweithyd.

190, 12. Gnissynt kat lafnawr a chat vereu.

13. Gnissynt wyr y dan kylchwyawr lleeu.

22. Ny bu kyfergyryat | ny bu gynnwys,

23. Talgynawt Uryen y rac Powys.

26. Dewr yn emnyned a theith gwydvwys,

27. Divevyl dydwyn ygwaet Gwyden.

191, 19. Yneis rac hwyd | peleidyr ar yscwyd,

20. Yscwyt yn llaw Godeu a Reget yn ymdullyaw.

192, 25. Mal rot tanhwydin dros elvyd,

26. Mal ton teithiawc Llwyfenyd.

193, 31. Yn y vyw nys deubyd bud bed,

32. Ny digonont hoffed oe buchynt.

194, 2. Toryf pressennawl tra Phrydein,

3. Tra phryder rygohoyw rylyccrawr,

4. Rylyccrer rytharnawr rybarnawr,

5. Rybarn pawb y gwr banher.

11. Ny ofyn y neb a wnech ud,

12. Neut ym ud nac neut ych darwerther.

201, 17. Gweinaw gwaeth llyfred noc adwyt,

18. Adoet hun dimyaw a gwynaf.

8. Ymadrawd cwdedawd caletlwm,

9. Kaletach wrth elyn noc ascwrn.

202, 1.　Ef goborthi aes yman ragorawl,
　　2.　Gwir gwraw¹ oed y unbyn.
203, 13.　Neu vi a rannwys vy echlessur (1),
　　14.　Nawvet ran yg gwrhyt Arthur ;
　　15.　Neu vi a torreis cant kaer,
　　16.　Neu vi a ledeis cant maer.
211, 17.　Keithiawn eilyassaf mynut ryffreu,
　　18.　Prit myr ryverthwy ar warr tonneu.
212, 4.　Treis ar Eigyl a hynt i alltuted,
　　5.　Trwy vor llithrant eu heissilled.
213, 3.　Gwerin hyt yn wir | hydawnt lawen,
　　4.　Medhawnt ar peiron | herthwyr echen.
204, 7.　Vyn tavawt y traethu vy marwnat,
　　8.　Handid o meinat gwrth glodyat.

Livre Rouge. — En dehors des poèmes à triplets, la *cynghanedd* est, en général, régulière.

P. 294, 23.　Ac nyt mi ae kel nis treulant,
　　25.　Brython ae treula penna vydant.
295, 14.　Py vynych gymhwylly Vabon,
　　15.　Mabon karedic y gyweithyas.
305, 14 (proverbes).　Ny wneyd gwir ny ein ymro ;
　　15.　　　　Ny chenir mwyett ar ffo.
306, 3.　　　　Chwec *yn* anwaws *yn* odit,
　　4.　　　　Chwery dryc cor wedy trenghit.
　　25.　　　　Enghit a vo llyfeithin ;
　　26.　　　　Enwir ef kyll y werin.
307, 21.　Nyt neb a ved oe arvaeth.
　　22.　Nyt ef enir pawb yn doeth.

Les reprises ou répétitions entre deux et quel-

---

(1) Skene, *araunwys.*

quefois plusieurs vers sont fréquentes et suffisent
au point de vue de la *cynghanedd*.

Livre Noir :

P. 21, 6. **Na chlat** dy redcir ym pen minit ;
    7. **Clat** in lle argel | in arcoedit.
  27, 2. **A chad** Machavvy | a **chad** avon,
    3. **A chad** Corsmochno | a **chad** Minron.
    4. **A chad** Kyminaud | a **chad** Caerlleon,
    5. **A chad** Abergweith | a **chad** Ieithion.
  45, 28. **Nid porthi ryvic** ryvegeis im bron.
    29. **Nid porthi** penid **ry** vetyleis.

Livre d'Aneurin. Gododin :

P. 70, 17. **Bu** trydar en aerure **bu** tan,
    18. **Bu ehut** e waewawr **bu huan,**
    19. **Bu bwyt** breint **bu bud** e vran.
  77, 11. **Godolei** gledyf e gared,
    12. **Godolei** lemein e ryvel.
  86, 7. **Mynawc** Gododin traeth e annor,
    8. **Mynawc** am rann kwynhyator.
  89, 30. **Ef gwenit adan** vab Ervei,
    31. **Ef gwenit adan** dwrch trahawc.
  85, 24. **Nyt oed** ef wrth gyved gochwerw,
    25. Mudyn geinnyon ar y helw,
    26. **Nyt oed** ar lles bro pob delw.

— *Gorchan Maelderw :*

P. 98, 29. **Gogled Run ren ry** dynnit,
    30. **Gorthew** am **dychuel dychuelit,**

31. **Gorwyd** mwy galwant no melwit,
32. *Am* **rwyd** *am* ry **ystoflit**;
33. **Ystofflit** llib llain.
99, 1. Trybedavt y wledic e rwng **drem dremrud**,
2. **Dremryd** ny welet y odeu dhogyn ryd.
102, 6. Pan **doethan** deon o Dincidin,
7. Parth **deetholwyl** pob **doeth** wlat.
103, 20. Em **ladaut lu** maur i guert i adraut,
21. **Ladaut** map Nuithon o eurdorchogyon.
104, 1. **Gnaut** i lluru alan buan bithei,
2. **Gnaut** rac teulu deor em **discinhei**.

Livre de Taliesin :

P. 111, 9. **Nifer** seint a[r]morica.
10. A **nifer** yn dull Toronia.

Page 116 : quatorze vers commencent par *mal;* plusieurs n'ont pas d'autre *cynghanedd*.

Poème IV, p. 116-118 : tous les vers sont du type suivant : *arall* et *atwyn* alternant :

    Atuyn rin rypenyt i ryret;
    Arall **atwyn** pan vyd Duw **dymgwaret**.

Page 128, 26 : Six vers commencent par *deu;* un d'eux ne semble pas avoir d'autre *cynghanedd*.

P. 164, 7. **Preid** Wenhwys iolin | **preid** daresteinat,
8. **Preid** rac taervrwydyr | **taer** gyffestrawn,
9. **Preid** pen gyfylchi | keig ar yscwydawr.

192, 7. **Gweleis** i keig kyhafal y blodeu,
   8. Neur **weleis** ud haelhaf y dedveu,
   9. **Gweleis** i lyw Katraeth tra maeu.
203, 1. **Neu vi** luossawc yn trydar,
   2. **Ny** *pheidwn rwg deulu heb wyar* (1);
   3. **Neu vi** a elwir gorlassar,
   4. Vygwreys bu enuys ym hescar,
   5. **Neu vi** tywyssawc yn **tywyll,**
   6. Am rith**wy** am **dwy** pan **kawell** ;
   7. **Neu vi** eil kawyl yn ardu ;
   8. **Ny** *pheidwn heb wyar rwg deulu ;*
   9. **Neu vi** a amuc vy achlessur,
  10. Yn difant a **charant Casnur,**
  11. **Neur** ordyfneis i waet am **Wythur,**
  12. Cledyfal hydyr rac meibon Cawrnur ;
  13. **Neu vi** a rannwys vy echlessur (2),
  14. Nawvet ran yg gwrhyt Arthur;
  15. **Neu vi** *a* torreis cant kaer,
  16. **Neu vi** *a* ledeis cant maer ;
  17. **Neu vi** *a* rodeis cant llen,
  18. **Neu vi** *a* ledeis cant pen,
  19. **Neu vi** *a* rodeis i Henpen,
  20. Cledyfawt gorvawr gyghallen.

Les reprises et répétitions dans des vers pourvus de *cynghanedd* sont communes à toutes les époques.

§ 5. — *Les vers, isolés métriquement, sans allitération d'aucune sorte avec le vers précédent ou suivant dans les Vieux Livres.*

Voici ceux que j'ai relevés, en dehors des vers

(1) Lisez *deu lu ?*
(2) Skene, *raunwgs.*

de cinq syllabes, des triplets et des distiques de *toddaid*. Je donne, avec le vers sans *cynghanedd*, le ou les vers qui l'accompagnent.

Livre Noir :

P. 11, 33. Ym brin in tyno in inysset
Mor, im pop fort it elher ;
Rac Crist guin nid oes inialet.

17, 20. Gwin y bid hi y vedwen ym Pimlumon (1)
A wil **ban** vit **ban baran** eilon.

26. Gwin y bid hi y veduen y guarthaw Dinvythuy.
A **vi**bid ban vo y **ga**d in Ardudwy
A'r peleidir kychuin am Edrywuy.

22, 12. Ef gunahaud ryvel a difissci

13. Ac arfeu **coch** ac **och** indi.

26, 11. Oian a parchellan maur erissi

12. A vit im Pridein ac nim dorbi (2).

28, 11. Yr gueith Arywderit | mi nym dorbi (3),

12. Kyn duguitei **aw**ir y laur a **ll**yr Enlli.

46, 8. Bu drvi vewil a thuyllwriaeth

9. In hudaul **gv**ar **gu**assanaeth y argluit.

Livre d'Aneurin. Le *Gododin :*

P. 63, 11. Rac pebyll Madawc pan atcoryei (4),

12. Namen un gwr o gant en y delhei.

---

(1) Il peut y avoir allitération entre **bid** et **ved-**. Cette formule commence les trois strophes du poème. Le poème est une prophétie.

(2) Les deux a (**a** vit ; — **ac** nim) sont peut-être comptés comme allitération.

(3) Il est possible que *gueith* allitère avec du-*guitei*, et -**derit** avec **dor**-bi.

(4) **Pebyl** peut allitérer avec **pan**, et at-**coryet** avec **gwr** et **gant.**

71, 19. Issac (1) anvonawc o barth Deheu,
20. Tebic mor lliant y devodeu.
73, 30. Ny diengis en trwm e lwrw Mynawc (2)
74, 1. **Dywal dywalach** no mab Ferawc.
2. **Fer** y law faglei fowys varchawc.
71, 9. Heessit waywawr y glyw
10. Y ar llemenic llwybyr dew.
83, 10. Yr eur a **meirch** mawr | a med **med**weint,
11. Namen ene delei | o vyt hoffeint (3).
84, 5. **M**och dwyreawg ymeitin
6. O gynnu aber rac fin.
85, 21. Bedin ordyvnat en **agerw** (4),
22. **Mynawc** lluydawc llaw chwerw.
87, 25. Ys deupo eu heneit wy wedy trinet (5).
26. Kynnwys ygwlat **nef adef** avneuet.
88, 2. Rac ruthyr (6) bwyllyadeu a chledyvawr
3. Lliveit, handit gwelir llavar llew.
90, 3. Kyn golo gweryt ar rud
4. Llary, hael etvynt digythrud (7).

— *Gorchan Adebon :*

P. 94, 19. Dy ven ar warchan Adebon.

à corriger en :

Dy wen ar warchan Adebon.

(1) A corriger probablement en **Issawc.**
(2) Il est possible que **M**ynawc allitère avec **M**ab.
(3) *Byt* se retrouve à la coupe, vers 9 et 10.
(4) Il peut y avoir allitération entre be-**d**in et or-**d**yvnat.
(5) Il peut y avoir assonance entre **d**eupo, eu et eneit ?
(6) Il y a allitération voulue, vraisemblablement, entre rac et
ruthyr.
(7) *Llary* est en rejet.

III.

— *Gorchan Maelderw* :

P. 99, 21. Trycan evrdorch[awc] a gryssyassant (1)
    22. En amwyn breithell bu edrywant.
 102, 2. Ur rwy ysgeinnyei y onn o bedryholl[t]
    3. Llav y ar vein erch mygedorth (2).
 104, 23. Eithinin voleit map Bodu atam (3),
 106, 15. Ef ladhei a ved ac eithaf (4).

Livre de Taliesin :

P. 108, 3. Blwydyn yg kaer ofanhon ;
    4. Wyf hen wyf newyd wyf Cwion.
 110, 8. Nifer a wil Duw trychoed
    9. Yn nef yn dayar yn diwed (5).
    17. Ebestyl a merthyri
    18. Gwerydon gwedwon gofri.
 112, 26. Ym pob ieith ymprydant
    27. Ygkylch elvyd y buant.
 113, 3. Ieithoed groec ac efrei
    4. A lladin gwyr llacharte.
    11. Hijs Decembris uch carant.
    12. Tra phen Iessu dichiorant.
    17. Naw mil seint a arvolles
    18. Bedyd a chrevyd a chyffes.

Tous ces vers appartiennent au poème II, poème religieux ; les vers sont de sept syllabes, en général.

(1) **Trychan** allitère peut-être avec **gryssyassant**.
(2) Vein peut allitérer avec **Mygedorth**.
(3) Voleit allitère avec **map** (vap ?).
(4) *Ladhei* est pour *lathei ;* allitère avec **eithaf** ?
(5) **Nifer** peut allitérer avec **nef**, et **Duw** avec **dayar** et **diwed**.

P. 124, 14. O un ewyllis bryt yd ymwrthvynnyn

    15. Meiryon (1) eu tretheu dychynnullyn.

    20. Rac pennaeth Saesson ac eu hoffed (2)

    22. Ef gyrhawt **Allmyn** y **all**tuded.

125, 4. Poet kynt eu reges yn alituded

    5. No myned Kymry (3) yn diffroed.

    32. Y aber (4) Peryddon ny mat doethant

    33. Anaeleu tretheu dychynnullant.

126, 21. Pan syrthwynt eu clas dros eu herchwyn (5),

129, 22. Iolwn i ri a grewys nef ac elvyd,

    Poet tywyssawc Dewi yr kynifwyr (6).

150, 2. Kat yn Ros terra gan wawr (7).

158, 5. Mynawc hoedyl Minawc ap Lleu

    6. A weleis i yma gynheu.

163, 15. Ban disgynnwys Owein rac biw y tat (8)

    16. Tardei galch a chwyr ac yspydat.

181, 13. A rac preideu annwfyn tost yt geni

    14. Ac yt vrawt parahawt yn bard wedi (9);

    15. Tri lloneit Prytwen yd aetham ni idi;

    16. Nam seith ny dyrreith o Gaer Sidi.

(Cf. 182, 1 et 2.)

(1) Probablement à corriger en Meirieu (en tretheu). .

(2) Il y a peut-être assonance entre rac et ac.

(3) Kymry allitère peut-être avec Kynt.

(4) Il y a probablement assonance entre aber et Peryddon ;
peut-être entre doethant et dychynnullant.

(5) Il y a assonance allitérative peut-être entre clas et dros.

(6) Il y a peut-être allitération entre grewys et tywyssawc,
entre tywyssawc et Dewi.

(7) Allitération en Ros et terra ?

(8) Allitération entre tat (dat) et tardei ?

(9) Parahawt peut allitérer avec preideu.

189, 14. Dygrysswys Flamdwyn yn petwar llu
     15. Godeu a Reget y ymdullu.
198, 7.   Dathyl oed y glot | kyn noe adneu
        A corriger probablement en Cathyl, qui allitère
        avec kyn.
201, 12. Kanweith cyn bu lleith dorglwyt (1).
     13. Dychludent gwyr Bryneich yn pymlwyt.
202, 9.   Seith meib o Veli dyrchafyssyn (2),
     10. Kaswallawn a Lludd a chestudyn.
211, 9.   Brein ac eryron gollychant wyar.

Lisez :

     Brein ac eryron | gwollychant wyar.

(1) Dorglwyt allitère probablement avec Dychludent.
(2) Seith meib allitèrent ; meib peut allitérer avec Veli.

CHAPITRE V.

§ 1. — *Elision ou synizèse.*

Comme nous l'avons vu (I, p. 247 et suiv.), aux
quinzième-seizième siècles, la contraction des pronoms personnels et possessifs commençant par une
voyelle avec les particules à voyelle initiale dont
ils dépendent, se fait régulièrement ; il y a toujours contraction pour les possessifs et personnels
de la troisième personne -*i*, -*e*, -*w*, -*u*, et les particules *a*, avec, *o*, de, à ; conj. *a*, *na ;* relatif *a*
(cf. *nwy*, *nyw ; rwy*, *ryw*). Il en est de même
dans la métrique du douzième au quinzième siècle,
et dans celle des Vieux Livres.

En dehors de ce dernier cas, l'élision n'est
jamais obligatoire. L'hiatus est toujours toléré
d'un mot à l'autre, même dans les composés syntactiques.

Myv. Arch. :

P. 140, 1. *o y*styllawd.
         o olo Gruffudd.
     2. *o y*sgywin borth.
141, 1. Gwae *a y*mtiried wrth byd bradawc.   (9 syllabes.)
146, 2. Hwnn*w y*w.
147, 1. D*y* orwyrain (dy possessif).
158, 2. *y a*r draed.
163, 1. *y a*r.
165, 2. *y w*rthyd.
167, 2. *y a*vael.
175, 2. *y a*m.
178, 2. *a* el.
192, 2. *y* s*y y*ndi.
200, 1. *y w*rthyd.
198, 1. ac *y a*r welwgann.
204, 1. *y w*rthif na m*i y w*rthid.
207, 1. v*y y*sg*wy*d.
208, 1. d*y y*sgwyd.
209, 1. v*y u*t.
227, 1. yn *y y*spryt.
228, 2. *y a*e cretto.
233, 2. *o a*n byd.
256, 2. *y a*n diburyaw *o a*n camwet.
263, 2. *e a*m Rys.
275, 2. f*y* eryr.
283, 2. *y a*r y tri hael.
284, 2. Bard wyf *i i*m ri.   (5 syllabes.)
287, 2. gw*ae a* duc.

Livre de Taliesin (Skene, *F. a. B.*, II) :

P. 128, 12. *o* Alclut.
    138, 30. *a* oreu.

139, 22. *o* ystyr.

148, 16. *o* am.

149, 3. *ry* amwc.

164, 30. *o* alltuted.

170, 15. *a* amugant.

128, 12. Dybi *o* Alclut.

Livre d'Aneurin :

P. 64, 16. *y* eu treidaw.

    29. *e* am.

81, 16. *a* amucsant.

Livre Noir :

P. 5, 13. *a* advo.

Livre Rouge :

P. 224, 2. *y* ystyr.

220, 2. *dy* anghen.

246, 13. *y* ar.

268, 15. v*y* arglwyd.

L'élision ou la synizèse *peut toujours* se faire entre deux mots ou particules, non seulement en composition syntactique, mais en union par prononciation, quand le sens le permet :

Myv. Arch. :

P. 141, 2. lly*w* ystrat.   (2 syllabes.)

142, 1. am vy arglwyt llawr llyw niver ; prononcez : am v'arglwyt.

Ibid.   Difieu ym pen y teir wythnos ;
prononcez : Difi*eu'm* pen ('*m*hen).

142, 2.   mi ydwyf ; prononcez : mi`dwyf.

219, 1.   a lle ydd oedd druan ;   (5 syllabes.)
prononcez : a lle'*dd* oedd druan.

232, 2.   par ym Duw parabl*u* ohonawd.   (8 syllabes.)

241, 1.   pechu *yr* digonsam.   (5 syllabes.)
prononcez : pech*u'r* digonsam.

249, 1.   a'r drydet allawr | a anlloved o nef. (10 syllabes.)

254, 1.   Gwr goleu *e a*rveu.   (5 syllabes.)

255, 1.   gwae ni yr eissywed ;   (8 syllabes.)
prononcez : gwae n*i'r* eissywed.

259, 2.   rac d*y* ofyn ; prononcez : rac *d*'ofyn (*ofn*).

262, 1.   Duc agh*eu yr* goreu | goruc coted bron ;   (10 s.)
prononcez : Duc agh*eu'r* goreu.

269, 1.   Wed*i* ymdreiddiaw ; pron. : wed*i'm*dreiddiaw.

273, 1.   o *w*rth y niver.   (4 syllabes.)

276, 2.   odd*i a*mdanad.   (4 syllabes.)

          Ellwng ym f*y a*erddar ;   (5 syllabes.)
prononcez : *f*'*a*erddar.

Livre de Taliesin :

P. 109, 30. Kyn yscar v*y e*neit a'm knawt ;   (7 syllabes.)
prononcez : *v*'*e*neit.

121, 12. A lefeir dy ene*u* ;   (5 syllabes.)
prononcez : A lefeir *d*'eneu.

122, 5.   Tavaw d*y* vyn d*wy y*scwyd ;   (5 syllabes.)
prononcez : Tavaw vyn d*wy*'scwyd (1).

124, 14. o *u*n ewyllis bryd ymwrthvynnyn.   (9 syllabes.)

128, 15. *y* ar katveirch.   (3 syllabes.)

125, 31. Re*i y* dyffryn a bryn nys dirwadant.   (9 syllabes.)

131, 10. *y* ar.   (une syllabe.)

(1) *Dy* ne compte pas.

126, 3.   Dyhed *y* *e*u gwraged a dywedant.   (9 syllabes.)

144, 30. *y* *y*styryaw awen;   (5 syllabes.)
prononcez : *y'sty*ryaw.

154, 21. Ellygeis v*y* *a*rglwyd;   (5 syllabes.)
prononcez : *v'a*rglwyd.

155, 10. *y* *a*m tan.   (2 syllabes.)

156, 8.   Pw*y* *y* tri chynweissat.   (5 syllabes.)

10. Pw*y* *y* tri chyfarwyd.   (5 syllabes.)

126, 6.   Gwyr Deheu | eu tretheu | *a* *a*mygant.   (9 syll.)

134, 24. Kawc pw*y* *a*e dylifas;   (5 syllabes.)
à prononcer probablement : kawc pwy'i dylifas.

134, 20. *o* *a*ches amot dyd.   (5 syllabes.)

138, 32. ar Grist *o* *a*chwysson.   (5 syllabes.)

155, 19. *o* *e*chen aladwr.   (5 syllabes.)

167, 21. ae dyfyd *o* Aeron.

211, 6.   a bydin | a gwaetlin | ar *y* *e*scar.

162, 27. Goleith d*y* *y*scarant;   (5 syllabes.)
prononcez : Goleith *d'y*scarant.

126, 32. *o* *y*mdifeit veibon ac ereill ryn.   (9 syllabes.)

212, 14. *o* *a*garat dyhed.   (5 syllabes.)

Livre d'Aneurin :

P. 86, 20. *y* *a*r orwyd.   (3 syllabes.)

64, 14. Ket elwynt *e* lanneu *e* benydyaw (1).   (8 syllabes.)

70, 30. Cam *e* *a*daw heb gof | camb ehelaeth.   (9 syllabes.)

71, 23. Men yth glawd *e* offer | e bwyth madeu.   (9 syllabes.)

81, 17. *O* osgord **V**ynydawc | amdwyf atveillyawc (2).

A rwyf a golleis | om gwir garant.

90, 24. Peum dodyw | angkyvwng | *o* *a*ngkyvarch.

(1) *E*, dans *e lanneu*, est à supprimer.

(2) C'est un distique du genre *toddaid* (10 + 9 syllabes). La synizèse de *o* et *osgord* est d'autant plus remarquable, qu'il faut rétablir -*wo* pour -*o* dans le *Livre d'Aneurin*.

Livre Noir :

P. 10, 20. Dyd*aw* *ir* heul | o'r duyrein | i'r goglet;   (9 syll.)
prononcez : Dyd*aw'r* heul.

20, 10. Vy argluit Gwendoleu a'm brorryw brodorion ; 10 s.
prononcez : *v'argluit.*

20, 20. A dyvod grande | *o a*ranwinion.   (9 syllabes.)

24, 24. A portheis o (1) neithuir | *o a*nhunet. (8 syllabes.)

24, 6.   Pibonv*y* *i*'m blev | blin wy rysset (2). (8 syllabes.)

3, 8.   *y a*r.   (une syllabe.)

29, 34. D*a y* cystlun.   (3 syllabes.)

35, 14. Pieu yr bet ;
prononcez : Pie*u'r* bet.

41, 22. vy argluit ;
prononcez : *v'argluit.*

Livre Rouge :

P. 249, 10. Gwae *a y*mdiriet y estrawn.   (7 syllabes.)

260, 23. Elen*i* *y* ganet.   (5 syllabes.)

§ 2. — *Diphtongues et diérèses.*

Il va de soi que les diphtongues anciennes provenant de *ē* long brittonique représentant *ai, ei*
vieux celtique ou *ē* long latin (*hoed, oed, coed
bwyd, cwyr, poen*, etc.) ; que la diphtongue galloise *aw* provenant de *ā* long celtique accentué
ne comptent que pour une syllabe. Il en est de
même de la diphtongue provenant de voyelle + *u*

(1) *E, nota augens,* ne compte pas.
(2) A corriger probablement en *bysset* (*byssedd*).

consonne devenue syllabe finale (*eu* (*ou*) == -*ow-es;*
yw = -*ew-* : *clyw* = *clewos*, etc.), ainsi que des
diphtongues produites par l'infection (*meib*). Mais
il y a d'autres combinaisons possibles, soit par la
chute de *s* et *g*, soit par la composition syntactique
ou la dérivation.

A. — Voyelles en contact dans le corps du mot,
dont la seconde est un *i* (*e*) provenant d'une spirante : cette spirante était suivie d'une consonne.
Les groupes les plus fréquents sont *e, a, o, u* +
ct, qt, gt, gd; cs latin, *gs* celtique (1) (*g* + voyelle
non accentuée + *s*); -*sr-* (ou *s* + voyelle non
accentuée + *r*); -*gn-*, -*cn-*; il en résulte une
diphtongue : *caeth* (2), *seith, pwyth, noeth,
gwaedd; maes, coes* (*coxa*, latin); *teir, chwaer,
cesair, croen.*

B. — Pour le groupe vieux celtique voyelle +
s ou *g* (3) + voyelle, il y a une distinction à faire :

---

(1) Dans ces groupes, *c, q, g,* étaient spirants.

(2) -*aχt-* donne -*aïth* = *aeth*; -*eχt-* donne -*eith*; *lacte* a donné
vieux gallois *llaith,* qui est devenu *llaeth*; *septan* a donné *seith*;
de même pour -*acs-* -*ecs-* latin : *llaes* = *laxus*; *peis* == *pexa*.
Il y a à tenir compte de l'infection (*Sais* = *Saxü* ≒ *Saxō*).

(3) Pour *yod*, le cas de *tri* = *tres* = *trei-es* montre que *yod*
intervocalique est tombé très anciennement, et que sa chute dans
l'intérieur du mot, *s'il n'était pas accompagné d'une autre consonne appelée à disparaître ou à devenir spirante* (*s, g*), ne
pouvait amener qu'une contraction. Le cas est différent pour *yod*
latin : *maestawd,* de *majestatem,* vaut trois syllabes (*Myv. Arch.,*
p. 195, 1).

si la voyelle suivant la consonne n'est pas en syllabe
finale, en vieux brittonique, et qu'elle soit tonique
(accent principal ou secondaire?), la diérèse sub-
siste ; parfois il y a flottement. Il y a, semble-t-il,
une exception : lorsque la gutturale devenue spirante est suivie d'un *i*, la spirante attire *i* dans la
syllabe précédente : *gwein*, gaîne, = *văgĭna*. Le breton a conservé l'accent longtemps sur la dernière
syllabe : *gouhin*. En dehors de ce cas, les voyelles
internes ne forment pas diphtongue.

Ont deux syllabes : *daear*, *haearn*, plur. *heyrn;*
teyrn (bret. *tiern*); *eaws*, *rhaiadr*.

Rheen compte pour une ou deux syllabes :

Une syllabe : *Myv. Arch.*, p. 142, 1 (écrit *ren*);
167, 1 ; 200, 2 ; 222, 2. *Livre de Taliesin*, p. 109, 5 ;
109, 25 ; 199, 7 ; 138, 34 ; 144, 29 ; 216, 12. *Livre
Noir*, p. 47, 1 ; 11, 25.

Deux syllabes : *Myv. Arch.*, p. 180, 1 ; 200, 2 ;
227, 1 et 2. *Livre de Taliesin*, p. 174, 5. *Livre
Noir*, p. 620.

Llen est à corriger en lleen (*Myv. Arch.*,
p. 244, 2) :

      Nyt reit ym ammeu | llyvreu lleen.   (9 syllabes.)

Le plus souvent, il n'a qu'une syllabe.

Chez Taliesin, *lleenawr* vaut trois syllabes
(p. 144, 13) :

        Kyn bum *lleenawr*.   (5 syllabes.)

Lleyn, péninsule du Nord-Galles, vaut deux syllabes.

Breenhin, brenhin vaut trois syllabes : *Myv. Arch.*, p. 149, 3, *breienhin ;* 206, 1, *breenhin.*

Livre Rouge, p. 307, 29, *breyenhin.*

Livre Noir, p. 28, 14, *breenhin ;* 14, 11, *brenhin* à corriger en *breenhin,* d'après la mesure.

Deux syllabes : *Livre de Taliesin,* p. 118, 5.

Bryneigh, deux syllabes : *Livre de Taliesin,* p. 201, 13. *Livre Rouge,* p. 268, 17. *Livre Noir,* p. 25, 18. *Livre d'Aneurin,* p. . 65, 1 ; 77, 14 (*Breenneych,* mais la mesure exige deux syllabes).

Breyr, deux syllabes : *Livre Noir,* p. 125, 7. *Livre de Taliesin,* p. 193, 7. *Myv. Arch.,* p. 246, 1.

Cymraec, cymreydd, cymraes comptent toujours pour trois syllabes (1).

On remarquera pour *rheen, lleen, breenhin* que les voyelles séparées par la gutturale sont identiques.

C. — Les voyelles, quelles qu'elles soient, en contact par composition ou dérivation, quand la composition ou dérivation est sentie, ou que le simple existe à l'état indépendant, ne forment pas diphtongue :

Arddwyre-af, arddwyre-o ; teilthi-awg (teithi) ; *Rodri-awg* (Rhodri) ; *meiri-eu* (meiri) ; *golo-ed*

_____

(1) *Gaeaf* = **giamo-; lleyg* = *laicus,* forment des cas particuliers (deux syllabes).

(golo); *hwyaf* (hwy); *difa-ed* (difa); *maon* (ma);
cadfa-on (cadfa); *gortho-ir* (gortho); *crynoi* (cryno);
calchdo-ed (calch-do); *divro-ed* (divro); *gwrda-
aeth* (gwrda); *ffo-ir, ffo-wch* (ffo); *llu-ydd* (llu);
tro-i (tro); *bu-am, gwybu-am* (bu, gwybu); *dwyre-
awd* (dwyre); *teulu-awc* (teulu); *dyly-ed* (dyly);
da-ed (da); *gweli-eu* (gweli); *bore-eu* (bore);
lladfa-eu (lladfa); *parha-us* (parha); *peu-es* (peu);
*ri-ein, ri-eu, (ri); di-ar, gordy-ar; lli-ant;
ede-on; Caer-lli-on; bu-al, bu-elyn, bu-arth;
cre-ws; di-as; cu-all; he-ol; ffi-on; Rhe-on; hu-
ysgwr; hu-enydd; hu-arwar; di-ysgoc; di-achor;
di-ormeil; di-ormes; di-alaeth; di-yscor; di-anc;
di-ogan; di-al; di-wc; e-ang; dy-edd; go-afael.*

Dewr (vaillant), dont la composition n'était pas
sentie, et qui avait la valeur d'un mot simple, ne
compte jamais que pour une syllabe, seul ou en
dérivation ; tandis que *rywr* (héros, très vaillant),
compte pour deux syllabes, ainsi que *hy-wr.*

-Au, -eu, dans les infinitifs, comptent pour deux
syllabes : *heu* (deux syllabes), semer ; cf. *perheit*
(trois syllabes), *Livre d'Aneurin*, p. 66, 10 ; *he-ynt,
cadarnha-o, mawrhe-ynt, coffa-af, rhwyddha-o.*

En revanche, *rhoi* vaut une syllabe (*Myv. Arch.,*
p. 274, 3 ; 276, 2) ; *rhoed*, de même (*ibid.*, p. 296, 1).

D. — *Mots isolés.*

adwaen (2 syllabes) : *Livre Noir*, p. 56, 23.
aet (une syllabe) : *Myv. Arch.*, p. 285, 2.
awn (une syllabe) : *Myv. Arch.*, p. 169, 1 ; 192, 2 ;

mais **ahont** (2 syllabes) : *Livre de Taliesin*, p. 128, 3 (futur).

caffael (2 syllabes) : *Myv. Arch.*, p. 217, 1.

key (une syllabe) : *Livre de Taliesin*, p. 240, 18.

diwrnawd (3 syllabes) : *Myv. Arch.*, p. 140, 1.

diwarnawt : *Livre de Taliesin*, p. 210, 17 ; 120, 2. *Id.*, *Livre Noir*, p. 15, 9.

dieu, jour (2 syllabes) : *Livre Noir*, p. 23, 24. *Livre de Taliesin* (trymdieu), p. 139, 12.

dioed (2 syllabes) : *Livre de Taliesin*, p. 130, 34.

dioes (2 syllabes) : *Livre de Taliesin*, p. 134, 2.

buum (2 syllabes) : *Livre Noir*, p. 55, 22 ; **buuf** (2 syllabes) : *Livre Noir*, p. 8, 21 ; **buost** (une syllabe) : *Livre Noir*, p. 48, 34 ; **bwyf** (une syllabe) : *Myv. Arch.*, p. 221, 1 ; **boet** (une syllabe) : *Livre de Taliesin*, p. 147, 12 ; **bwyr** (une syllabe) : *Livre de Taliesin*, p. 114, 21.

deall (2 syllabes) : *Livre Rouge*, p. 241, 16.

down (une syllabe) : *Myv. Arch.*, p. 192, 2 ; **doyn** (une syllabe) : *Livre d'Aneurin*, p. 86, 24.

dievil (3 syllabes) : *Livre de Taliesin*, p. 154, 30.

dyweit (3 syllabes) : *Livre de Taliesin*, p. 216, 22 (Pryt nam *dyweit*).

einyoes (2 syllabes) : *Myv. Arch.*, p. 246, 1.

eirioes (2 syllabes) : *Myv. Arch.*, p. 246, 1.

erioed (2 syllabes) : *Myv. Arch.*, p. 246, 1.

Edeyrn (2 syllabes) : *Myv. Arch.*, p. 294, 2.

elleic (3 syllabes) : *Livre de Taliesin*, p. 176, 26.

gwnaent (*gw-* ne compte pas ; 2 syllabes, 3ᵉ personne du pluriel de l'impératif ou subjonctif) : *Livre de Taliesin*, p. 125, 14.

gwnant (sens futur ; à corriger en *gwnaant?* 2 syllabes) : *Livre de Taliesin*, p. 121, 4 (126, 8, *gwnaant*).

gwneif (futur, 2 syllabes) : *Livre d'Aneurin*, p. 62, 11 ; *Livre de Taliesin*, p. 193, 15 (une syllabe).

gwney (futur, 2ᵉ personne du singulier, 2 syllabes) : *Livre Rouge*, p. 240, 16 : *o'r gwney*.

gwnaw (futur, 2 syllabes, vers 28, *gwnaho*) : *Livre de Taliesin*, p. 126, 30.

gwnaho (2 syllabes) : *Livre de Taliesin*, p. 126, 28. *Livre Noir*, p. 35, 20, 21.

gwnahawt (2 syllabes) : *Livre de Taliesin*, p. 150, 24, 30. *Livre Noir*, p. 22, 12 ; 26, 17).

gwnahawnt (deux syllabes) : *Livre de Taliesin*, p. 124, 2.

gwnahon (2 syllabes) : *Livre de Taliesin*, p. 155, 2 ; *gwnahont, ibid.*, p. 178, 6.

gwnaont (futur, 2 syllabes) : *Livre Rouge*, p. 301, 15.

gwnawn (conditionnel présent, une syllabe) : *Myv. Arch.*, p. 190, 1. *Livre de Taliesin*, p. 274, 2 (imparfait ; douteux).

gwnaei (imparfait, une syllabe) : *Livre d'Aneurin*, p. 70, 2. *Livre de Taliesin* (imparfait, 2 syllabes), p. 130, 11.

gwnehei (conditionnel, 2 syllabes) : *Livre d'Aneurin*, p. 100, 3.

gwnaewch (imparfait, 2 syllabes) : *Livre d'Aneurin*, p. 84, 9.

gwneynt, gwneint (imparfait, 2 syllabes) : *Livre de Taliesin*, p. 130, 13. *Ibid.*, p. 185, 6 (2 syllabes ; *gwneit* à corriger en *gwneint*).

gwneir (une syllabe) : *Myv. Arch.*, p. 284, 1.

Le prétérit **gwnaeth** compte toujours pour une syllabe.

gohoyw (2 syllabes) : *Livre de Taliesin*, p. 132, 23.

gorffowys (3 syllabes) : *Myv. Arch.*, p. 148, 2.

iwrch (une syllabe) : *Livre de Taliesin*, p. 136, 15.

mywn, mewn (une syllabe) : *Livre de Taliesin*, p. 144, 12. *Livre Rouge*, p. 243, 3 ; 250, 22.

llain, épée (2 syllabes) : *Myv. Arch.*, p. 198, 2. *Livre d'Aneurin*, p. 80, 1 ; 87, 11.

nywl (une syllabe) : *Livre de Taliesin*, p. 214, 28. *Livre Noir*, p. 9, 1.

neithiawr (3 syllabes) : *Livre de Taliesin*, p. 117, 18.

ogyrven (2 syllabes = *ogrfen*) : *Livre de Taliesin*, p. 132, 3. *Livre Noir*, p. 5, 21 ; 6, 28. *Myv. Arch.*, p. 211, 1.

pieu (2 syllabes) : *Livre de Taliesin*, p. 161, 13. *Livre Rouge*, p. 225, 3. *Myv. Arch.*, p. 280, 2.

rei (2 syllabes) : *Myv. Arch.*, p. 141, 1 (*rhei* pronom = *rhai* compte pour une syllabe).

tawn (2 syllabes), de *tewi* : *Myv. Arch.*, p. 206, 1.

trugein (2 syllabes) : *Livre de Taliesin*, p. 137, 27 ; mais à corriger en tri-ugein, *ibid.*, p. 130, 30.

wybyr (2 syllabes) : *Livre de Taliesin*, p. 208, 21 (douteux comme quantité, dans deux passages du *Livre Noir* et d'*Aneurin*).

§ 3. — *Spirante w finale.*

W finale (absolue ou finale du premier terme d'un composé) forme diphtongue avec une voyelle précédente : *byw, lliw, diliw, tew, llyw, menediw ; deryw, goryw, glyw, llew, glew, ysgaw.*

W finale, précédée d'une consonne, ne compte pas pour la mesure, c'est-à-dire est prononcée comme une spirante et non comme une voyelle.

Ont une syllabe : *marw, meirw ; derw, delw, erw, chwerw, gweddw, enw, herw, gwelw, bedw, garw, geirw ; tarw, llydw, meddw, llanw, llwrw, bwrw, banw, llerw, cadw, keidw, helw, bradw, lludw, mynw, terw* (troisième personne du singulier de *taro*, frapper).

Ont deux syllabes : *syberw, hirgadw, cymradw, divradw, cynnelw, Cynddelw, taenferw, ysgydw, ellylw, cefnderw, dyveinw, dylleinw, datedw, Maelderw, gwelwgan.*

Ysgwydfwrw a trois syllabes.

III. 8

§ 4. — *Y, a, remplaçant la spirante gutturale sonore, sortie de g, après l, r, conserve le caractère d'une spirante et non d'une voyelle, et ne compte pas métriquement dans :*

daly : *Myv. Arch.*, p. 178, 1 ; 242, 2.

deily (3ᵉ personne du singulier) : *Myv. Arch.*, p. 289, 2.

dala : *Myv. Arch.*, p. 281, 2.

gwyry : *Myv. Arch.*, p. 146, 2 ; 230, 2 ; 247, 1. *Livre Noir*, p. 36, 30 (*gwiri; gweryddon* vaut trois syllabes).

llary : *Myv. Arch.*, p. 147, 2 ; 148, 2 ; 151, 1 ; 155, 1 ; 155, 2 ; 156, 2 ; 167, 1. *Livre Rouge*, p. 267, 19.

llara : *Livre de Taliesin*, p. 162, 21. *Livre Noir*, p. 5, 7 ; 36, 22.

llwry : *Myv. Arch.*, p. 161, 2. *Livre d'Aneurin*, p. 68, 7 ; **llwrw** pour **llwry** est traité comme les mots en -*w* (*Livre de Taliesin*, p. 151, 24 ; 200, 17, 18. *Livre d'Aneurin*, p. 67, 16. *Livre Rouge*, p. 221, 24).

llyry : *Myv. Arch.*, p. 152, 1 ; 237, 1. *Livre de Taliesin*, p. 116, 20. *Livre Rouge*, p. 258, 4.

llory, massue : *Livre d'Aneurin*, p. 90, 12.

Au contraire :

gwala (breton *gwalc'h*, compte pour deux syllabes) : *Myv. Arch.*, p. 236, 1. *Livre Rouge*, p. 251, 21 ; passage douteux dans le *Livre de Taliesin*.

cywalha vaut trois syllabes : *Myv. Arch.*, p. 233, 2.

Il y a flottement pour *eiry, eira*.

Dans le poème XXX du *Livre Noir*, *eiry* tantôt

compte pour une syllabe, tantôt pour deux, suivant les besoins du mètre :

P. 47, 21 : ottid *eiry* guin y cnes (sept syllabes; *eiry* en vaut deux).

P. 47, 27 : ottid *eiry* ar warthaw rev (sept syllabes ; *eiry* compte pour une syllabe ; ici, il est vrai, *eiry* est devant une voyelle).

Dans le *Livre Rouge*, poèmes III et IV, qui sont probablement parmi les moins anciens du recueil, *eiry* compte constamment pour deux syllabes.

§ 5. — W (*gw*) + *consonne, à l'initiale, provenant de v + consonne vieux celtique (vl, vr, vn), ne compte pas au point de vue métrique. La loi est sans exception dans tous les textes :*

Toutes les formes du verbe *gwneuthur* (*gwna, gwnel*, etc.).

Comptent pour une syllabe : *gwrys, gwlad, gwledd, gwlydd, gwres, gwreidd* (1) (racine), *gwrych, gwreic, gwrysc, gwrid* (rougeur), *gwlyb.*

Valent deux syllabes : *Cynwric, gwledic, gwladoedd, taerwres, trachwres, tragwres, adwna, gwregys, diwreidd, gwragedd, gwledych, gwlychyt.*

---

(1) *Gwreidd*, dérivé de *gwr*, vaut deux syllabes.

Dans *gwddost*, *gwddant*, *gw-* venant de *vi-* non accentué, compte pour une syllabe ; *gwr* (homme), dans ses dérivés, vaut une syllabe.

§ 6. — *Syncopes et éliminations.*

A. — Les pronoms renforçant (*notae augentes*). Non seulement du douzième au quatorzième siècle, mais encore dans les plus anciens poèmes des Vieux Livres, ils ne comptent pas dans la mesure du vers (les pronoms à supprimer sont en italique).

Myv. Arch. :

P. 140 1. Pan gaffwyf *i y* gan glain glan gyllogawd.

I et l'*y* de *y gan* ne comptent pas.

P. 142, 2. cevais *i*.
 143, 2. caraf *y*.
 157, 2. a voleis *y*.
 158, 2. cany wney *dy* erof *i* yr a ganwyf, (9 syllabes.)
   nyd af *y*,
   nym athreit *y*.
   am a rygaraf *y*.
   gweleis *y*.
 159, 1. a glywch *chwi*.
   2. neum rotes *y*.
 165, 2. a wnn *y*.
 168, 1. arnaf *y*.
 181, 2. An creawdyr *ni*.
 190, 1. i *ti* ;
lisez : *itt*.

191, 1. dywallaw *di*.

194, 1. a garo Dewi val difutyawc — doeth, (10 syllabes.)

Ry gelwir *ef* yn goeth yn gyvoethawc. (9 syll.)

196, 2. Dychefervytwn *ninheu* am drugaret. (9 syllabes.)

198, 2. y gwr *hi*.

204, 2. ac onys gyrri *di*, *g*yrraf wrid (1)

y'th deurut.

220, 2. Gwelsam *ni*.

221, 2. *i mi;*

lisez :   *i'm*.

226, 2. *ysymy;*

lisez :   *ysym* (est à moi, j'ai).

229, 2. na cheryd *di* fi.

242, 2. culwydd an goreu *ni*.

248, 1. Dygyrcheis *i*.

257, 1. Pa gam a gefeis*ty* arnaf. (7 syllabes.)

269, 1. Pam na welwch*wi*.

276, 2. Pam na ddoi *di* attaf. (5 syllabes.)

Livre de Taliesin :

P. 108, 9. rifaf *i*.

109, 4. nac ervyn *ti* hedwch ny'th vi. (7 syllabes.)

110, 28. Boet ym heneit *y*.

115, 27. Karaf *y*.

120, 6. In gwnaho *ny*.

121, 16. ac ym oed *i*.

17. *Id.*

26, yrof *i*.

33. tafaw *ti*.

122, 5. Tavaw *dy*.

30. can mil egylyon, (5 syllabes.)

*y*ssyd im*i* yn tyston ;

lisez :   syd i'm yn tyston.

(1) Vers de huit syllabes; *wrid* compte pour *une*.

130, 31. yt portheis *i*.

142, 13. Am swynwys *i*.

146, 3. a wdost*i*.

165, 12. ys *tidi* a vedyd ;

lisez :   ys ti a vedyd.

186, 20. Itt*i* yt wedant.

Livre Noir :

P. 8, 7.   a ueleis t*e*.

    8.   ny phercheis t*e*.

    22.   Pan douthum *e*.

10, 24.   an roto *ne*.

    25.   yrom *ne*.

11, 7.   Gulad it im *ne*.

    13.   arduireav *e*.

16, 3.   a gueleist*e*.

17, 12.   Gwin y bid *hi*.

19, 10.   Guin eu bid *ve*.

22, 4.   yd weles *e*.

37, 11.   gueleis *e*.

43, 9.   y gur am creuys *e*.

57, 4.   Dabre *de* genhiw.

Livre Rouge :

P. 234, 17.   Eryveis *i*.

239, 3.   a wdost *di*.

260, 24.   a gereis *i*.

262, 19.   y corn a'th rodes *di* Uryen.   (7 syllabes.)

    25.   Tra vum *i*.

273, 17.   vy llenn *i*.

    18.   vyn tir *i*.

274, 21.   gweleis *y*.

Livre d'Aneurin :

P. 84, 9.   oed garw y gwnaewch *chwi* waetlin,   (7 syllabes.)

87, 25.   ys deupo (1) eu heneit *wy* wedi trinet. (9 syllabes.)

102, 15.   Rwg e rygolleis *y* o'm gwir garant.   (9 syllabes.)

73, 5.   mor dru heu hadraud *wy* angawr hiraeth. (9 syll.)

Je n'ai guère remarqué d'exception sûre à l'usage de ne pas tenir compte des *notae augentes* avant le quatorzième siècle.

Myv. Arch., p. 284, 2 (quatorzième siècle) :

Bard wyf *i* i'm ri.   (5 syllabes.)

B. — Les particules verbales *y*, *yd*, *ydd*, *yr*, *a*, *ys* dans *yssef*, *yssydd*, peuvent ne pas compter pour la mesure du vers (particules supprimées en italiques).

Myv. Arch. :

P. 141, 1.   Men *yd* las Trahaiarn yn Gharn fynyt. (9 syllabes.)

195, 2.   yn ych llaw a llu | *y* byd gyd a chwi. (9 syllabes.)

val rac tan tost *yd* wan | tyst Duw iti.

212, 1.   Mad *yt* ymdugost waew. ·

220, 1.   Gorofn *y* sy arnaf.

221, 1.   hiraeth *y* sy i'm dwyn.

223, 1.   Bum y gyd ag ef | *yd* gefais ei wledd. (9 syllabes.)

248, 1.   *Y* gwedychaf i Duw.

249, 1.   Gwyn y vyd y vryd *a* vawrhâed yndi, (10 syllabes.)

2.   Llawen Duw dovyt | dyt *yd* gaffat Cadvan. (10 s.)

(1) Il y a crase entre la finale de deupo et *eu*.

256, 1. Gwr *a* gynneil y lloer yn y llawnwet. (9 syllabes.)
269, 1. nid oes le *y* cyrcher, (5 syllabes.)
  nid oes le *y* triger. (5 syllabes.)
272, 2. yna *y* telir.
274, 2. yna *y* credant.
280, 1. ys mi *ysy yn* merwi mor anghelvyd ; (9 syllabes.)
lisez : ys mi *sy'n* merwi.
287, 1. lle *y* bych.
  2. lle *yd* ymbrovan.

Livre de Taliesin :

P. 109, 28. *yd* edryfynt.
  122, 30. *yssyd* ;
lisez : *syd.*
  123, 18. ac eil mil kyn croc, (5 syllabes.)
    yt lewychi Enoc. (5 syllabes.)
  130, 22. *a* delis awch tafawt. (5 syllabes.)
  138, 15. arnaw *yd* oed canpen, (5 syllabes.)
    18. a chat arall *yssyd.* (5 syllabes.)
  147, 22. yssit rin *yssyd* vwy.
  148, 32. Megedorth Run *yssef* a wc. (7 syllabes.)
  151, 13. ohonaw *y* tyfhawt. (5 syllabes.)
  164, 28. yn vwyt yn diawt | hyt vrawt *yt* parha. (9 syll.)
  182, 1. Tri lloneit Prytwen | *yd* aetham *ni* ar vor, (9 s.)
    7. Tri lloneit Prytwen | *yd* aeth gan Arthur (1). (9 s.)
  185, 14. Tydi goreu *yssyd.* (5 syllabes.)
  196, 21. Ercwlff *a* dywedei. (5 syllabes.)

Livre Noir :

P. 9, 20. Myn y mae meillon, (5 syllabes.)
  Myn *y* mae kertorion. (5 syllabes.)

(1) Ici, il est possible qu'on ait prononcé : '*dd* aetham ; '*dd* aeth.

10, 26. Diwyccom *ne a* digonhom o gamuet. (9 syllabes.)
20, 16. *id* lathennaur gan brid gurhid erwit. (9 syllabes.)
37, 19. En Llogborth *y* gueleis *e* urcheint. (7 syllabes.)
54, 33. Mygedaul kein *a* dygei treis. (7 syllabes.)
55, 10. Mi *a* wum *in y* lle llas Guendoleu. (7 syllabes.)
13. Mi a wum in lle llas Bran, (7 syllabes.)
24. Mi a wum lle llas Meuric. (7 syllabes.)

Livre Rouge :

P. 225, 22. Odyna pwy *a* vyd pennaeth. (7 syllabes.)
227, 26. *Id.*
cf. 230, 21. Pwy wledych wedi Beli, (7 syllabes.)
220, 27. Pwy wledych wedi Iago. (7 syllabes.)
257, 21. yn y westva *yd* edewis. (7 syllabes.)

En revanche, il faut parfois rétablir les particularités verbales pour parfaire la mesure :

Myv. Arch. :

P. 243, 2. Ef wnaeth daear cyn dywu i fron. (10 syllabes.)

Wnaeth ne comptant jamais que pour une syllabe; il faut rétablir : *a* : *Ef a wnaeth.*

P. 249, 1. Eglwys wenn wyngalch winhaed ;

Pour avoir neuf syllabes, il faut lire : *a winhaed.*

P. 249, 2. Ef warawd ball a gwall a gwad ; (9 syllabes.)
lisez : *Ef a warawd.*

C. — Yn, préposition, et aussi *yny* (jusqu'à

ce que), ont assez souvent leur voyelle initiale syncopée dans la prononciation, mais non dans l'écriture.

Myv. Arch. :

P. 141, 1. Gwern Gwygyd gwanai bawb yn i gilyt ;   (9 syll)
lisez :   bawb *'n i* gilyt.

141, 2. yn i fwyf gynnefin a derwin wyt ;   (9 syllabes.)
lisez :   *'n i* fwyf.

150, 2. Llu Prydein yn ymatgor ;   (6 syllabes.)
lisez :   *'n* ymatgor.

237, 2. ys da y gampeu heb gwympau yn afyrdwl ;   (10 s.)
lisez :   heb guympau *'n* afyrdwl (*afrdwl*).

249, 1. ny chablaf vy naf yn y achor varan ;   (10 syllabes.)
lisez :   *'n y* achor.

258, 2. yr pan vu Elffin yghywryssed Vaelgwn ;   (10 syll.)
lisez :   *'nghywryssed* (*yn* et *cyfryssedd*).

259, 1. Wedy penkeyrdeth (1) Kymry yghamryssed ; (9 s.)
lisez :   *'nghamryssed.*

Ici, la syncope est dans l'écriture :

P. 272, 2. nyt oes allu,
        'n erbyn Iessu.

288, 2. yn y perffeithrat ;   (4 syllabes.)
lisez :   *'n y* perffeithrat.

        Gwr a aeth yn y gnawt gaethrawt gethron ;   (9 s.)
lisez :   *'n y* gnawt.

Livre de Taliesin :

P. 122, 28. yn erbyn dofydyat ;   (5 syllabes.)
lisez :   *'n* erbyn.

(1) Peut-être *penkeyrdieid.*

124, 18. Ny dyflei | a talei | yg keithiwet ;   (9 syllabes.)
lisez :   talei 'gkeithiwet.

138, 1. Bum cledyf yn aghat ;   (5 syllabes.)
lisez :   'n aghat.

124, 24. ny wydynt | py treiglynt | hym pop aber ;   (9 s.)
lisez :   'm pop (mhop) aber.

146, 32. ym pop gwlat ys rannawc ;   (5 syllabes.)
lisez :   'mpop (mhop).

204, 26. ysci ymodrydaf ;   (4 syllabes.)
lisez :   ysci 'modrydaf (yn modrydaf).

216, 24. na syrch (1) yn eissywyt,
lisez :   'n eissywyt.

Livre Noir :

P. 16, 20. yt oet in y diffrid y gidahi ;   (8 syllabes.)
lisez :   yt oet 'n y diffrid gidahi.

19, 27. in un dit ;
lisez :   'n un dit.

21, 10. Hid in aber Taradir | rac trauseu Prydein ; (10 s.)
prononcez : Hid 'n aber. *Taradir* = *Taradr*.

Livre d'Aneurin :

P. 85, 21.   Bedin ordyvnat en agerw ;   (7 syllabes.)
prononcez : 'n agerw.

Livre Rouge :

P. 226, 10. Kan am kyveirch yn ogonet ;   (7 syllabes.)
prononcez : 'n ogonet.

220, 18. Gwendyn gwlat yn anghat Veli ;   (7 syllabes.)
prononcez : 'n anghat.

(1) Texte : *syrth.*

234, 25. Penndevic Prydein yn penn barn ;   (7 syllabes.)
prononcez : *'n ðenn barn*.

237, 16. Eiry mynyd, Duw yn bennaf ;   (7 syllabes.)
prononcez : *'n ðennaf*.

248, 17. Gnawt aelwyt diffyd yn diffeith ;   (7 syllabes.)
prononcez : *'n ðiffeith*.

258, 14. crin calaf alaf yn deilyat ;   (7 syllabes.)
prononcez : *'n ðeilyat*.

261, 2. ym gyvervydynt (1) yn unoet ;   (7 syllabes.)
prononcez : *'n unoet*.

263, 20. Ruthr eryr yn ebyr oedut ;   (7 syllabes.)
prononcez : *'n ebyr*.

271, 6. yn erbyn kyfryssed Pasgen ;   (7 syllabes.)
prononcez : *'n erbyn*.

D. — La conjonction *a*, *ac*, assez fréquemment, est de trop.

Livre Noir :

P. 18, 20. *a* mi disgoganaf *e* | kad am dias.

Le vers doit être de neuf syllabes ; *e nota augens* ne comptant pas, en supprimant *a*, on a un vers régulier comme nombre de syllabes et coupe.

E. — *Y,* dans les expressions *y gan*, dans *yrwng*, *ydan*, est assez souvent syncopé (2).

---

(1) Texte : *yngyvervydynt*.
(2) *Myv. Arch.*, p. 140, 1 ; 231, 2 : *y gan*. — *Livre de Taliesin*, p. 122, 10 : *yrwg*. — *Myv. Arch.*, p. 142, 1 : *yryngod*. — *Livre Noir*, p. 22, 6 : *ydan*.

F. — L'article y est assez souvent de trop, au point de vue de la mesure, notamment dans certaines expressions comme y *lle* (là); y *dydd* (le jour où, quand), etc. La forme *yr* se joint, comme nous l'avons constaté au quinzième-seizième siècle, à un mot précédent à terminaison vocalique, en élidant sa voyelle initiale (voir plus haut, à *élision et synizèse*).

G. — Le verbe substantif, dans le rôle de copule, est fréquemment de trop.

Myv. Arch. :

P. 242, 1. Cymhennaf *yw* i ddyn | cyn ei ddiwedd   (9 syll.)
Cymmodi a Duw...

Il faut supprimer évidemment *yw*.

Livre d'Aneurin :

P. 65, 24. Goreu *yw* hwnn | kyn kystlwn | kerennyd.

Le vers de neuf syllabes est coupé en tranches de trois syllabes ; il faut lire :

Goreu hwnn | kyn kywtlwn | kerennyd.

Livre de Taliesin :

P. 116, 27. Arall atwyn pan *vyd* Duw dymgwaret?

135, 32. Pan yw gannawc pysc,   (5 syllabes.)
.   *Pan yw* du troet alarch gwyn.

Il faut lire :

          Du troet alarch gwyn.
143, 6.   Nyt ynt hyn nyt *ynt* ieu.   (5 syllabes.)
166, 8.   a phan *vo* anawell,   (5 syllabes.)
          Dydyccawr o gell.

Livre Noir :

P. 26, 2. Ban *vo* pendewic Dyved | ac guledichuy.

Livre Rouge :

P. 236, 12. Tir digawn *vyd* un erw y naw ;   (7 syllabes.)
lisez :   Tir digawn un erw y naw.
    234, 9. Myrdin *yw* vy enw Amheidwc ;   (7 syllabes.)
lisez :   Myrdin vy enw Amheidwc.
    264, 6. Bed Gwen vab Llywarch hen *yw* hwnn ; (7 syll.)
lisez :   Bed Gwen vab Llywarch hen hwnn.

Les voyelles irrationnelles sont régulièrement
écrites, mais ne comptent jamais dans la mesure
du vers.

H. — *Y* prosthétique, au contraire, forme syl-
labe. Il y a ici accord complet entre les *Four
Ancient books* et les poèmes de la *Myvyrian
Archaeology* du douzième au quatorzième siècle.
Il est quelquefois élidé en liaison avec un mot

précédent terminé par une voyelle ou syncopé
après certaines finales consonantiques.

Myv. Arch. :

P. 141, 2. Eunillot ll*yw* ystrat lle i gilyt. (9 syllabes.)
 259, 7. yspys yspadaden Dinbych ; (7 syllabes.)
prononcez : **yspys Spadaden.**

Livre de Taliesin :

P. 122, 5. Tavaw dy vyn dwy *y*scwyd (5 syllabes.)
   (*dwy 'scwyd*).
 152, 2. ar ystrat ar ystre (5 syllabes.)
   (ar *stre*).

I. — Y, syllabe non accentuée, dans certains
préfixes, paraît syncopé.

Myv. Arch. :

P. 192, 1. O'r gynniver anhun | a borth cynnieid ; (9 syll.)
prononcez : *o'r gnifer* (1).
 253, 2. a gymero vy rwyf | rywioccaf vonhet, (10 syll.)
prononcez : *a gmero.*

Livre de Taliesin :

P. 155, 26. ae kadeir gymessur ; (5 syllabes.)
prononcez : *gmessur.*

(1) *Livre Noir*, p. 7, 14. Ar *gnyver* pegor.
   15. Ar *gnyver* edeinauc.

Livre d'Aneurin :

P. 80, 6.   seith gymeint o Loegrwys | a ladassant;   (9 s.)
prononcez : seith *gmeint.*

    82, 13.   ardyledawc canu | kyman caffat ;
prononcez : *ardledawc.*

    106, 22. Erdyledam canu i cinon cigueren ;
prononcez : *erdledam (erdledaf).*

        33. Erdiledaf canu ciman cafa[t] ;
prononcez : *erdledaf.*

Livre de Taliesin :

    167, 6. Py dyduc llyw gayaf;   (5 syllabes.)
prononcez : *py d' dduc*, ou supprimez *dy.*

    209, 10. Dedeuant un gyghor ;   (5 syllabes.)
prononcez : *D' ddeuant* ou supprimez *de.*

    214, 1. Dygorescynnan Prydein | prif van ynys ; (9 syll.)
prononcez : *D' gorescynnan* ou supprimez *dy.*

Livre d'Aneurin :

P. 65, 14. Dy gymmyrrws eu hoet | eu hanyanawr ;
prononcez : *Dygmererws* ou *D' gymmerws ?*

Livre de Taliesin :

P. 125, 12. Yd Duw a Dewi | *yd* ymorchymynynt;   (9 syll.)
supprimez *yd* et prononcez : *ymorchmynynt.*

K. — Il est probable que, dans beaucoup de cas,
les aoristes en -s ont indûment *a* ou *y* avant *s.*

Livre de Taliesin :

P. 124, 25. Pan prynassant Danet | trwy fflet called ;   (9 s.)
lisez :   *pryn'sant.*

162, 29. Pan gyrohassam ni trwydet | ar tir Prydein ; (9 s.)
ni est à supprimer ; prononcez : Pan *gyrch'sam.*

140, 33. Gorthoryssit y gat ;   (5 syllabes.
prononcez : *Gorthorsit.*

L. — *Oduch, ohonawt* ont dû se prononcer
oyuch (une syllabe), *onawt* (deux syllabes) dans
ces exemples :

Livre de Taliesin :

P. 170, 7. Dimpyner oduch llat | pwy llad cofein.   (9 syll.)
174, 2. Hynt gwirioned | kyflawn rihed | kynnelw ohonawt.

Ce vers est de douze syllabes, divisé en trois
membres de quatre syllabes ; *kynnelw* vaut deux
syllabes.

M. — *Namyn. Namyn* est assez souvent traité
comme si *y* était voyelle irrationnelle.

Myv. Arch. :

P. 167, 2.   namyn y vleit glyw y glewhaf;   (7 syllabes.)
prononcez : *nam n-y.*

196, 1.   namyn ar dyn urtawl | vrthynt seinhyeu ;   (9 s.)
prononcez : *nam n-ar.*

Livre de Taliesin :

P. 181, 28. namyn seith *ny* dyrreith o Gaer vedwit ; (9 syll.)
prononcez : *nam seith.*

Cf. *Ibid.*, p. 182, 2, 8, 16, 22.

III.   9

On lit d'ailleurs dans le même poème :

P. 181, 16. *nam seith* ny dyrreith o Gaer Sidi.

   119, 4.   Nyt gwledic namyn ef;   (5 syllabes.)
prononcez : *nam n-ef*.

   140, 1.   namyn yr y vawred ;   (5 syllabes.)
prononcez : *nam n-yr*.

On a, il est vrai, *namyn* valant deux syllabes dans le même recueil, p. 144, 8 :

                Namyn Goronwy.   (5 syllabes.)

Livre d'Aneurin :

P. 63, 12.   namen un gwr o gant | en y delei ;   (9 syllabes.)
prononcez : *nam n-un*.

Il paraît sûr qu'anciennement on avait à côté de *namyn* (cf. *namuyn*) qui, naturellement, valait deux syllabes (*Livre Noir*, p. 19, 2), une forme *nam n-* devant les mots commençant par une voyelle, et *nam* avec *n* disparu devant les consonnes : il ne semble pas que *-n*, aux époques que nous pouvons atteindre, ait assimilé les dentales suivantes (cf. cornique *nam nà ?*).

N. — *Pedry-* (*pedry-dant*, *pedry-law*, *pedry-fan*, etc.) compte pour deux syllabes.

O. — Les prétérits passifs en *-ywyd* doivent être prononcés *-wyd* (voir tome I, p. 265).

De même pour les parfaits actifs en *-ywys*.

Livre de Taliesin :

P. 133, 2. ystir pwy ystyrywys ;   (5 syllabes.)
prononcez : *ystyrwys*.

        3. *ystyrywyt* yn llyfreu ;   (5 syllabes.)
prononcez : *ystyrwyt*.

De même pour *-iwyf :*
Myv. Arch., p. 289, 2 : *treidiwyf* vaut deux
syllabes.

P. — *Tyno* compte pour deux syllabes (cf.
breton-moyen *tnou*).

CHAPITRE VI.

Pour le vers de cinq syllabes, voir vers de dix.

§ 1. — *Vers de sept syllabes.*

1° Avec *cynghanedd vocalique* (rime interne).

A partir du milieu du douzième siècle, le vers est partagé par la rime en deux membres inégaux ; le second membre est scindé à son tour par l'allitération en deux, de sorte que le vers apparaît divisé en trois membres :

Coupe principale à la troisième syllabe.

Myv. Arch. :

P. 175, 1. Crist kreaudyr | llyuyaudyr | lluru seint
Cret krevyd | celvyd | kyureint
Calchdoet | seith rivet | syr
2. Pebyllva | peir cyva | cerd.

155, 1. Torf Fadawg | fynawg | fur trais.
171, 2. aswynaf | ar udd naf | nawdd
177, 1. argleitryat | vleinyat | vleid gaur.

*Coupe principale à la deuxième syllabe et secondaire à la
cinquième ou quatrième syllabe.*

Myv. Arch. :

P. 175, 1. Tut glyn | Mynyn | neus med.
    176, 1. **Kavas | kyn lleas | kan llu**
        Keissyet | pen tytwet | pob tu.
    176, 1. ny daul wrth ae maul | maurvud.
    155, 1. ar dadl | cynnadl | cedfudig
        arwyd | iawn wladlwyd | wledig.
    183, 2. Glewdraws | kyghaws | kenetloet.

Coupe principale à la quatrième syllabe (rare).

P. 176, 2. Cas draus drablaud | caud kywlat
    177, 1. ynghyvarvot | kyvnot kat.
    176, 1. Eang yw yt | rydit ri.

2° Avec *cynghanedd* consonnantique (allitération).

Coupe principale à la deuxième syllabe.

Myv. Arch. :

P. 155, 1. Pob llary | ar llyfnfarch diffun
        Pob llew | a llafn ar [y] glun
        Hawlwyr | hwylynt am breidiau
        Ein rif | yn Riweirth afon

Mal turf | torredwynt am brys
Gan hael | o hil Gadelling.
170, 2. O vet | o vuelin oll.

Coupe principale à la troisième syllabe.

Myv. Arch. :

P. 156, 1. A llafnawr | llat heb rif,
167, 1. a dwc pawb | a vo pennaf.

Coupe principale à la quatrième syllabe.

Myv. Arch. :

P. 155, 1. Twrf marchogion | meirch gochwys.
167, 2. Nyd arvanwl vut vytei.
155, 1. a llawer gwr | gwrd yngawr.
155, 1. o eurdorch | eurdorchogion.
176, 2. Yn eurllyw glyw | glew degyn.

Coupe de cynghanedd lusg.

Myv. Arch. :

P. 155, 1. Torf Lywelyn rywelais.
Lliaws gwas ar hyd glasfre,
167, 2. nyd ar vanarch yn parchei.
171, 1. a gloyw yved yn edyrn.
175, 1. yn bryn gwyth yn Amwythic.

Toutes ces coupes se retrouvent dans les Vieux
Livres, avec cette différence dans les vers à *cyn-*

ghanedd vocalique qu'après la deuxième rime,
souvent, il n'y a pas de mot allitérant avec le
membre portant la deuxième rime. En somme, il
y a dans le vers de sept syllabes une coupe principale obligatoire à la deuxième, troisième ou quatrième syllabe. Cette coupe principale est indiquée
par l'allitération ou la rime. On remarquera que,
dans le premier membre, l'allitération frappe régulièrement la première syllabe accentuée du mot
avant la césure ; dans le second membre, le premier mot, ou au moins le premier mot accentué.
Quant à la pause dans l'intérieur du vers, elle n'est
pas fixe : elle est en somme réglée par le groupe de
prononciation, qui est aussi un groupe de sens :

> Pob-lláry | a lyfnfarch-diffun
> a lle-tég | tébyg i-draeth
> Twrf-marchógion | méirch-gochwys (1).

Le vers de sept syllabes n'avait anciennement
que deux membres :

P. 176, 1. Klotvaur **llaur** | **llau** angkaeat
        Korf torf | tervysc oe aghat.
    2. Yn eurllyw **glyw** | **glew** degyn.
167, 2. Cledyf Ririd **vleid** **vlaengar**.

Parfois les deux mots allitérants sont rappro-

---

(1) *Gochwys*, par lui-même, a l'accent sur la première ; mais le
mot ici me paraît subordonné, comme prononciation, à *meirch*.

chés ; parfois même il y en a deux dans chaque
membre :

Livre Noir :

P. 38, 24. **Blaur blaen** | **eu raun in ariant.**
   29, 24. **Bet Bedwir** | **in alld Tryvan.**

Myv. Arch. :

P. 175, 2. **Llwyth llewdir** | **ystwyth ystrat.**

§ 2. — *Le vers de huit syllabes.*

1° Le vers à *cynghanedd* vocalique.

La coupe principale est presque toujours à la
troisième syllabe ; la deuxième rime est généralement à la cinquième et parfois à la sixième syllabe (voir livre I, chap. I, § 5 ; livre II, chap. II,
§§ 2, 3, 5 ; chap. III, §§ 2, 3).

Myv. Arch. :

P. 177, 1. **Duu, dy naud** | **na'm caud** | **y'm camued**
     2. **yn eluoh** | **yn heduch** | **yn hed**
      A ganuyf | **y'm ruyf** | **o'm racued.**
  165, 2. **Fwyr fysgyad** | **fal fleimyad** | **flamdwyn**
      Fyryf dervysc | **fysc dydysc** | **dydwyn.**

La coupe principale est quelquefois, très rarement, à la cinquième syllabe (voir tome II, livre I,
chap. I, § 7).

Dywres amser tes kynn tewi.

Dans ce cas, il y a une rime à la deuxième
syllabe : c'est plutôt la coupe du vers de neuf
syllabes.

La coupe du vers à *cynghanedd* consonnantique est la même que pour le vers à *cynghanedd*
vocalique.

2° Le vers de huit syllabes à *cynghanedd* consonnantique.

La coupe principale (et obligatoire, semble-t-il)
est à la troisième syllabe.

Myv. Arch. :

P. 177, 2. **Cedawl ud | Cadell** etived.
    1. **Duw dinac | dinas** tangneved
       Duw a'm dug | i'm dogn anryded.
    177, 2. **Yn hodyat | yn haud** varannhed
       Mat ganet | o genetyl voned.

Il peut y avoir deux rimes dans le premier
membre.

Myv. Arch. :

P. 178, 4. **Afflen ffreu | a phryvet** llyffeint.

Le vers paraît parfois partagé en trois membres ;
la première allitération ne vient qu'après la troisième syllabe, de sorte que si on ne jugeait de la
coupe que par les deux syllabes allitérantes, la

coupe principale serait à la cinquième ou même à la sixième syllabe.

Myv. Arch. :

P. 177, 2. Keritor vyngherd | yg kynted
           Ger y mae **Gwydvarch** | uch **Gwyned**.

Livre d'Aneurin :

P. 65, 19. Rac gosgord **mynydawc mwynvawr**
        8. Travodynt en **hed** | eu **hovnawr**
   72, 11. ys deupo **kynnwys** | yg **kyman**.

Cf. plus haut (tome II, 1re partie, p. 224, 225).

P. 255.   Ermydet **terrwyn** | **teyrnval**.
   256.   Gwrthodes **rywyr** | **righyllaeth**.

Livre Noir :

P. 58, 12. Kyrvarchaw i'm **ri** | **rad** wobeith.

On remarquera qu'il y a un mot ou un composé de *trois syllabes* avant la première allitération.

3° Coupe du vers de huit syllabes à *cynghanedd lusg.*

C'est la troisième syllabe qui rime avec la pénultième.

Livre de Taliesin :

P. 192, 23. Mawr **dyfal** | **ial** am y alon.

Livre Rouge :

P. 293, 10. Trallawt **meth** | tra chymell **tretheu**
296, 28.. o bris **parch** | pan yth **gyvarcher**.

Myv. Arch. (voir plus haut, II, I, p. 59) :

Neud ei **hoed** | ar ei **gyfoedion**.

§ 3. — *Le vers de neuf syllabes.*

1° A *cynghanedd* vocalique.

Il y a deux coupes très distinctes. La moins fréquente (depuis le douzième siècle) divise le vers en trois membres égaux de trois syllabes.

Livre Noir :

P. 3, 3. Oed llachar | **kyvlavar** | **kyvlavan**
Rys **undant** | oed **rychvant** | y-tarian.
4, 1. Llas **Kyndur** | tra-**messur** | y kuynan
Llas **haelon** | o **dinon** | tra vuan.

La règle générale est que la coupe principale soit à la cinquième syllabe; la deuxième rime peut être avant ou après, c'est-à-dire dans le premier membre ou le second (voir tome II, livre II, chap. I, § 2).

Myv. Arch. :

P. 140, 2. Difa draig **wron** | weinion **wascawd**.
Gwylynt golithrynt | yn ogelawc
Ar bob **rai reitiai** | yn aur **rotawc**.

Lorsque la règle s'est établie que le membre portant la deuxième rime devait être relié à un mot avant la fin du vers par l'allitération, le vers s'est trouvé comme dans tout vers à *cynghanedd* vocalique, depuis la deuxième moitié du douzième siècle, partagé en trois membres.

Coupe dans le vers à cynghanedd lusg.

La coupe principale est toujours à la cinquième syllabe, qui rime avec la pénultième accentuée (voir tome II, livre II, § 5).

Myv. Arch. :

P. 142, 2. Pryd y bo **cyfnod** | yn cyvodi.

Il y a quelquefois, rarement, une autre rime dans le premier membre.

Myv. Arch. :

P. 141, 1. Cyn myn**ed** mur c**ed** | yn da**wed**awc.

2° Le vers de neuf syllabes à *cynghanedd* consonnantique.

On trouve quelquefois le vers coupé en trois membres.

Livre Noir :

P. 10, 16. Moli **D**uu | in **n**echreu (1) | a **d**iuet
        Ae kyniw | ny welli | ni [w]omet.
        Ùn **m**ab **M**eir | **m**odridaw | teyrnet.

C'est assez rare.

La règle est que la coupe principale soit à la cinquième syllabe ; généralement le premier mot accentué qui suit a son initiale allitérant avec un mot du premier membre : il peut y avoir plusieurs allitérations, mais deux mots allitérants suffisent.

Myv. Arch. :

P. 144, 1. Der**ll**esid i'm **ll**aw | **ll**ad y'm godau.
    146, 2. Nyd ef Rodri **m**awr | **m**ur ciwdodoed.
    143, 1. **Ll**achar fy ngh**l**eddau | **ll**uch yd ardwy.

§ 4. — *Le vers de dix syllabes.*

Le vers de dix syllabes n'existe pour ainsi dire pas seul (voir cependant le vers de cinq syllabes, tome II, ɪ, livre I, chap. I, § 2) : il est toujours joint au vers de neuf syllabes ou fait partie d'un distique de triplet ou d'*englyn unodl unsain* (tome II, ɪ, livre I, chap. II, § 4).

Dans le type *cyhydedd hir*, la coupe est : 5 + 5 + 4.

----

(1) Lisez in dechreu ; le *d* devait se faire sentir encore.

Pour l'*englyn*, le *gwawdodyn*, le vers de dix syllabes du triplet, voir plus haut, tome II, ɪ, livre I, chap. II, §§ 4, 5, 6.

Le trait commun et caractéristique de tous ces vers, c'est que la première coupe est invariablement, comme dans le vers de neuf syllabes, généralement, à la cinquième syllabe.

On trouve aussi quelquefois le vers de dix syllabes partagé en trois membres comme le vers de neuf syllabes (voir tome II, ɪ, p. 351).

Myv. Arch. :

> Taer tra thaer | am **drom aer** | **drwm** gymynu
> Am Hafren | am **orten** | am wrt luestu.

Un poëme du commencement du treizième siècle, isolé comme type (voir tome II, ɪ, p. 117), a toujours une coupe à la cinquième syllabe; de plus, généralement, chacun des deux membres a une coupe secondaire; il présente les deux types suivants :

$$2 + 3 \parallel 2 + 3 \qquad \text{ou} \qquad 3 + 2 \parallel 2 + 3$$
$$3 + 2 \parallel 3 + 2 \qquad\qquad\qquad 2 + 3 \parallel 3 + 2$$

> Hanbych well | Davyt, ‖ handid | o devawd
> Gogyvarch | teyrn ‖ gogwyr | teyrnvart
> Gogawn | teÿrnveirt ‖ gogawn | teyrnvro
> Eryres | ormes ‖ eryron | dyrrva.

Il n'y a qu'un vers à *cynghanedd* vocalique
pure :

> Eryr dreio ormant | ardunyant prif veirt.

§ 5. — *Le vers de onze syllabes.*

Ce vers, fréquent dans la poésie galloise aux
dix-huitième et dix-neuvième siècles, commun
dans la poésie bretonne, est très rare à l'époque
qui nous occupe. Il n'apparaît guère que mêlé
à d'autres vers (voir tome II, ɪ, p. 118). La coupe
la plus fréquente, en poésie galloise moderne, est
à la sixième syllabe, le second membre étant de
cinq ; de plus, la coupe rime généralement avec
la troisième syllabe après, c'est-à-dire la huitième du vers. Dans les vers de onze du *Livre de
Taliesin*, le vers est partagé en trois membres ; la
première coupe, la principale, est à la cinquième
syllabe, et la deuxième, le plus souvent, à la huitième ; les syllabes des coupes riment entre elles :

> Keint rac meibon Llyr | in ebyr | Henuelen.

C'est la même coupe pour les vers de neuf et
de dix syllabes de ce poème :

9   Arnunt a llefrith | a gwlith a mes.
10   Keint rac ud clotleu | yn doleu Hafren.

Une fois la coupe principale est à la sixième

syllabe. C'est le cas aussi pour un vers de douze syllabes à membres inégaux de ce poème :

Keint yn advwyn rodle | ym more | rac Wryen.

Il est vrai qu'il est réductible à onze syllabes.

Prononcez :   Keint *'n advwyn* rodle.

Il y a des exemples de vers, incontestablement de douze syllabes, coupés de cette façon.

§ 6. — *Le vers de douze syllabes*.

Le vers est coupé invariablement en trois membres, dont les deux premiers riment presque toujours entre eux par leur finale. Le troisième membre a, avant le mot final, un mot rimant ou allitérant avec le deuxième membre (1) (voir tome II, i, p. 121 et suiv.).

Pour une coupe exceptionnellement différente, voir *ibid.*, p. 120 ; cf. plus bas, § 7.

(1) Tome I, p. 162, j'ai signalé un poème du quinzième siècle en vers de douze syllabes avec coupe à la sixième syllabe.

Dans la poésie libre (sans *cynghanedd*) moderne, il y a des vers de douze syllabes, divisés en quatre membres chacun, généralement de trois syllabes (*Y bardd a'r cerddor*, gan J. Ceiriog Hughei, Gwreesand, p. 71).

Mi welais | wr ieuanc | yn neuadd | ei dadau
Ei lygaid | wreichionent | serchiadol | pelydrau.

§ 7. — *Le grand vers ou longue ligne de quatorze
    syllabes* (voir tome II, ɪ, p. 143).

Ce genre est surtout bien conservé dans le
système dit *cywyd odliaidd*. Il y a une coupe
obligatoire à la septième syllabe ; cette septième
syllabe rime avec un mot du deuxième membre,
généralement la dixième ou la onzième syllabe,
quelquefois la neuvième, quelquefois la douzième
(poème de la *Myv. Arch.*, voir tome II, ɪ, p. 147 ;
la deuxième rime est toujours à la onzième syllabe,
excepté dans un vers, le dernier, où elle est à la
dixième).

Livre Noir :

P. 5. Breuduid a uelun neithwir | yr celvyt ae dehoglho.

Pour le grand vers ou distique de seize et de
dix-neuf syllabes, voir plus haut. En résumé, dans
le plus grand nombre des cas, en exceptant le
vers à *cynghanedd lusg*, la *cynghanedd* vocalique
est arrivée à diviser le vers en trois membres. Le
vers à *cynghanedd* consonnantique, généralement,
le vers à *cynghanedd lusg* toujours, n'en ont que
deux. Dans les vers à deux membres, les deux
membres ont presque toujours un nombre inégal
de syllabes. Dans les vers à trois membres, les
membres peuvent être égaux, quant au nombre
des syllabes.

CHAPITRE VII.

L'ACCENT ET LA QUANTITÉ DANS LEURS RAPPORTS AVEC LA MÉTRIQUE ; LE RYTHME.

§ 1. — *L'accent et la quantité.*

La quantité dépend de l'accent.

L'accent gallois est un accent d'intensité, et aussi, vraisemblablement, de hauteur (1). Il est presque toujours aujourd'hui sur la pénultième. On ne le trouve sur la dernière que :

1° Dans les mots dont la dernière syllabe est le résultat d'une contraction moderne ou ne remontant tout au plus qu'au moyen-gallois : *Cymráes, cymráeg, crynhói;* au douzième siècle, ces mots comptaient pour trois syllabes;

2° Dans des mots dont la première syllabe est *ys-, ym-* : *ystén, ysciŵyd, ymlẏn* (*y* prosthétique, dans le groupe *s + consonne*, a formé syllabe de

(1) En breton, le fait est certain (voir plus haut, t. II, I, p. 297 (note).

bonne heure, mais ne portait pas l'accent et était
sujet à syncope ou à élision);

3° Dans les pronoms redoublés, comme *myfi,*
tydi;

4° Dans certaines prépositions nominales formées d'une préposition et d'un nom : *islâw, he-*
blâw, drachéfn (cf. *achlán, ychlán*) (1).

Dans les mots de quatre syllabes il y a, sur la
première, un fort accent secondaire : *bèndigédig.*

Les composés, surtout si les éléments compo-
sants sont fondus, suivent la règle générale.

Dans les composés avec un préfixe vivant et
modifiant essentiellement le sens, le préfixe porte
un accent secondaire bien marqué : *cÿn-lÿwydd,*
rhàg-arwéiniad.

Ce qui contribue le plus à modifier la rigidité
de l'accent gallois, c'est la composition syntactique. Le nombre des particules et pronoms faisant
corps avec le mot suivant est assez grand et surtout important par la fréquence des combinaisons
auxquelles ils donnent lieu :

Tad, mère : *fy nhâd, dy dâd;*

Tadau, père, ancêtre : *fy nhâdau, dy dâdau;*

Cyfaill : fynghÿfaill;

Cyfeillion : fy nghyféillon.

Il y a aussi un genre de composés qui donne

<hr>

(1) Cf. Anwyl, *Welsh Grammar*, p. 7-9. L'auteur à qui j'em-
prunte ces règles n'a fait que systématiser et développer les
observations de M. John Rhys dans ses *Welsh Lectures*, 2° édit.,
p. 119 et suiv. De même pour la quantité.

lieu à de très nombreuses combinaisons où l'accent oratoire, le sens, l'intention du poète devaient se donner carrière : ce sont les composés nominaux *accidentels* (substantif avec substantif, adjectif et substantif, substantif et adjectif, adjectif et adjectif, etc.) : *torf-lu, cerdd-lochi, kad-gyfer-byn, kod-gymmynu, gwrd-luestub, man-waha-niaeth, awydd-falch, kyflafan-lew, ruddeur-dyr-llyd, clod-achubiad,* etc.

L'accent oratoire peut naturellement porter sur une syllabe non accentuée (1).

En vieux-gallois, l'accent était moins uniforme qu'aujourd'hui, à en juger par l'affaiblissement de voyelles aujourd'hui accentuées et la diphtongaison d'autres qui ne le sont plus : *cilchét* (*culcita*); *lichóu*, pluriel de *llwch*; les dérivés en *-awl*, *-awr;* les superlatifs en *-hám* (*hinham*); des mots avec *h* précédant la voyelle de la syllabe finale, démontrant par là même qu'elle était accentuée : *hanttér, cymhér, cymhwd*, etc. Les syllabes accentuées finales, surtout les longues, ont dû retenir l'accent assez longtemps encore après le onzième siècle, à en juger par l'orthographe.

Il ne peut y avoir d'autres voyelles longues, en gallois, que la voyelle accentuée.

Il n'y a actuellement, pour une oreille galloise,

---

(1) Anwyl, *Welsh Grammar*, p. 9, cite cet exemple :

Dengys ef wybodaeth, ond ei frawd anwybodaeth ;

an est la syllabe que la voix fait ressortir.

de voyelles longues que dans les monosyllabes et
les syllabes finales accentuées. Il y a une restric-
tion importante à faire pour les monosyllabes : si
la voyelle du monosyllabe est suivie de plus d'une
consonne, elle est brève : *plant, parth ; cănn*, blanc,
mais *căn*, chant (1).

Sont brèves également les voyelles des monosyllabes terminées par *p, t, c,* par des nasales *m,*
ng, par *ll* sourd (2). Au contraire, les voyelles
des monosyllabes terminés par *b, d, g ; ff, th, ch,*
f(v), dd, s sont longues (3).

Si un monosyllabe se termine par une voyelle,
la voyelle est longue : *dā* (4). Pour les monosyllabes terminés par *l, n, r,* la voyelle est longue, si
c'est *i* ou *u* (excepté *prin*, *pin*); elle est brève ou
longue, si c'est *a, e, o, w, y.*

Dans les monosyllabes et les syllabes finales
accentuées, les voyelles des diphtongues *ai, ei, oi,*
au, eu, ey, aw, ew, iw, ow, uw, yw sont brèves.

(1) Pour la quantité, en breton, voir J. Loth, *Mots latins,* p. 77
et suiv. Anwyl, p. 75, signale des exceptions à la longueur habi-
tuelle de la voyelle du monosyllabe en Nord-Galles dans les mots
terminés par *st, sb, sg, llt : clust, mellt.* Le même fait se produit
en breton, dialectalement : *hĕsc* devient *hĕsc.*

(2) Anwyl donne comme exception *ȳm,* nous sommes; *bōm*
(subj.), *bōt ;* en Sud-Galles, beaucoup de monosyllabes en *-ll.*

(3) En Nord-Galles, les prépositions et conjonctions de ce type
seraient brèves (*hĕb, ăg*).

(4) Il faut naturellement excepter les proclitiques comme *a, y,*
fy, dy, en composition syntactique. Pour les pronoms comme
fy, dy, ils peuvent être accentués et retrouver leur quantité s'ils
ne sont pas proclitiques.

Troi, cynhôi, haul, gweu, clawdd, heu (1).

Au contraire, dans cette situation, les voyelles *a, o, w* des diphtongues *ae, oe, wy* sont longues.

Ces lois sont sans doute anciennes, en général, notamment pour les diphtongues *ae, oe, wy*. Pour les diphtongues du genre de *hau* (*héu*), *crynhôi*, *parhâu*, elles n'existaient pas au douzième siècle ; *heu* valait deux syllabes, *parhâu* trois.

Dans les mots de plusieurs syllabes, la voyelle accentuée est plus saillante que les autres, mais elle est prononcée avec moins d'*intensité* qu'en breton-armoricain ; les voyelles longues des monosyllabes devenues polysyllabes par la dérivation sont elles-mêmes abrégées : *tăd*, pluriel *tădau* (breton *tădou*) ; *bĕdd*, tombe, plus *béddau ;* *clawdd*, pluriel *clǫddiau* (2).

La voyelle accentuée, dans ces cas, n'est longue que relativement aux voyelles atones ; il est probable qu'elle bénéficie, en même temps que d'une certaine intensité, d'une certaine élévation de la voix. Il serait d'ailleurs plus juste, d'après ce qui a été dit et pour d'autres raisons encore, de dire que la syllabe accentuée est plus intense et plus élevée que les autres.

------

(1) En Nord-Galles, *a* et *e* sont longues dans les diphtongues qui ne sont pas suivies d'une consonne : *rhāw, têw* (cf. Anwyl, *Welsh Grammar*, p. 76).

(2) Voir plus haut, coupe des syllabes, livre II, chap. III, § 2.

§ 2. — *Le rythme.*

De ce qui précède, il résulte que la langue gal‑
loise dispose d'une remarquable variété de combi‑
naisons en vue de la cadence ou du rythme. Dans
les dissyllabes, l'accent est sur la première syllabe ;
dans les trisyllabes, sur la pénultième ; dans les
mots de quatre syllabes, la première syllabe béné‑
ficie d'un accent secondaire. Nous aurions donc,
de ce fait, les *pieds* suivants, pour employer une
expression courante :

‿ ᴗ (trochée) ;

ᴗ ‿ ᴗ (amphibraque) ; ᴗᴗ‿ᴗ (*dygystúddio*) ;

‿ ᴗ ‿ ᴗ (ditrochée).

L'accent est aussi parfois sur la dernière :

ᴗ ‿ (*ystén*) : iambe.

ᴗ ᴗ ‿ (*dygymhéll, dygrynhói*) : anapeste.

Mais ce n'est là que l'unité de prononciation la
plus simple en gallois : les syllabes groupées en
mot sous un accent commun. Il y en a une autre
plus complexe et qui domine et règle tout le
rhythme du gallois comme des autres langues
celtiques. Le fait a été mis en lumière nombre de
fois avec d'autant plus d'insistance qu'il domine
toute la structure de la phrase en prose comme en
poésie (1). Non seulement les proclitiques ou for‑

(1) Zimmer, *Keltische Stud.*, p. 56, a exposé cette loi avec
beaucoup de clarté ; cf. *Gr. Celt.*, p. 177 et suiv. ; Windisch,

mes atones font corps avec le mot sur lequel elles s'appuient, mais *tous les mots, même accentués, peuvent devenir les éléments d'une unité réunis sous un accent principal commun.* Tout mot indé-dépendant, comme le dit très bien M. Whitley Stokes, a un accent aigu, et un seul; toute unité a aussi un accent aigu commun (1). Voici les types d'unités de prononciation établis par M. Whitley Stokes pour l'irlandais : ce sont, en grande partie, les mêmes en brittonique, avec des différences dans la place de l'accent. L'unité est constituée par l'union de :

a) Un substantif avec un article, pronom, adjectif pronominal, numéral, verbe substantif, particule copulative ou disjonctive, préposition, conjonction ou interjection, le précédant;

b) Un adjectif, participe, pronom, numéral, adverbe avec un verbe substantif précédant (2);

c) Un pronom avec un article ou une préposition précédente;

d) Un substantif avec un génitif suivant qui en dépend, ou un adjectif, participe, particule ou pronom démonstratif suivant;

e) Un pronom avec un pronom ou une particule démonstrative suivante qui en dépendent;

ap. Paul et Braune, Beiträge, IV, 204; Stokes, *Revue Celtique*, VI, p. 290.

(1) *Revue Celtique*, VI, p. 290.

(2) Ce cas est plus rare en gallois; cf. cependant *ys trûan; mae yn-dda, etc.*

f) Un adverbe avec une particule verbale, préposition, pronom relatif, conjonction, particule
interrogative ou négative (avec ou sans *ro*) ;

h) Une forme verbale avec un complément nominal ou pronominal, un sujet pronominal, des
suffixes pronominaux suivants (1).

L'unité existe non seulement par l'accent commun, mais encore se démontre par le fait que
la consonne initiale du mot, dans l'intérieur de
l'unité, est traitée comme si elle était à l'intérieur
d'un mot indépendant : dans *fynhád* pour *fyn
tad*, mon père, le *t* de *tad* est exactement traité
comme le *t* de *santéros,* moitié (*hanhér*, devenu
aujourd'hui *hánner* par report d'accent).

Il y a une distinction très importante à faire
parmi les cas énumérés par M. Whitley Stokes :
certaines unités sont groupées et leurs éléments
fondus sous un accent commun (*fynhád, dy-
fódryb*); d'autres sont des composés à deux ou
trois termes, dont les éléments sont *subordonnés
grammaticalement*, mais *conservent leur accent :
dymúnodd-fyned* (il désira aller); *ánwyl-gýfeill*
(cher ami). J'appellerai le premier groupe *l'unité de
prononciation ;* le second, *l'unité grammaticale.*
De même que l'unité de prononciation peut ne
contenir qu'un seul mot indépendant, de même
l'unité grammaticale peut se réduire à une unité

(1) Ce cas n'existe nettement qu'en gallois parmi les langues
brittoniques.

d'expression, mais elle peut en contenir plusieurs. L'unité grammaticale joue un rôle important : elle détermine souvent la coupe du vers et ses divisions ; souvent le membre est constitué par cette unité. Il va de soi, en effet, qu'il est difficile, quelquefois impossible, de couper cette unité.

C'est surtout en prose que l'on peut le plus nettement saisir le mouvement d'une langue. Voici quelques lignes empruntées aux *Mabinogion;* j'unis par un trait les éléments d'unité de prononciation ou d'unité grammaticale en indiquant par un accent aigu la syllabe portant l'accent *principal* (*Mabinogion,* édition Rhys-Evans, p. 1).

Pwyll penndévic-Dyvet a-óed, yn-árglwyd, arseíth-cántref Dyvet. A-thréigylgweith yd-óed yn-Arberth príflys ídaw; a-dývot yn-y-vrýt ac-yn-y-védwl vynet y-héla. Séf kyfeir oe-gývoeth a-výnnei y-héla. Glyn-Cuch. Ac-éf a-gychŵynn-wys, y-nós-honno, o-Arberth, ac-a-dóeth hýt ym-pénn Llwyn-diarŵya. Ac-ynó y-bú y-nós-honno, a-thránnoeth yn-ieuénc tit y-dýd kyvódi-a-óruc a-dývot y-Lynn-Cuch y-éllwng y-gŵn dan-y- cóet, a-chánu y-górn. a-déchreu dygvýor yr-héla.

On remarquera que presque toutes les unités débutent et se terminent par une atone : le mouvement initial est en quelque sorte iambique et la chute trochaïque. Il n'est même pas rare qu'il y ait deux atones à l'initiale. Il y a une dizaine d'iambes (et quelques anapestes). Les trochées purs, à cause de la composition, sont rares. Il y a à remarquer quelques monosyllabes fortement accentués.

L'unité de prononciation et l'unité grammaticale constituent en même temps des groupements intimes de mots étroitement unis par le sens. Dès lors, on entrevoit le rôle considérable qui leur est réservé. Les poètes gallois et irlandais en ont certainement eu conscience ; de là, chez les Gallois, l'emploi du mot *gair*, mot et expression de plusieurs mots pour indiquer la partie formant *cyrch* ou *toddaid*, et surtout pour désigner le vers de quatre ou de sept syllabes (*cywydd deuair fyrrion* ou *deuair hirion*) : *gair* est indifféremment remplacé par *braich*, bras, membre. De même chez les Irlandais, le membre de huit syllabes s'appelle, dans un traité, *bricht*, sentence ; dans les autres, il désigne le membre : *nath sebrechta* indique une strophe de six vers (1).

J'ai déjà indiqué plus haut que les coupes, dans le vers de sept syllabes, dépendaient de l'unité de prononciation et de l'unité grammaticale. C'est particulièrement saisissant dans les vers à membres égaux. J'en donne un premier exemple tiré du *Livre Noir* (Skene, II, poème I) ; le poème est surtout en vers de neuf syllabes.

> Mor-trúan | genhýf | mor-trúan
> A-déryv | am-kedvyv | a-cháduan !

---

(1) *Mittelir. Versl.*, p. 130 ; cf. 38, 26-39, 31.

Oed-llâcbar | kyvlávar | kyvlávan
Oed-yscñid | o-tryvrúyd | o-tryuán (1).

TALIESIN.

Oed-Máelgun | a-uélun | in-ímuan (2)
Y tcúlu | rac-tóryuu-lu | ny-tbâuant.

MYRTIN.

Rac-déuur (3) | in-eu-túr | y-tírran
Rac-Efrith- | a-Gufrith | y-ar-wélugan
Mein-wíneu | in-díheu | a-dýgan.
Moch-guelbér (4) | y-nîver | gan-Élgan
Och oe-léith | maûr-a-téith | y-deúthan.

TALIESIN.

Rys-úndant | oet-rýchvant | y-tárian
Hid-áttad | y-dàeth-ràd-kyvlau[a]n
Llās Kyndùr | (5) tra-méssur | y-kúynan
Llás-baèlon | o-dínon | tra-vúan
Tryuìr-nód | maûr-eu-clód | gan-Élgan.

MYRTIN.

Trùy-a-thrúy | rùy-a-rúy | y díóethan
Tràv-a-thràv | im dòeth bráu (6) | am-Élgan
Llàt-Divel | oe-díuet | kyvlávan
Ab-Érbin | ae-uérin | a-wnáethan.

---

(1) Il est possible que l'accent, tout au moins l'accent oratoire, ait été sur *try-*.

(2) Texte : *in ímnan.*

(3) L'accent oratoire peut être sur *-ur.*

(4) L'*h* semblerait indiquer que l'accent était sur la dernière; pour *niver*, l'accent a été, à l'origine, sur *-er* (*númérus*).

(5) Il y a une sorte d'unité aussi eutre *llās* et le mot suivant; j'admets ici le *schweibende Betonung.*

(6) Texte : *bran.*

TALIESIN.

Llù-Maélgun | bù-yscún | y-dóethan
Aerwir-kád | trybelídiad | guáedlan
Neu guéith-àrywdérit | pan-vít y-déunit
O-hid y-wúchit | y-darpéran.

MYRTIN.

Llyaús-peleídrad | guáedlad gúaedlan
Llyaús-aèrwir-bryw, bréuaul-vídan
Llyaús ban-brivhér | llyaús ban-fohér
Llyaús eu-hýtn chuel | in-eu-hýmvan (1).

TALIESIN.

Seith (2)-méib-Eliffer | sèith-guír ban-brouvhér
Sèith-guáew ny óchel | in-eu-séithran.

MYRTIN.

Sèith-tán uvélin | sèith-kád-kyvérbin
Séithved Kynvélin | y-pop-kinhuan.

TALIESIN.

Sèith-guáew gowánon | sèith-lóneid-áwon
O-guáed kinréinon | y-dylánuan.

MYRTIN.

Seith-úgein háelon | a-áethan ygẃ[y]llon
Yg-Cóed-kelíton | y-darvúan
Canys-mi Mýrtin | guydi Taliéssin
Bithaúd-kyffrédin | vy-darógan.

(1) L'accent, au moins l'accent oratoire, pouvait être sur hym-.
(2) La répétition, ici, semble indiquer que l'accent oratoire est sur séith.

Là où dans le membre de cinq ou quatre syllabes il y a deux unités de prononciation, elles sont
très intimement unies par le sens.

Cf. dans le même Livre (poème IX), également
en vers de neuf syllabes :

> Móli-Dúu | in-néchreu | a-díuet
> Ae-kýniw | ny-wélli | ny-[w]ómet
> Un-mâb-mèir | modrídaw | teórnet.

Dans les poèmes en vers de douze syllabes divisés en trois membres de quatre syllabes, il n'y
a pas un *seul* membre qui ne soit constitué par
une unité de prononciation ou une unité grammaticale (poèmes III, IV, XXIII). Je me contenterai
de citer le court poème suivant, dont le sens est
très clair (poème XII) :

> Yn-énu-Dòmni | meu-y-vóli | máur-y-vólaud
> Mólawe (1)-Dóuit | máur-y-kínnit | ar-y-cárdaud
> Dúu, an-ámuc | Dúu, an-góruc | Dúu, an guáraud
> Dúu, an-góbeith | téilug-pírfeith | téc-y-púrfaud
> Dúu, an-dyli | Dúu, issy-vrý | vrenhín-Trìndaud
> Dúu a-bróved | in-y-trúyted | in-y-trállaud
> Dúu a-dýfu | oe-garcháru | gan-uvíldaud
> Gulédic-déduit | an-gunél in-rít | érbin-dìt-bráud.
> An-dúch i'r-gulét | ir-y-váret | ae weríndaud
> Ym-paráduis | im-pur-kynnuis | rac-pùis-péchaud
> An-gunèl-iéchid | ir-y-pénid | ae-pìmp-dírnaud
> Dólur-éghirth (2) | Dúu an-díffirth | ban-kýmirt-cnáud

---

(1) *E, nota augens,* ne compte pas.
(2) **Texte** : *eghirith ; kyinirth.*

Dín a-cóllei | bei-nas-prínhei | dívei-dévaud

O'r-cróc-creûled | y-deùth-guáred | i'r-vedíssiaud

Kádarn-búgeil, | Críst, nid-ádweil | y-teilýgdaud.

S'il y a deux unités de prononciation, elles sont
très intimement unies par le sens et dépendent
même, pour la prononciation, l'une de l'autre :
elles forment une unité grammaticale. Il est rare
que dans le même membre (le membre dans un
vers ne dépasse guère cinq ou six syllabes) il y ait
plus de deux unités de prononciation. La coupe
et le nombre des syllabes peuvent varier dans le
même vers et d'un vers à l'autre suivant la suc-
cesssion des groupes de prononciation ; de là, dans
les poèmes antérieurs au douzième siècle, à tout
instant dans la même strophe, divergence dans le
nombre des syllabes et modification du rythme.
J'en cite quelques exemples dans le *Gododin* :

Page 66, vers 8 :

9   Tutvwlch-hír | ech-e-dír | ae-drevyd.

8   Ef lladei-Saesson | seithuet-dyd.

· 9   Perheit | y-wrhyt | en-wrvyd.

9   Ae-govein | gan-e-gein | gyweithyd (1).

8   Pan dyvu | Dutvwlch | dut-nerthyd.

9   Oed-gwaetlan | gwyalvan | vab-kilyd.

Page 72, vers 13 :

8   Pan-gryssyei | Garadawc | y-gat

(1) Ici *gein* se joint, par la prononciation, à *gyweithyd*,

7   Mal-baed-coet | trychwn | trychyat.
8   Tarw-bedin | eu-trin | gomynyat.
8   Ef-llithyei | wydgwn | oe-anghat.
8   Ys-vyn tyst | Ewein | vab-Eulat.
8   A-gwryen | a-Gwynn | a-Gwryat.
7   O-Gatraeth | o-gymynat.
7   O vrynu-hydwn | kyn-caffat
7   Gwedy med-gloew | ar-anghat
7   Ny-weles | ur-un | e-dat.

Page 73, vers 20 :

9   Ny-wnaethpwyt neuad | mor-orchynnan.
9   Mor-vawr | mor-orvawr | y-gyvlavan.
9   Dyrllydut | medut | Moryen-tan.
10   Ny-thraethei | na-wnelei | Kenon kelein.
10   Un-seirchyawc | saphwyawc | son-edlydan.
10   Seinnyessit | e-gledyf | em-pen-garthan.
11   Noc-ac-esgyc cariec | vawr-y-chyhadvan (1).
9   Ny-mwy-gysgogit | Wit-vab-Peithan.

Page 75, vers 20 :

7   Am-drynni | drylaw | drylenn.
9   Gweinydyawr | ys-gwydawr | yg-gweithyen.
8   En-aryal | cledyval | am-benn.
9   En-Lloegyr-drychyon | rac-trychant-unben.
7   A-dalwy mwng-bleid heb-prenn.
9   En-e-law, | gnawt, gwychnawt | en-y-lenn.
7   O-gyvrang gwyth ac-asgen.
8   Trenghis | ny-dienghis | Bratwen.

(1) Texte : *vyr* paraît de trop ; *ac*, dans *noc ac esgyc* est probablement de trop ; on aurait ainsi dix syllabes :

Noc ac esgyc cariec *vyr* vawr y chyhadvan.

Livre de Taliesin, poème XXXI, page 183 :

8	Arwyre | gwyr-Katraeth | gan-dyd.
9	Am-wledic | gweith-vudic | gwarthegyd
8	Uryen-hwn | anwawt | eineuyd.
9	Kyfedeily | teyrned | ae-gofyn.
9	Ryfelgar | rwysc-enwir | rwyf-bedyd.
9	Gwyr-Prydein | adwythein | yn-lluyd.
9	Gwen-Ystrad | ystadyl-kat | kynygyd.
8	Ny-nodes | na-maes | na-choedyd.
9	Mal-tonnawr | tost-eu-gawr | dros-elvyd.

Et ainsi de suite.

Ibid., poème XXXVIII, page 193 :

8	En-enw gwledic | nef-gorchordyon.
9	Rychanant | rychwynant | y-dragon.
9	Gwrthodes | gogyfres | gwelydon.
8	Lliaws Run | a-Nudd | a-Nwython.

Ibid., poème XLVIII, page 203 :

8	Neu-vi | luossawc | yn-trydar.
9	Ny-pheidwn | rwg-deulu | heb-wyar.
8	Neu-vi | a-elwir | Gorlassar.
8	Vy-gwreys (1) | bu-enuys | ym-hescar.
8	Neu-vi | tywyssawc | yn-tywyll.
8	Am-rithwy | am-dwy | pen-kawell.
8	Neu-vi | eil-kawyl | yn-ardu.
9	Ny-pheidwn | heb-wyar | rwg-deulu.
8	Neu-vi | a-amuc | vy-achlessur (2).

(1) Lisez *gwrys* (une syllabe).
(2) Prononcez *v'achlessur*.

8   Yn-difaut | a-charant | Casnur.
8   Neu'r-ordyfneis-waet | am-Wythur.
9   Cledyfal-hydyr | rac-mcibon-Cawrnur.
9   Neu-vi | a-rannwys | vy-echlessur (1).
8   Nawvet-ran | yg-gwrhyt | Arthur.
7   Neu-vi | a-torreis | cant-kaer.
7   Neu-vi | a-ledeis | cant-maer.
7   Neu-vi | a-rodeis | cant-llen.
7   Neu-vi | a-ledeis | cant-pen.
7   Neu-vi | a-rodeis (i) (2) henpen.
8   Cledyfawr | gorvawr | gyghallen.
7   Neu-vi | orcu | terenhyd.
9   Hayarndor | edeithor | penmynyd.
9   Ym-gweduit | ym-gofit | hydyr-oed (3) gyhir.

Ibid., poème XLVI (*Marwnad Cunedaf*), p. 200-202.

7   Mydwyf | Taliessin | deryd.
6   Gwawt | godolaf | **vedyd.**
9   **Bedyd**-rwyd | rifeden | eidolyd.
8   Kyfrwnc-allt | ac-allt | ac-echwyd.
9   Ergrynawr | Cunedaf | creisseryd.
8   Ygkaer-Weir | a-chaer-Liwelyd.
8   Gwiscant-veird | kywrein | kanonhyd.
10   Marw-Cunedaf | a-gwynaf | a-gwynit.
9 ou 8 Dychyfal | dychyfun | dyfynveis.
9   Dyfyngleis, dychyfun | [dychyfal]?
9   Ymadrawd | cwdedawd | caletlwm.
9   Kaletach | wrth-elyn | noc-ascwrn.
9   Ys-kynyal | Cunedaf | kyn-kywys.

(1) Texte : *araunwys.*
(2) *I, nota augens,* ne compte pas.
(3) Supprimez *oed* et comptez *hydyr* (*hydr*) pour une syllabe.

9	A-thywet, | y-wyneb | a-gatwet.
7	Kan-weith | cyn-bu-leith | dorglwyt.
9	Dychludeut | wyr-Bryneich | ym-pymlwyt.
7	Rymafei | biw-blith | yr-haf.
9	Rymafei | edystrawr | y-gayaf.
8	Rymafei | win-gloyw | ac-olew.
8	Rymafei | torof-keith | rac-untrew.
10	Ef-dyfal o-gressur | o-gyflew gweladur.
11	Pennadur pryt-llew | lludwy vcdei-gywlat.
10	Rac-mab-Edern | kyn-edyrn | anaelew.
9	Ef-dywal | diarchar | diedig.
8	Am-ryfreu | agheu | dychyfyg.

Ce poëme, fort ancien assurément, est instructif à plus d'un titre. La rime finale en est assez souvent absente. Comme les autres, il nous montre les anciens poètes peu préoccupés de l'*iso-stichie*, se laissant toujours guider dans la cadence de leur vers par l'unité de prononciation et de sens. La seule symétrie qu'ils recherchent, c'est une sorte d'équilibre entre les unités du même vers. Comment y arrivaient-ils ? Vraisemblablement en négligeant certaines syllabes atones, peut-être en les prononçant plus rapidement et en appuyant sur certaines autres aux places principales du vers : par exemple dans le vers

Rymáfei | biw-blíth | yr-háf

on remarquera que les deux mots *blith* et *haf* sont deux monosyllabes longs : *rymafei, biw-blith, yr-haf* peuvent être *iso-chrones* mais non *iso-sylla-*

biques. Aujourd'hui encore, en effet, il n'y a pas
un Gallois dont l'oreille ne saisisse immédiatement
la différence d'ailleurs considérable de longueur
entre un monosyllabe long accentué et la même
syllabe accentuée dans un polysyllabe : *tăd* est
considérablement plus long que *tad-* dans *tăd-au*.
En voici, à l'époque moderne, un exemple très
démonstratif; c'est en même temps une preuve
de l'influence considérable encore de l'unité de
prononciation et de sens dans la poésie galloise
contemporaine. C'est un poème de Ieuan Gwynedd (1), sans *cynghanedd*, en vers de douze syllabes. Les quarante-huit vers sont coupés en
membres de trois syllabes; la coupe est réglée
par l'unité de prononciation. L'auteur y a été
amené par cette unité; elle ne se retrouve nulle
part ailleurs.

Mi-wélais | wr-iéuanc, | yn-néuadd | ei-dádau
Ei-lyғaid | wreichiónent | serchiádol | belydrau;
Ei-gálon | yn-nóddfa | i-chwántau | nid-ydóedd
Ond-ysgâfn | fêl-éwyn | ar-wyneb | y-dyfroedd;
Bu'n hàel | a-charédig | yn-wrol | ac-áddfwyn,
Ond-héddyw | mae'n-górwedd | yn-méddrod | y-méddwyh.

Les membres sont égaux au point de vue des
syllabes, excepté dans onze vers :

Bu'n-hâel | a-charédig | yn-wrol | ac áddfwyn

(1) Mort en 1852.

Pelydrai | ei-llygaid | fel-sór | y-goléuni
Ei-géfn | yn-grymédig | a'i-gámrau'n | aráfaidd.
Ei-blánt | a-ymdréchent | gyfnéwid | ei-lwybrau,
Eu tād | a-ddísgynodd | i-feddrod | y-meddwyn.
Ond ūch ! | y-newídiad | y-swynol | ddyféryn
Y-wlād | a-ennýnid | yn-flám | o-orvóledd
Y-bálch | a'r-isélfryd ; | yn-gydradd | yn-hónno ;
Y-tád | a-godýmwyd | gan-fédd'dod | a'i-faglau,
A'r-māb | fu-o'r-hérwydd | yn-tywallt | ei-ddágrau ;
Pob-grūdd | fel-eu-gílydd | wrth-yfed | sy'n-dísgyn (1).

Il est remarquable que le membre inégal, le membre de deux syllabes, est composé d'une proclitique et d'un *monosyllabe long*, et que le membre suivant n'a pas de syllabe accentuée avant la troisième syllabe. Il est évident que si les membres de ce vers ne sont pas exactement *isosyllabiques*, ils sont sensiblement *isochrones : y tăd = ă gŏdymwyd*. On peut même dire que *a* est pour l'œil plutôt que pour l'oreille. On touche ici du doigt le rôle que la quantité a joué dans la métrique galloise. On retrancherait, dans les vers qui précédent à membre inégal, la syllabe qui suit le membre à deux syllabes, que le rythme n'en souffrirait pas : le vers n'aurait cependant que onze syllabes. Il en est de même dans la métrique du douzième siècle, et surtout celle des siècles précédents (2).

(1) *Baner y band of Hope*, Wrexham, p. 71-73.
(2) Il y a un exemple encore plus saisissant de ce principe dans un long poème d'un poète contemporain, Caledfryn. Tous

Le fait peut se produire d'un vers à l'autre.

Il y a une différence pour le nombre des syllabes entre les vers suivants :

Myv. Arch., p. 165, 2 :

    Fwyr fýsgyad | fal fléimyad | flámdwyn.   (8 syllabes.)

Livre Noir, p. 4, 1 :

    Llas kýndur | tra-méssur | y kúynan.   (9 syllabes.)

Si on réfléchit que le vers de neuf syllabes a une proclitique *y*, qui peut être supprimée sans le moindre inconvénient, ces deux vers, pour la longueur réelle, se valent, surtout si la poésie est chantée ou accompagnée d'un instrument de musique, ce qui est le cas en gallois.

Le vers suivant, de Taliesin, peut être à volonté un vers de neuf ou dix syllabes :

    E-bóre duw-sádwrn | kàt-váwr a-vú.   (10 syllabes.)
    Bóre duw-sádwrn | kat-váwr a-vú.   (9 syllabes.)

Dans *e-bóre*, *o* sera moins appuyé, moins long que dans *bóre*. Ce serait vraisemblablement une faute contre la cadence que de corriger *e bore* en

---

les vers sont de *onze* syllabes, coupés en quatre membres, les trois premiers de trois syllabes, mais *le quatrième de deux syllabes, d'une proclitique et d'un monosyllabe long* :

    Pa galon | na theimla | dros fyddar | a mūd.

bore. Pour nous, les deux vers sont de longueur différente ; pour le poète gallois, ils étaient probablement égaux. Si on compare les vers de sept et huit syllabes à coupes semblables, on arrive aux mêmes résultats (pour les exemples, voir plus haut, ch. VI, § 1, 2 et 3).

Calchdŏet | seith rivet | sȳr.   (7 syllabes.)
Dillwg walch | terrwynvalch | tirion.   (8 syllabes.)

Sȳr est sensiblement égal, comme temps, à *tĭriŏn;* les deux vers sont donc équivalents.

Cf.   Yn-ĕluch | yn-hĕduch | yn-hēd.   (8 syllabes.)
    Llas haelon | o dinion | tra vŭan.   (9 syllabes.)

Yn hĕd vaut *tră vŭăn.*

Dans ces vers, l'équilibre entre les membres est également frappant :

E-bŏre-duw-sădwrn | kat-vāwr-a-vū (1).
Yn-ĕlwch | yn-hĕdwch | yn-hēd.

La musique ou le chant a pu jouer un rôle dans la cadence de :

Calchdŏet | seilh-rívet | sȳr.

Mais primitivement, et même à l'époque à laquelle appartiennent ces vers, la seule égalité à laquelle paraissent soumis les vers d'un groupe

intime, c'est l'égalité dans le rythme. Dans les
exemples ci-dessus, les vers varient de sept à huit,
neuf et dix syllabes, mais ils ont, en général, le
même nombre de membres constitués par des
unités de prononciation ou des unités grammaticales. Le nombre des syllabes importe peu : il
*faut un nombre égal d'unités, un nombre égal de
temps forts.*

Il semble, en résumé, qu'on soit en présence
de deux courants métriques différents : l'un porte
à l'*iso-stichie* et à l'*iso-syllabie;* l'autre ne s'en
préoccupe pas ; il recherche la similitude de cadence entre les vers du même groupe; il recherche aussi l'équilibre entre les membres du
vers, membres constitués dans l'une comme dans
l'autre métrique par l'unité de prononciation et
de sens. Cet équilibre, sans lequel il n'y aurait
pas de rythme, est obtenu par certaines équivalences de quantité sous l'influence de l'acccent
tonique et de l'ictus du vers, sûrement aussi, anciennement, par l'effacement de certaines atones.
Le premier courant est venu, en gallois sans
doute, par la métrique rythmique latine, dont le
type *cynghanedd lusg* et le vers moyen-breton
sont probablement un legs. L'influence de cette
métrique paraît avoir troublé le vers gallois aux
neuvième-dizième siècles. Elle amène ou plutôt
contribue à l'amener, au douzième siècle, à l'*iso-
stichie* et l'*iso-syllabie,* car, de lui-même, l'accent
ayant perdu en intensité, le vers indigène y ten-

dait. En revanche, le rythme dans le vers vocalique se régularise ; on s'applique à lier par l'allitération la fin du vers au membre précédent, à faire saillir avec plus de méthode les parties principales du vers. A toutes les époques, le vers gallois use de l'allitération et de la rime. La rime, d'abord finale, devenue rime interne, a conservé quelque chose de son origine : elle a pour mission principale de signaler la pause, quelquefois les pauses principales du vers, en en *terminant* les membres. Parfois, accentuée, elle joue le rôle de l'allitération. L'allitération avait deux rôles : unir les membres du vers (anciennement, surtout deux) en frappant dans chaque membre le mot saillant. Parfois la préoccupation de faire ressortir les mots saillants domine : les deux mots allitérants sont dans le même membre. Il faut *deux mots* allitérants dans le vers ou la longue ligne ; il faut de même dans le vers à rime interne *deux mots* rimant. L'accent diminuant d'intensité, on a multiplié les rimes internes et l'allitération. L'allitération, sans jamais perdre complètement son caractère, a joué de plus en plus cependant le rôle d'ornement.

Le vers gallois, à toutes les époques, est un vers rythmique, mais d'un type très différent de celui de la rythmique latine. Il est constitué par un certain nombre d'unités de prononciation de valeur égale au point de vue de la tonique et des atones, non pas toujours *quant au nombre* des syllabes,

mais approximativement quant à la durée, *quant
au temps.* Cette égalité de durée .est obtenue par
l'allongement de certaines syllabes, sous l'ictus et
l'accent, par la prononciation plus rapide ou la
synizèse, ou même la suppression de certaines
atones. Il est rare qu'il y ait plus de deux atones
entre deux toniques. D'ailleurs, la scansion doit
prendre pour base l'unité de prononciation. S'il y
a deux toniques de suite, on peut être sûr que
l'une des deux, au point de vue de l'accent, est
subordonnée à l'autre, ou qu'il y a pause entre les
deux.

Le souci d'assurer la succession régulière des
toniques et des atones a eu des effets très importants dans la poésie irlandaise et galloise. Les
poètes ont dû s'ingénier, pour éviter l'accumula-
tion des atones et, par conséquent, éviter aussi
certaines unités de prononciation incapables de se
plier au rythme : il est des unités verbales, en
irlandais, qui comptent sept syllabes ou plus sous
un accent commun. Aussi, dans les poèmes *véritablement lyriques, artistiques,* les substantifs et
les adjectifs, les unités grammaticales composées
de substantifs dépendant l'un de l'autre, le verbe
simple ou peu composé, d'une façon générale, les
unités grammaticales n'exigeant pas *l'emploi de
plusieurs proclitiques,* dominent-elles.

Dans le poème CXI du *Livre Noir,* la *presque
totalité des membres* est composée *de substantifs
subordonnés l'un à l'autre,* ou d'adjectif et de

substantif. Sur trente-cinq vers, sept seulement présentent des verbes à un mode personnel ; on n'y trouve qu'*une* fois l'*article* ; il y a *quatre* prépositions. La conséquence, c'est que la pensée est continuellement traduite par des ellipses, extraordinairement condensée, et fatalement obscure : c'est une poésie intraduisible.

Il y a des genres plus rapprochés de la prose. En gallois, le type du *cywydd odliaidd* (longue ligne de quatorze syllabes) est d'un rythme beaucoup plus lâche : c'est de la prose rythmée et rimée.

> Breuduid a uelun neithuir, | ys celvyt ae dehoglho.

> « La vision que j'ai eue hier au soir, bien habile qui l'interprétera. »

C'est la construction et le mouvement de la prose. Que l'on compare, en irlandais, certaines poésies véritablement lyriques, insérées dans les récits épiques, aux hymnes de Fiacc ou de Colman, on remarquera les mêmes différences : la langue des hymnes est beaucoup plus proche de la prose.

Le rythme, dans le vers gallois lyrique, a donc consisté dans la succession et l'équilibre d'un nombre déterminé d'unités de prononciation de valeur approximativement égales en toniques d'abord, puis, par suite de l'affaiblissement de l'accent en toniques et atones, ce qui amène à un nombre déterminé de syllabes.

LIVRE III.

SOMMAIRE DE L'HISTOIRE DE LA VERSIFICATION GALLOISE. — COMPARAISON AVEC LA MÉTRIQUE DU BRETON-ARMORICAIN, DU CORNIQUE ET DE L'IRLANDAIS.

CHAPITRE PREMIER.

RÉSUMÉ.

§ 1ᵉʳ. — *Le vers.*

Aussi loin que nous pouvons remonter, nous trouvons des vers de cinq, six (rarement isolés), sept, huit, neuf, dix, onze (rarement), douze, treize (très rarement), quatorze, seize, dix-neuf syllabes. L'unité métrique paraît avoir été le grand vers pour les vers de cinq à huit, et même neuf (1)

---

(1) Le vers de neuf syllabes, inséparable du vers de dix, paraît avoir été constitué par deux membres de 5 + 4 (5 + 5).

syllabes, quoique déjà les vers de cinq, six, sept, huit, neuf apparaissent nettement à l'état indépendant. Le grand vers ou distique du triplet à genre *cyrch* ou *toddaid* donne même des vers de quinze et dix-sept syllabes.

§ 2. — *Laisses et strophes.*

En dehors du *triplet*, de l'*englyn unodl unsain*, de certains quatrains, les strophes doivent leur naissance aux grands vers ou laisses monorimes.

Le vers de douze syllabes se brisant en membres égaux, donne la demi-strophe du type *hupunt byrr*; deux vers monorimes de douze syllabes donnent la strophe complète.

Le *clogyrnach* sort de la laisse de vers de huit syllabes; la *cyhydedd hir*, de la laisse de neuf syllabes; le *gwawdodyn* également : ce sont des coupures de laisses monorimes par le distique ou grand vers dit *cyrch* ou *toddaid* (cf. t. II, livre I, chap. II, § 6). La réduction à quatre vers pour le *clogyrnach*, le *gwawdodyn* et d'abord aussi pour la *cyhydedd hir* a été déterminée par l'existence de strophes à forme de quatrain, et peut-être aussi par la mélodie.

Le *toddaid* n'est qu'une réduction au distique du grand vers à *cyrch* du *gwawdodyn*.

Le *cywydd odliaidd* représente le grand vers de quatorze syllabes; l'*englyn unodl cyrch* a une origine analogue (t. II, livre I, chap. II, § 5).

Le système dit *byrr a thoddaid*, ainsi que le *hir a thoddaid*, ne s'est dégagé que fort tard de la laisse. Il en est de même pour le *tawddgyrch cadwynog*.

La laisse monorime est plus longue dans la seconde moitié du douzième siècle que dans les Vieux Livres : dans le *Gododin*, il n'y en a pas qui dépasse douze vers. Elle présente de temps à autre, dans les Vieux Livres, un distique dont le premier vers ne rime pas avec les autres ou ne rime ou allitère qu'avec un mot du vers suivant. Parfois, les deux vers sont entièrement isolés. Le rejet (*cyrch* ou *toddaid*) faisait partie du second vers ou second membre du grand vers; rien d'étonnant, par conséquent, à ce que le mot qui le précédait, en réalité le mot final, rimât avec les vers de la laisse. Le *toddaid* n'a d'abord été, quant au rejet, qu'un accident; quant à l'absence de rime du premier vers, c'était un souvenir de l'époque où l'unité métrique était le distique, ou mieux, le grand vers, et ou la rime finale n'était pas dans ce cas nécessaire, peut-être même n'existait pas encore. Cet accident devient un système. Dans la seconde moitié du douzième siècle, il est employé pour rompre la monotonie des laisses : le distique de seize syllabes apparaît surtout dans les laisses de vers de huit syllabes; celui de dix-neuf, dans les laisses de vers de neuf. Peu à peu, les coupes deviennent plus fréquentes; les laisses monorimes se réduisent finalement à un nombre

fixe de vers. C'est l'état que nous avons constaté
aux quinzième-seizième siècles, et que l'on constate
déjà au quatorzième. Les strophes devenues indé-
pendantes sont employées à peu près arbitraire-
ment; il n'y a plus entre elles qu'une unité de
convention ; la rime est souvent le seul lien qui
les relie les unes aux autres.

Un point resté obscur, c'est l'existence du *cywydd deuair hirion*. On ne le trouve que dans
les deux derniers vers de l'*englyn unodl unsain*,
avant le quatorzième siècle. Se serait-il détaché
de cette strophe ?

L'*englyn unodl unsain* lui-même n'apparaît pas
avant le douzième siècle. C'est peut-être par ha-
sard qu'on ne le trouve pas. La parenté avec le
triplet à distique *cyrch* de dix-huit syllabes suivi
d'un vers de sept est évidente : il n'en diffère
qu'en ce qu'il a un deuxième vers de sept syllabes
de plus. S'il est né après le *triplet*, il doit son
existence vraisemblablement à la tendance au
quatrain, et fort probablement aussi aux exigences
de la mélodie.

Pour la structure intime du vers, le rythme, le
rôle de la rime et de l'allitération, voir le dernier
paragraphe du livre II.

CHAPITRE II.

LA MÉTRIQUE DU MOYEN-BRETON (1).

§ 1. — L'état de la question.

La métrique du moyen-breton, malgré de judi-

(1) BIBLIOGRAPHIE DU SUJET : *Gr. Celtica*, I, p. 975-977. — Ernault, *Diction. étymol. du moyen-breton* (Introduction). — *Revue Celtique*, 1892, p. 228 et suiv. — *Glossaire moyen-breton*, 2ᵉ édit., VII, VIII, p. 390, 522, 523 et passim. — *Mémoires de la Société de linguistique de Paris*, XI, p. 93. — J. Loth, *La Métrique du moyen-breton* (*Revue Celtique*, 1900, p. 202 et suiv.). — Cf. Ernault, *ibid.*, p. 403, sur la versification du breton moyen. Dans cette nouvelle rédaction, j'ai profité des additions et remarques de M. Ernault sur cette matière.

TEXTES : Luzel, *Gwerziou Breiz-izel*, 2 vol. — Luzel et Le Braz, *Soniou*, 2 vol. — Bourgault-Ducoudray, *Trente Mélodies populaires de Basse-Bretagne*. — De la Villemarqué, *Le Grand Mystère de Jésus*, 1ʳᵉ édit. 1865, 2ᵉ édit. 1866 (sur la métrique, voir Introduction, p. CX-CXII); *Poèmes bretons du moyen âge*, 1879 (voir p. 162-164); *Anciens Noëls bretons* (*Revue Celtique*, X, 1, 288; IX, 46; XII, 20, XIII, 126. — Ernault, *Vie de sainte Nonne* (*Revue Celtique*, VIII, p. 230 et suiv.; 406 et suiv.); *Le Mystère de sainte Barbe* (Nantes, *Société des Bibliophiles bretons*, 1885).

cieuses remarques dans la *Grammatica Celtica* et
de consciencieuses analyses de M. Ernault, est
encore en grande partie à faire. Certains textes,
comme les *Anciens Noëls Bretons*, n'ont pas été
suffisamment utilisés. Les lois même de cette métrique, connues surtout par les travaux de M. Ernault, gagneraient à être complétées et présentées
d'une façon plus synthétique ; il reste, en tout
cas, à en donner les raisons et en démêler l'origine.

La comparaison avec la métrique des autres
langues celtiques, notamment avec celle du gallois, éclaire singulièrement son histoire, lui enlève
ce qu'elle paraît avoir de bizarre, parfois d'enfan-
tin, et lui assure une importance qu'on ne lui a
pas jusqu'ici reconnue. La métrique des chants
populaires bretons nous apporte aussi l'explica-
tion ou la confirmation de certaines particularités
intéressantes.

La métrique du moyen-breton repose essentiellement sur le nombre de syllabes, sur la rime
finale et la rime interne, à des *places déterminées.*

§ 2. — *Le vers d'après le nombre des syllabes*
(je n'indique pas toutes les rimes internes).

En tenant compte de tous les textes publiés en
moyen-breton et des chants populaires, on constate
l'existence, en breton, de vers de quatre, cinq,
six, sept, huit, neuf, dix, onze, douze, treize, qua-

torze, quinze, seize, dix-sept, dix-huit et vingt syllabes.

VERS DE QUATRE SYLLABES. — Le vers de quatre syllabes est isolé ; il ne forme jamais de strophe ou système (*Grand Mystère de Jésus*, p. 19, v. 2-3) :

Secret bezet.

ANNAS.

Na doutet quet.

Ibid., p. 110 ᵇ, v. 1 et 3 :

Poes gant an baz se. Chede so ;
Ha ny a froeso e clopenn.

GARDIFFER,

Ro dif un penn.

DRAGON.

Ha ny gant homan ahanenn
Croc en pen se.

Ibid., p. 201 :

Na pe da tra.

AN SERVICHER.

Da ober bec da Rebecca (1).

____

(1) On trouve même des vers de ce genre de trois syllabes (*Gr. Myst.*, p. 57). Il y a aussi quelquefois des exclamations complètement isolées, ne rimant pas avec les autres vers (*Gr. Myst.*, p. 21, 40, 44, 45).

VERS DE CINQ SYLLABES (*Gr. M.*, p. 179) :

>   Pan oa daozorchet
>   Ha glorifflet
>   Roen bet da quentaf
>   Ez leuzras tizmat
>   Gabriel cannat
>   En ambassat scaf.

VERS DE SIX SYLLABES (*ibid.*, p. 180) :

>   Quae, lavar hegarat
>   Tizmat, na debat quet
>   Da mam clouar Mary
>   Goude pep vileny
>   Ez ouf ressuscitet.

Vie de sainte Nonne, v. 809 :

>   Orcza cza tut ma ty
>   Tut a brut a study
>   Un sourcy am gruy bras
>   Oz cleuet en bet man
>   Ez duy sascun unan :
>   Causit breman a'n cas.

VERS DE SEPT SYLLABES. — Ce vers est rare dans les textes, mais non dans la poésie populaire (1). En voici cependant un exemple (*Sainte Barbe*, str. 79) :

11   Evelhen eu gounit gloat hac ebataff

---

(1) Luzel et L. Braz, *Soniou*, I, p. 8, 10, 14, 24, 28, 118, 124, 130, 268; II, p. 12, 154. — Bourgault-Ducoudray, *Mélodies*, p. 38. — Cf. *Revue Celtique*, XVI, p. 173-176.

7   Evelhen eu gounit gloat ;

7   Mar da moues dan marchat

7   Ha caffout compagnun mat

7   Hac e reo da evaf.

    Evelhen eu gounit gloat hac ebataff.

VERS DE HUIT SYLLABES (*Gr. M.*, p. 182) :

    Ma mab clouar, ho trugarez !

    Convertisset eu a nevez

    Ma queuz ha'm tristez, gouzvezet,

    En mil levenez en guez man

    Ouz ho guelet daczorchet glan

    Goude ho holl poan oar an bet.

VERS DE NEUF SYLLABES. — On le trouve dans la poésie populaire (cf. vers de dix-sept syllabes; Bourgault-Ducoudray, *Mélodies*, p. 3); parfois aussi dans les *Anciens Noëls* (*Revue Celtique*, 1892, p. 149) :

    Han pastoret a so diredet

    Rouanez try diouz Orient

    A het an hent no devez lentet.

Cf. Luzel, *Gwerziou*, I, p. 286 (cf. II, p. 159, 292, 406, 428).

VERS DE DIX SYLLABES (*Mystère de Sainte Barbe*, p. 96, str. 410) :

    Me ray gardiz doz guis he punissaff

    Dirac an dut ha he persecutaff;

Ma ne car sçaff renoncaff quentaff pret,
He Doe nevez hac an fez anezaff
Espres presant ha he sacramantaf,
An poent quentaff, m'e groay dreizaff claffvet.

VERS DE ONZE SYLLABES. — Ne se trouve pas seul et n'apparaît guère que dans les *Anciens Noëls* (*Revue Celtique*, 1892, p. 157 ; l'air n'est pas indiqué) :

11   Un clezev guen a diouz ho pen a tennat.
11   Evit hon dle pell cre en hoz chaceat.
10   Goal huanat gant Doue'n tat debatet.
10   Nouel quenomp entromp, na fellomp quet.

Ibid. (*Revue Celtique*, 1892, p. 135 ; air : *Iste confessor*) :

Quenomp cuff vuhel Nouel dan buguel frez.
So deuet da bout den don ren da levenez ;
Parfet, credet hel, hon gray Roue'n aelez
Un guez aneze.

Il apparaît aussi dans la poésie populaire (*Soniou*, I, p. 126) ; le distique de onze est brisé en quatre vers inégaux :

O retorn deuz ar chasse
Me a gavaz
Eur plac'hic he bleo melen
Daoulagad glaz.

Cf. *ibid.*, I, p. 144 ; II, p. 102 (coupés à la *sixième* syllabe).

Vers de douze syllabes (*Sainte Nonne*, p. 232, str. 5) :

> Autronez an fez man | pazomp (1) glan voar an bet,
> Roue an ster prederom | entromp na fellomp quet ;
> Gant Doue anterin | ez voe predestinet
> Pep tra gret en bet man | quent [maz] crouet an bet.

Vers de treize syllabes (*Anciens Noëls, Revue Celtique*, 1891, p. 21 ; sur l'air : *Quand l'empereur de Rome arriva dans Paris* ou *Marseille la jolie*) :

> Pan voa ha corff hac-eneff | Doue an enff concevet
> Mary en dougas dinam | ne deffoue blam en bet ;
> Pan voa entre'n bedys | pen an nao mys fournysset,
> Ez ganas Roue'n nouar | ioa en douar preparet.

Ibid., *Revue Celtique*, 1892, p. 335. — Quatrain composé de deux vers de treize syllabes et de deux de douze (Noël nouveau et excellent; *l'air est joli*) :

> Nouel, Nouel, Nouel | quenomp hel da roue'n aelez
> Quénomp devotamant | hac ardant dre carantez
> Ha hep goap d'e map quer | hon salver eternel,
> So deuet entre'n bedis | e languis a isel.

C'est un des plus communs dans la poésie populaire.

Il est régulièrement divisé en membres de sept

---

(1) Ms. : *pazidomp*, corrigé par M. Ernault en *pazomp*.

et six syllabes (*Soniou*, I, p. 32, 160, 166, 196, 200, 204, 212, 252, 268-270, 272, 280; II, p. 8, 42. — Bourgault-Ducoudray, *Mélodies*, p. 31, 41. — Luzel, *Gwerziou*, I, p. 50, 116, 194, 358; II, p. 164 (coupé à la sixième syllabe).

VERS DE QUATORZE SYLLABES. — Ce vers n'apparaît que dans la poésie populaire :

Ar iaouankis zo eur bouquet | ar haera zo er bed,
Mez cozni an diskarie | vit c'hoaz ne raio ket (1).

Bars ar ger euz a Rudon | war ann heut pa her da Rom,
Zo zavet ur gouant newez | zo en-hi menec'h o chom.
Zo zavet ur gouant newez | zo en-hi menec'h iaouank
Ha noz na de na sessont | o tibauch ar merched koant (2).

VERS DE QUINZE SYLLABES (*Anciens Noëls*, *Revue Celtique*, 1890, p. 47; air : *Urbs beata Hierusalem*) :

Quenomp Nouel da roue'n aelez | gant feiz ha carantez pur;
Ganet eo sur gant eur mat | hegarad un crouadur
Gant un merch sclér so preservet | a pep pechet, bezet sur.

Pour ce vers, dans la poésie populaire, voir *Soniou*, I, p. 18, 124 (vers divisé en hémistiches

---

(1) Bourgault-Ducoudray, *Mélodies*, p. 15.
(2) Luzel, *Gwerziou*, I, p. 272; le vers est coupé en deux hémistiches égaux de huit ou de sept syllabes. Les variantes de ce chant ont treize syllabes (7 + 6).

de huit et sept syllabes); II, p. 48, 188. — Bourgault-Ducoudray, *Mélodies*, p. 14.

Cf. *ibid.*, *Revue Celtique*, 1892, p. 137-138, des
triplets de quinze syllabes, sur l'air : *Pange lingua
gloriosi.*

VERS DE SEIZE SYLLABES (*Gr. M.*, p. 77) :

Lavar, den fals, ac evelse | ez respontez te dan prellat ?
Rac se pront dre da respontsot | ez vezo dan drot un chotat.

Sainte Nonne, v. 241 :

Breman ez eo aes ma esper | am oa pell amser prederet,
Ma studi ma opinion | voa e religion monet;
Da servicha Doe roe'n bet | ez of em laquet apret mat,
Lesel an bet me a preder; | ne'm deur nep amser he merat.

Cf. *Anciens Noëls*, *Revue Celtique*, 1889, p. 9;
sur l'air : *Conditor alme siderum.* La strophe est
ordonnée en vers de huit syllabes. Page 33 : strophe composée d'abord de deux vers de seize, ordonnée en quatre vers de huit, puis strophe sénaire ordinaire de six vers, sur l'air : *Nouel* spes
da Jesus. Cf. *Revue Celtique*, 1891, p. 41; 1892,
p. 141.

VERS DE DIX-SEPT SYLLABES (*Anciens Noëls,
Revue Celtique*, 1892, p. 133). — Quatrain composé de deux grands vers, l'un de dix-sept, l'autre
de dix-huit syllabes, suivi de deux vers de dix; la

finale du deuxième rime avec la césure du troisième ; *l'air*, dit le texte, *est répandu :*

Goude an poan han doan han huanat | a preparat don tadaou
Dre'n aval glas, allas, a debras flam | Eva hac Adam a tammaou
  Guyr roue'n goulaou | so deuet dan traou laouen
  Da douen hon blam | hon sam bete amen.

Ibid., p. 147. — Deux vers de dix-sept syllabes
ordonnés en vers de huit et neuf syllabes, suivis
de deux vers de huit ; le deuxième grand vers
rime avec la césure du troisième ; c'est, d'après le
texte, un Noël *nouveau et excellent :*

Nos nedelec goude'n regret | maz oa bet retardet an bedis
Hac arretet an proffedet | han patriarchet ho covetis
    Dalchet voamp gardis en prison
    Oz gortos avancc hon rancon.

Pour la poésie populaire, cf. *Revue Celtique*,
III, 495 ; XXI, p. 409.

VERS DE DIX-HUIT SYLLABES (cf. plus haut vers
de dix-sept syllabes). — Ce vers apparaît encore
dans une strophe de quatre vers (*Revue Celtique*,
1892, p. 153-154) ; les deux premiers ont seize
syllabes, le troisième dix-huit syllabes, et le quatrième huit syllabes ; l'air n'est pas indiqué :

Goude pep anquen, estrenvan | syouaz, hon boa ha poan calet,
Allas, dre fet pechet Eva | hon mam quentaff ez oamp clavet ;
En kaer a Bezleem ez deuz deomp remet | pan voue ganet,
    Jesu roue'n douar gant Mary.   [na laquet sy

VERS DE VINGT SYLLABES (*Sainte Nonne*, v. 233-234) :

Contant of net bepret da compret poan | joa ameux glan pa
　　　　　　　　　　　　　　　　　[hoz eux diouganet,
Me he dougo un dro hac em profit | an guir amit hoz eux dif
　　　　　　　　　　　　　　　　　[recitet.

Anciens Noëls (*Revue Celtique*, 1891, p. 50-51);
sur l'air : *Quenomp Nouel vuhel da Nedelec* :

　　Pan voa ganet roue an bet, guelhet tra,
　　Ez dileuzrat gant un stat ebatus
　　Muy guet mil eal peur santel da guelet,
　　Roue an princet, deuet en bet quenedus.

En breton, manifestement, les petits vers paraissent sortis des grands ; les premiers semblent
n'avoir été, à l'origine, que des hémistiches des
seconds, devenus indépendants surtout par l'introduction de la rime. C'est un fait pour les vers
de huit et dix syllabes, puisqu'ils existent encore
à l'état d'hémistiches respectivement des vers de
seize et de vingt syllabes. Il a dû en être de même
pour les vers de cinq et six syllabes : ce sont probablement des hémistiches d'anciens vers de dix
et douze syllabes. Pour les vers de quatorze syllabes, voir plus bas la comparaison avec le cornique ; pour le gallois, cf. le *cywydd odliaidd*, l'*englyn unodl cyrch*. Pour le vers de seize syllabes
cf., en gallois, le *paladr englyn unodl unsain*.
Pour le vers de vingt syllabes, cf. le distique gallois de dix-neuf syllabes, etc.

§ 3. — *La strophe.*

Comme l'a montré M. Ernault (1), les vers de
cinq, six, huit et dix syllabes forment des strophes
de six vers dont les rimes sont ainsi réparties :
aab, *ccb*, ou des demi-strophes. « Dans la *Vie de
sainte Nonne*, les vers de huit syllabes ordinaire-
ment, ceux de douze toujours, forment soit de ces
strophes, soit des quatrains monorimes. Les vers
de seize et de vingt syllabes n'ont que des rimes
plates. » Dans le *Grand Mystère de Jésus*, les
quatrains monorimes sont très rares. La *Vie de
sainte Barbe* n'a guère que des vers de cinq, huit
et dix syllabes, ordonnés en strophes.

Quelquefois le dialogue est coupé en demi-strophes curieusement construites (*Sainte Barbe*,
str. 77, 78, 79) :

An eil mecherour.

Lest hoz saffar ha darbaret,
Ne ret en certen tra en bet,
En effet, nemet quaquetal.

An quentaff darbareur.

Pe gounezet huy ouz crial
Nac ober tourmant na scandal?
Pan dlehech farczal evalhen.

---

(1) *Dict. étym.*, Introduction, p. VI.

An trede mecherour.

Cza! travellet labouret ten,
Dizouguet affo oar hoz pen
Mein ha raz guen, pa goulennaf.

An eil darbareur.

Dalet, hastet, labouret scaf.

Amau e can an mecherourien.

11	Evelhen eu gounit gloat │ hac ebataff
7	Evelhen eu gounit gloat ;
7	Mar da mouez dan marchat,
7	Ha caffout compagnun mat,
7	Hac e reo da evaff
11	Evelhenn eu gounit gloat │ hac ebataff.

Au point de vue de l'ordonnancement des vers, les *Anciens Noëls* occupent, dans la métrique du moyen-breton, une place à part. Les vers forment surtout des quatrains de vers de même longueur, soit monorimes, soit à rimes alternées, soit divisés en deux distiques par la rime.

QUATRAIN DE VERS DE HUIT SYLLABES (*Revue Celtique*, 1889, p. 13) :

Quenomp Nouel da roue'n aelez
Joaiusamant dre carantez,
Pan eo deuet Jesu dre truez
Evit hon ren da levenez.

QUATRAIN DE VERS DE DIX SYLLABES (*ibid.*, p. 29), sur un air connu :

> Quenomp Nouel, vuhel da Nedelec
> Ha don maestres, guerchez, Rouanez chucc
> A ganas Doue hon roue : ha ne voe chuec?
> Bras eo he gloar e memoar pep cloarec.

QUATRAIN DE VERS DE DOUZE SYLLABES (*ibid.*, p. 3) :

> Dre pen hon tat Adam | ez viomp condamnet,
> Allas, bras ha byhan | quement a voue ganet
> Da bout en ifern yen | en anquen ha penet
> Pa na deuzye'n (1) merchic | ha'n mabig beniguet.

Pour les vers de quinze, dix-sept, dix-huit syllabes, voir plus haut.

Les quatrains peuvent être formés de vers d'inégale longueur.

Revue Celtique, 1892, p. 135 ; air : *Iste confessor :*

> Quenomp cuff vuhel, Nouel da'n buguel, frez,
> So deuet da bout den don ren da levenez ;
> Parfet, credet hel, hon gray Roue'n aelez
>   Un guez a neze.

Ibid., 1889, p. 3 (l'air n'est pas indiqué) :

> Ouz an fest man greomp glan damany,
> Joaou meurbet bepret ha meuleudy,

(1) Texte : *deuz y en.*

Ouz map Mary so'n entromp ny arryvet
Evit hon prenaff glan quement maz omp ganet.

Le refrain de cette strophe est composé de deux
vers, le premier de dix et le deuxième de douze
syllabes (1). Les autres quatrains sont uniformé-
ment composés de vers de douze syllabes.

Revue Celtique, 1889, p. 45 (sur un air connu) :

Dezy gant Gabriel
A perz Roue'n ebestel
Ez voue revelet
Ez vyse mat ha din | quifin an Drindet.

Revue Celtique, 1892, p. 133 : le quatrain est
composé d'un vers de dix-sept syllabes, d'un de
dix-huit, et de deux vers de dix. — *Ibid.*, p. 153 :
deux vers de seize syllabes, un vers de dix-huit,
et un quatrième de huit. — *Ibid.*, p. 157 : le
quatrain est composé de deux vers de onze et de
deux vers de dix, monorimes. — *Ibid.*, p. 335 :
le quatrain se compose de deux vers de treize et
de deux vers de douze syllabes, rimant deux par
deux.

(1) Il est vrai que le premier vers aurait également douze syllabes en ajoutant *Nouel* :

Nouel, Nouel, [Nouel], e quentel don guelet.

C'est justifié par d'autres exemples.

Il y a des strophes plus compliquées et plus longues :

> Nouel quenomp na fellomp quet
> Dra vuheltet a gaoudet hetus
> Da Jesus quer, salver an bet
> Ha d'e mam apret so quenedus ;
> Quenomp joaius hep refus tam ;
> Lamet omp a rest hec estlam.

On remarquera que le quatrième vers rime avec la coupe du cinquième.

Voici un exemple de strophe sénaire de vers de six syllabes (*Revue Celtique*, 1889, p. 33 ; sur l'air : *Nouel spes da Jesus*) :

> Nouel, Nouel, Nouel !
> E languis a isel
> Doue vuhel hon guelas ;
> Tudaou, quehezlaou mat
> Deompny proficiat ;
> Doue an tat en gratas.

La strophe suivante se compose de deux vers de douze syllabes et de quatre vers de six (*Revue Celtique*, 1889, p. 19 ; sur l'air : *Courtes Itroneset*) :

> Quenomp cuff [hac] vuhel | Nouel da roe'n velly.
> Ha dinam d'e mam chuec | choantec hep dieguy.
>   He deveus, n'en deux sy,
>   Ganet Doue hon roue ny ;
>   Desy ez voe bryet.
>   Gant an eal revelet.

La strophe sénaire se trouve combinée avec un quatrain de vers de huit syllabes, ou mieux un distique de vers de seize syllabes dans l'exemple suivant (*Revue Celtique*, 1889, p. 33) :

> Hon quentaff tat **Adam**
> A estlam so **lamet**
> Hac eat da levenez
> Ma cdi'n aelez pepret
> Breman ez eo ganet
> Quer map **Doue** roue an bet,
> Guen e bet en credas !
> Un merch so guerch ha glan
> A pechet an bet man
> An map man a ganas.

La strophe suivante a sept vers inégaux (*Revue Celtique*, 1889, p. 43 ; sur un air *connu*) :

6	Nouel, Nouel, Nouel !
5	E quentel gueluomp
11	Rouanes an tensor, cosquor enoromp !
6	Don guir advocades
6	Merch caezr, impalaezres
5	Hon maestres nessaf
11	Ny a dle reverant en em presentaff.

Les deux premiers vers ne font qu'un et valent un vers de douze ou onze syllabes.

La strophe suivante a dix vers de six syllabes (*Revue Celtique*, 1889, p. 37 ; sur l'air : *Nouel spes da Jesus*) :

> Truez ouz hon bezaff
> Dre'n tat quentaff claffet

En deffoue roue'n glen,
,   Pan eo cren disquennet
Breman da bout ganet,
Gant un merch he guerchdet
Parfait a caoudet net
Gracius dreyst musur
Hegarat dreyst natur
Merch illur so furmet.

Les quatre premiers vers peuvent se réduire à
deux vers de douze syllabes.

Il y a de rares exemples de triplets. Les *Anciens
Noëls* en présentent un, dû sans doute à l'influence
de l'hymne latin dont il a emprunté l'air.

La plupart des strophes sortent des grand vers.

Le distique de sept syllabes est formé des deux
hémistiches du vers de quatorze.

Le quatrain sort du distique composé de deux
grands vers à deux membres chacun.

La strophe sénaire à rimes régulières dans l'ordre *aab, ccb*, a pour origine vraisemblablement le
distique de grands vers à trois membres, ou, d'une
façon plus simple, le distique à petits vers sort
du grand vers à deux membres ; la demi-strophe
à trois vers, du grand vers à trois membres.

Pour le distique de sept syllabes, voir plus haut.

Pour le quatrain, cf. *Revue Celtique, Anciens
Noëls*, 1889, p. 9 :

Pan deuez davet y Gabriel
Plesant santel pa he guelas,
Ne fallas pas dan cas astut,
Hep ober brut he saludas.

Le quatrain serait plus naturellement ordonné en distique :

Pan deuez davet y Gabriel | plesant santel pa he guelas,
Ne fallas pas dan cas astut, | hep ober brut he saludas.

Si les hémistiches riment entre eux, on a le quatrain à rimes alternées (*ibid.*, p. 9) :

Nouel! Quenomp, joaeusomp glan!
Gant diboan breman, pobl an bet,
Greomp meuleudy dan map bihan
A so en bet man deom ganet.

Cf. Nouel! Quenomp, joaeusomp glan! | gant diboan breman,
[pobl an bet,
Greomp meuleudy dan map bihan | a so en bed man deom
[ganet.

Pour les strophes sénaires, la preuve la plus claire de leur origine est dans les lois de la rime.

Dans la strophe sénaire de vers de cinq syllabes, le deuxième vers rime avec la pénultième du troisième vers ; le cinquième, avec la pénultième du sixième vers : ce sont là justement les lois de la rime interne dans l'intérieur du vers :

Dre compassion
Ouz an passion
On Roe deboner,
Ez dle pep heny
Goelaff a devry
Nac eu mar fier.

Cf. Dre compassion | ouz an passion | on roc deboner
Ey dle pep heny | goelaff a devry | nac eu mar fier.

Dans les strophes à vers plus longs, il y a en plus, dans les troisième et sixième vers, la rime de la coupe (voir plus bas, § 4).

La strophe à vers inégaux s'explique facilement par l'inégalité des membres dans le grand vers. Le vers de treize syllabes, par exemple, se brisant à la coupe, devait donner deux vers de sept et six syllabes (voir plus haut, *vers* de treize syllabes). De même, nous avons constaté dans les *Soniou* l'existence d'un distique de vers de dix et huit syllabes répondant à la coupe du grand vers de dix-huit syllabes, l'un de dix et l'autre de huit syllabes.

Une autre cause d'inégalité dans les vers que les chansons populaires nous révèlent, c'est la mélodie. Certains vers qui nous apparaissent plus courts ou plus longs d'une syllabe que d'autres chantés sur le même air et dans la même mesure sont, en réalité, par suite d'une pause ou d'un prolongement de la dernière syllabe, de même longueur (1). C'est là une des raisons du grand nombre de vers irréguliers qu'on remarque dans les chansons populaires, par exemple dans les *Gwerziou Breiz-izel* de Luzel.

Dans les chansons populaires, les formes ordinaires sont le distique et le quatrain; mais il est rare que dans le distique l'un des deux vers, sinon les deux, ne soient pas repris, ou qu'un refrain

(1) Bourgault-Ducoudray, *Mélodies*, p. 87.

n'y soit joint. C'est ainsi que dans les *Soniou*,
page 170, deux vers de sept syllabes sont accom-
pagnés d'un refrain.

Ledabadi | dabadell ‖ Lampati | lampatourel.

Dans les *Mélodies* de Bourgault-Ducoudray, on
peut dire que le distique, en réalité, n'existe pas.
Dans le triplet, un des vers est répété. Dans le
quatrain, un des vers peut être également repris.
Il y a quelquefois des strophes plus longues. Je
relève dans les *Mélodies*, page 3, une strophe de
six vers de neuf et huit syllabes. Il y en a de
plus compliquées, notamment dans les berceuses,
les chansons de danse, les formules chantées ou
récitées d'après un certain rythme.

Un artifice très employé dans les chansons mé-
rite particulièrement l'attention : lorsqu'un des
vers est repris, et qu'à la reprise il est inégal, en
général, il est accompagné d'un mot ou d'une
formule exclamative *hypermétrique* :

> Me'm we chŵejed or vestres
> Or plahec a dašen, *gé*
> Me'm we chŵejed or vestres
> Or plahec a dašen.

Il serait fort possible qu'un phénomène de
même nature ait contribué à la faveur dont a
joui, en gallois, le *gair cyrch* ou *toddaid*, notamment quand il se répète d'un triplet à l'autre, dans

les triplets à vers inégaux : le rôle de *gé*, dans la chanson bretonne, a bien pu être celui de *henoid* dans les trois strophes du deuxième poème à Juvencus, et de *heno* dans l'élégie de Cynddylau (1).

§ 4. — *La rime et la coupe du vers.*

La rime finale, en breton, consiste dans l'accord, la *consonnance* de la voyelle, et généralement de la consonne qui la suit. Comme la syllabe finale n'est pas accentuée, il s'ensuit que dans la plupart des cas, en exceptant par exemple les monosyllabes, la syllabe rimante est atone ; il en est de même en cornique et en gallois.

Voici les règles données par M. Ernault pour la rime interne :

1° L'avant-dernière syllabe d'un vers doit rimer avec une ou plusieurs des syllabes précédentes finissant un mot ou formées de la finale d'un mot et du commencement du suivant ;

2° La finale des deux premiers vers d'une strophe doit rimer avec l'avant-dernière syllabe du troisième vers (2), et la finale du quatrième et du

----

(1)   Stavell Gyndylan yspeithwac
             Heno, gwedy ketwyr vodawc,
             Elvan kyndylan kaeawc.

Heno se retrouve ainsi dans *onze* strophes.

. (2) Il faudrait ajouter : et avec la césure de ce vers dans les vers autres que ceux de quatre syllabes, où assez souvent la règle de la rime interne n'est pas observée.

cinquième vers avec l'avant-dernière du sixième ;
le troisième et le sixième vers riment entre eux ;

3° Dans le vers de huit syllabes, quand il y a
une rime à la première et à la deuxième syllabe,
cette rime ne se trouve pas seule : elle en exige
une autre avant la rime obligatoire de l'anté-
pénultième.

Voici des exemples de ces diverses règles :

VERS DE SEIZE SYLLABES (première règle). *Sainte
Nonne*, vers 809 :

> Oreza eza tut ma ty
> Tut a brut a study
> Un sourcy am gruy bras
> Oz cleuet en bet-man
> Ez duy sascun unan :
> Causit breman a[n] cas.

VERS DE DIX SYLLABES (première, deuxième
règle). *Sainte Nonne*, vers 160 :

> Me guel un merch hervez he derch guerches
> So he study dont don ty alies
> Maz vacq certes courtes da oreson ;
> Me a ia partout da gouzout diouty
> Petra a mat a gra en abaty
> [H]a he sourci ha he ompinion.

STROPHES DE VERS DE CINQ SYLLABES (deuxième
règle). *Gr. Myst.*, p. 62^b :

> Carguet a prenden
> Juzas oa ho penn

> Hac ho quelennas ;
> Neuse tut he ty
> Gant aoun ha study
> En renoncias.

On pourrait ordonner la strophe en un distique ainsi :

Carguet a prenden | Juzas oa ho penn | hac ho quelennas ;
Neuse tut he ty | gant aonn ha studi | en renoncias.

VERS DE HUIT SYLLABES (première et troisième règle). *Sainte Nonne*, vers 382 :

> Duet em requet, na tardet muy.
> Digracc voar an placc discasun.

Gr. M., p. 182 :

> En mil levenez en guez man
> Ouz ho guelet daczorchet glan.

Anciens Noëls (*Revue Celtique*, 1892, p. 131) :

> Pan guelas Satan damany
> Adam furmet, da monet dy,
> Dre un aval a drouc aly
> En trompas dre un fantasy.

On peut, en somme, réunir les trois lois en une seule : dans le *vers moyen-breton, la pénultième rime toujours avec la coupe principale du vers, quand il n'y a qu'une césure ;* et, au moins ancien-nement, *avec les deux coupes, s'il y en a deux :* il *peut* y avoir d'autres rimes internes.

S'il y a une rime interne avant la rime de la

coupe principale, on peut dire qu'elle n'existe (ou
n'existait d'abord) qu'à titre d'ornement ; elle ne
dispense pas de la rïme de la coupe avec la pénultième. De là le fait qu'une rime à la première ou à
la deuxième syllabe, dans le vers de huit syllabes,
en appelle une autre dans le corps du vers. En
gallois, dans ce vers, la coupe principale est à la
troisième syllabe généralement, rarement à la quatrième ou à la cinquième. On remarquera qu'en
breton, justement, la rime de la troisième, de la
quatrième ou même de la cinquième syllabe avec
la pénultième suffit.

La loi se vérifie aussi pour le vers de neuf et
le vers de dix syllabes. En breton, dans le vers
de neuf syllabes, la coupe principale paraît avoir
été à la quatrième syllabe ; la rime de cette syllabe avec la pénultième paraît suffire :

> Han pastoret se so diredet.

Dans le vers de dix syllabes, il y a une rime à
la cinquième syllabe ; la rime de cette syllabe
avec la pénultième *peut* suffire. En gallois, dans
le vers de dix et de neuf syllabes, la coupe principale est le plus souvent à la cinquième syllabe :

Anciens Noëls (Revue Celtique, 1892, p. 127-
129) :

> Allas drouc a mat | a perz on tadaon
> A yea dan ifern | syouaz a bergnaou.
> — Collet voa hon stat | dre emdyvatet.

S'il y a une rime à la quatrième syllabe, cette
syllabe rime régulièrement non seulement avec la
pénultième, mais encore *avec une autre syllabe
du second membre*, généralement avec la troisième
ou la deuxième. Il est probable qu'ici il y a un
souvenir de l'époque où le vers de neuf et de dix
syllabes avait deux césures principales internes.
La loi de la strophe qui, au fond, est la même,
confirme cette manière de voir. La pénultième
des vers portant la rime principale (du troisième
et du sixième vers dans la strophe sénaire), vers
qui probablement formait anciennement le troisième membre du grand vers ou au moins du distique formant l'unité métrique, rime avec les
finales des vers précédents qui, avant la résolu-
tion de l'unité métrique, étaient les syllabes des
coupes.

En somme, le trait le plus saillant de la métrique du moyen-breton comparée à la métrique galloise, c'est, avec l'existence prouvée des grands
vers et l'évolution de ces grands vers en strophes,
la rime obligatoire de la coupe principale avec la
pénultième, dans *tous les vers,* chez les Armori-
cains ; dans le type de vers à *cynghanedd lusg,*
chez les Gallois : chez ceux-ci, tous les vers peuvent être de ce type ; mais c'est le type le moins
fréquent.

Les coupes secondaires sont vraisemblablement
indiquées par la rime également, en breton, comme
elles le sont en gallois. On a dû éprouver le be-

soin de faire ressortir ces coupes secondaires par la rime dans les vers d'une certaine longueur.

Comme en gallois, la syllabe portant la rime finale, en général, n'est pas accentuée ; il n'en est pas de même pour la rime de la pénultième, et même pour l'autre rime interne qui peut porter sur une syllabe accentuée. En gallois, la pénultième, dans la *cynghanedd lusg*, est toujours une syllabe accentuée, et la syllabe de la coupe l'est souvent aussi ; elle a dû toujours l'être à l'origine.

Comme en gallois, le breton se contente de la rime de la voyelle finale et de l'accord des consonnes qui la suivent ; on ne se préoccupe pas de la consonne qui précède. Dans les chansons populaires, une simple assonance suffit.

On le voit, la métrique du moyen-breton a une importance réelle, beaucoup plus grande qu'on ne l'a cru jusqu'ici : elle remonte dans ses traits principaux à l'unité des Bretons d'Armorique et de Grande-Bretagne.

CHAPITRE III.

LA MÉTRIQUE CORNIQUE.

§ 1. — *Les systèmes.*

Le cornique ne possède que des quatrains et des strophes.

La *Pascon agan Arluth* est tout entière composée de quatrains de vers de quatorze syllabes avec deux hémistiches de sept syllabes (str. 233) :

Ena vn lowarth ese | ha ynno navn io parys (1)
Den marow rag receve | byth newyth nyn io usijs
Corf Iesus Crist, yntrethe | then logell a ve degys
Hag a heys the wrowethe | ynno ef a ve gesys.

Les premiers hémistiches riment entre eux ; en faisant des hémistiches des vers, on arrive à une strophe de huit vers de sept syllabes à rimes

(1) Texte : *nyn io*; vers 2 : *newyth parrys.*

alternées. C'est le système que l'on constate par exemple, *Bewnans Meriasek*, vers 168-171 :

> Gelwys ythof Conany
> Mytern yn Bryton vyan
> Han gvlascor pur yredy
> Me a bev ol yn tyan

Il y a des quatrains d'autres types (*Bewnans Mer.*, v. 126-129) :

4	Ha pub gvener
7	A vo sur drys an vlythan
7	Gul peyadov my a vyn
7	Kyns eva na thybbry mevr.

Cf. *Orig. Mundi*, v. 1305 :

> Tan a clethe | yma gene
> lemmyn parys,
> Dun alemma | rag offrynna
> an sacryfys.

C'est exactement le type du *hupunt byrr* gallois (douze syllabes en trois membres de quatre syllabes) :

> Tan ha clethe | yma gene | lemmyn parys
> Dun alemma | rag offrynna | an sacryfys.

Il y a aussi des quatrains construits sur le type de ceux de la *Pascon*, mais ce sont des vers de

huit syllabes divisés par hémistiches de quatre
syllabes, rimant entre eux (Or. 1907) :

Ov arluth ker | na vyth serrys
Kettoth an ger | my a thue thys
Yn pub teller | thym may vo res
Prest heb danger vethaf parys.

Ce genre de strophes de huit vers de sept syllabes est très commun dans les *Cornish Dramas*.

Pour le nombre de syllabes, ce quatrain représente un distique du genre gallois *hupunt hir*.

En dehors des quatrains, voici les types de strophes que l'on trouve :

I. — Le couplet rimant de sept syllabes (*Bewn.
Mer.*, 2536 (1) :

Comes.

Arluth neff rum gueresa
Ha yehes thym re grontya.

II. — Strophe de cinq vers de six et sept syllabes (*Bewn.*, 4324-4328); rimes *aab ab :*

Bredereth dugh nes omma
In tokyn a gerensa
Amma thyugh ol me a vyn
In hanov map Maria
In uvelder deberthyn.

----

(1) Voir les relevés de Whitley Stokes, *Bewn. Mer.*, p. xiv-xv.

III. — Strophes de six vers de sept syllabes
(*Bewn.*, 25-30; cf. 31-36, 258-262, 813-818,
819-824); cette strophe est très fréquente dans
les *Cornish Dramas* de Norris; rime *aab aab*
(*Bewn.*, 25).

> A das ha mam ov megyans
> Yv bos gorrys the thyskans
> Rag attendie an scryptur
> Gothvos ynweth decernya
> Omma ynter drok ha da
> Yv ov ewnadow pup vr.

IV. — Strophe de sept vers de sept syllabes
(*Bewn.*, 99-105; cf. *ibid.*, 265-271, 519-525, etc.);
rime *aab-abab* :

> Du gveras a b c
> An pen can henna yv d
> Ny won na moy yn liver
> Ny vef in scole rum levte
> Bys yn newer gorthewar
> Thum gothvas wosa lyfye
> Me a thysk moy ov mester.

Ibid., 519-525 (*aab-aaab*) :

> Ser epscop thyugh lowena
> Agis pesy y fanna
> A ry dymmo vy ordys
> Pronter boys me a garsa
> Corff Ihesu thy venystra
> Mar myn ov descans servya
> Genogh pan ven apposijs.

V. — 1° Strophe de huit vers de sept syllabes
(*Bewn.*, 9-16 ; cf. 118-125, 278-285, etc.) ; rime
abab-abab :

> Un mab purwyr thyn y ma
> Meriasek y hanow
> The scole lemmyn y worra
> Me a vyn heb falladow
> Dysky dader may balla
> Mersyv gans Du plygadow
> Y karsen y exaltya
> May fo perhennek gwlasow.

Il y en a de plus compliquées comme rime :

Ibid., 118-125 (*abab-cddc*) :

> Me a lever thyvgh mester
> Ha na vewy dysplesys
> Hethyv sur yv dugwener
> Da yv sevell worth un pris
> Ha predery an ena
> Rag kerensa an passyonn
> A porthes Ihesu ragon
> Pynys hythyv y fanna.

Ibid., 278-285 (*aab-ccbcb*) :

> Ov arluth lich a esa
> Omma purguir an kynsa
> Hav thays theragtho inweth
> Ham mam ger in pen an voys
> Orlyans duk a galloys
> Esethugh oma purfeth

Han arlythy yonk ha loys
Ran arak ran aberveth.

2° Strophe de huit vers de sept syllabes, à l'exception du cinquième, qui en a quatre (*Bewn.*,
1-8; cf. 17-24, 37-44, 45-52); rime *abab-cddc*) :

Me yw gylwys duk Bryten
Ha sevys a goys ryel
Ha war an gwlascur cheften
Nessa then myterne ubell
  Kyng Conany
Aye lynneth purwyr y thof
Gwarthevyas war gvyls ha dof
Doutis yn mysk arlythy.

VI. — Strophe de neuf vers de sept syllabes
(*Bewn.*, 90-98; cf. 172-180, 207-215, 363-371, 3179-
3187); rime *aab-ccb-ddb* :

Messeger na thovt an cas
My an dysk na vo yn gvlas
Grammarion vyth ay parov
Devgh sethovgh Mereasek
Yn myske an flehys pur dek
Ha merovgh agis leffrov
Pe dyth munys kewsovghwy
Let veth agis dysky
Ha mur nynsyv an gobrov.

Ibid., 207-215 ; rime *abab-cdddc* :

Lowena thum tas worthy
Ha reverens bys bynytha
Lowena thum mam defry

Enour a dader neffra
Pesef agys leun vanneth
Lemmyn grace an spyrys sans
Re woloways ov skyans
Yma thym perfect dyskans
Grac the Crist pen an eleth.

VII. — Strophe de dix vers de sept syllabes, excepté le septième, qui en a quatre (*Bewn.*, 154-163 ; cf. 474-483) ; rime *ababab-cddc :*

Marya myghternas nef
A vagas Crist gans the leth
Maria drefa the lucf
Then mab a skyentoleth
Maria whek peys genef
Byth nangeffa an iovl keth
Warnaf power
Nan beys ov escare arall
Ham kyke yv escar teball
Pur ysel me an temper.

VIII. — Strophe de onze vers de sept syllabes, à l'exception du cinquième qui en a quatre (*Bewn.*, 632-642) ; rime *abab-cdddcdc :*

Devethys off in tereth
Ha squeth me yv ov kerthes
Maria mam ha maghteth
Mara sus dis chy na plaes
Oges oma
Grua ov gedya vy bys dy
Rag mur y carsen defry
Guthel thymmo oratry

In herwyth chy Maria
Densa lowena dywby
Pan a chapel yv henna?

IX. — Strophe de douze vers de sept syllabes,
à l'exception du neuvième qui en a quatre (*Bewn.*
142-153 ; cf. 848-859) ; rime *abababab-cdddc* :

Ihesu arlud nef han bys
Thys y raf ov peyadow
Iesu arlud my ad pys
Orth tentacyon dewolow
Iesu Crist gvyth vy pupprys
Lel theth servye om dythyow
Ihesu ov corfe ham spyrys
Ol ov nerth ham cowgegyow
    Rof theth gorthye
Hag ath peys uvel ha clour
Nefra na veua yn nor
Trelyes the lust an bysme.

Voici les autres types qu'on trouve dans les
Cornish Dramas et *Gwreans an bys* :

I. — Strophe de six vers, chaque hémistiche
composé de deux vers de sept syllabes et d'un de
quatre syllabes ; rime *aabccb* (Or. 660) :

Aban vyn an tas an nef
Res yv sywe y voth ef
    Pepenag vo
Dre grath an arluth guella
Ny a thynyth un flogh da
    Thyn a servyo.

II. — Strophe de huit vers :

1° De deux hémistiches chacun de quatre vers de sept syllabes ; rime *aaab-cccb* (Or. 873) :

Bolungeth Dew yv hemma
Bones gorrys an spus ma
Pan dremenna an bysma
Yn y anow bos gorrys
An tas a nef sur heb fal
An gruk ef thotho baval
Pan dorrasa an aval
An arluth a fue serrys.

2° Strophes de deux hémistiches de quatre vers, trois de sept syllabes, le quatrième de quatre ; rime *aaab-cccb* (*Resurr.*, 759) :

Ihesus Cryst arluth a nef
A clew lemmyn agan lef
Nep na grys ynnos goef
Ny fyth sylwys
Pan prydyryf ay passon
Nynsa ioy vyth ym colon
Ellas na allaf yn scon
Keusel worthys.

III. — Strophe de deux hémistiches semblables ordonnés en trois vers, les deux premiers de huit syllabes et le troisième de quatre ; les hémistiches des vers 1 et 2 riment entre eux ; rime du vers *aab-ccb* (*Resurr.*, 875) :

A vynyn ryth | na tuche yy nes
Na na wra gruyth | na fo the les

Ny thueth an prys
Er na gyllyf | then nef thum tas
May tewhyllyf | arte thum gulas
The gous worthys.

En réalité, chaque demi-strophe est composée de cinq membres de quatre syllabes : c'est le type correspondant au *hupunt hwyaf* des Gallois.

En résumé, tous ces types se ramènent à des types anciens.

1° Le quatrain de grands vers de quatorze syllabes à hémistiches rimant a donné naissance à la strophe de huit vers de sept syllabes à rimes alternées.

La laisse monorime de vers de quatorze syllabes du même type a donné naissance, suivant des coupures diverses, directement au distique de deux vers de sept rimant entre eux; à la strophe de cinq, six vers.

Certaines combinaisons de rimes ont introduit plus de variété dans ce genre.

2° La strophe à six vers de quatre syllabes, le troisième et le sixième rimant entre eux, le premier et le deuxième d'un côté, le quatrième et le cinquième rimant également entre eux : cette strophe est sortie du distique monorime de vers de douze syllabes à trois membres.

Le quatrain de vers de huit syllabes à membres de quatre syllabes peut sortir du grand vers de

seize syllabes ou n'être simplement que le type
précédent augmenté d'un membre.

La strophe de six vers se partageant en deux
demi-strophes de deux vers de huit syllabes, par-
tagée en membres de quatre syllabes, suivie d'un
vers de quatre syllabes, en somme composée de
cinq membres de quatre syllabes, représente le
type précédent, avec un membre de plus.

3° La strophe de six vers de sept syllabes : la
demi-strophe est composée de deux vers rimant
entre eux et d'un vers rimant avec le dernier de
la seconde demi-strophe.

La strophe de sept vers de sept syllabes du type
aab-aaab est de même origine, avec un vers de
plus.

La strophe de neuf vers de sept syllabes du
type *aab-ccb-ddb* fait partie du même système,
avec une demi-strophe en plus.

La strophe de huit vers de sept syllabes du type
aaab-cccb rentre dans la même catégorie : il y a
un vers de plus dans chaque demi-strophe.

4° La strophe avec un petit vers de quatre syllabes, les autres étant de sept (strophe de dix vers
avec le septième de quatre syllabes ; strophe de
onze vers, le cinquième de quatre syllabes ; strophe de douze vers avec le neuvième de quatre
syllabes ; strophe de huit vers, le quatrième et le
huitième étant de quatre syllabes et rimant entre
eux ; quatrain de quatre syllabes, le premier vers
étant de quatre syllabes) : ces strophes rentrent

toutes dans les catégories précédentes, n'en diffé-
rant que par ce petit vers.

5° *Types mixtes :* tout ce qui reste est une
combinaison du type de sept syllabes à rimes
alternées avec le type de la strophe sénaire avec
ses variétés : type *aab-ccb* (v. IV, V 2°; VI *abab-
cdddc;* VII, VIII, IX).

Il y a un procédé à retenir de l'étude de la strophe cornique : c'est que plusieurs strophes sont
nées par la simple addition ou d'un membre ou
d'un vers.

§ 2.

On ne trouve pas la rime interne en cornique ;
il n'y en a d'autre trace que les rimes des strophes
sorties de grands vers : là les membres rimant à
l'intérieur du vers sont devenus des vers de même
rime ; le troisième ou le quatrième membre rimant
du grand vers devenu indépendant et constituant
le troisième ou le quatrième vers de la demi-
strophe rime avec le troisième ou le quatrième
vers de l'autre demi-strophe.

C'est la dernière voyelle du vers avec la ou les
consonnes qui suivent qui constituent la rime,
comme en breton et en gallois.

Pour le cornique comme pour le breton, il faut,
dans la scansion, partir de l'unité de prononciation. Je n'insiste pas sur ce point pour les deux
métriques. Toutes les deux ont subi des influences

étrangères. De plus, les textes sont trop récents
pour qu'on puisse en tirer des conclusions sûres
pour l'ancienne poésie. J'ai dit l'essentiel en ce
qui concerne le breton, à propos de la *cynghanedd
lusg*.

CHAPITRE IV.

LA MÉTRIQUE IRLANDAISE.

L'étude de la métrique irlandaise, malgré de bons travaux de détail (1), est aujourd'hui encore fort ardue pour diverses raisons, dont la plus grave peut-être est que son évolution n'est pas établie chronologiquement : son histoire est encore à faire. Une autre grave lacune, c'est que la métri-

(1) Pour la bibliographie du sujet, cf. *Gramm. Cell.*, appendix. — Whitley Stokes, *The Martyrology of Gorman*, XXX-XXXVIII ; *Revue Celtique*, VI, p. 273 (*On the metre Rinnard and the calendar of Oengus as illustrating the verbal accent*) ; *ibid.*, p. 298 (*On Irish Metric*). — Windisch, *Beiträge zur irischen metrih* (*Berichte der phil.-hist. Cl. der K. Sächs. Ges. der Wiss.*, 1884) ; *Irische Texte*, I, p. 156-157. — Zimmer, *Keltische Studien*, 2 heft, p. 155. — Thurneysen, *Revue Celtique*, VI, p. 309 (*Zur Irischen accent-und Verslehre*) ; *Mittelirische Verslehren* (*Irische Texte*, III, p. 1-182). Je n'ai pas à ma disposition le travail d'Atkinson, *On Irish Metric*, mais il est résumé et rectifié par Windisch (*Beiträge*). C'est d'ailleurs une codification du traité d'O'Molloy que j'ai pu étudier (*Grammatica latino-hibernica*, p. 142 et suiv.) et que je reproduis en appendice.

que de bon nombre de morceaux de poésie épars
dans les récits épiques n'est pas établie. Je ne
pouvais naturellement songer à entreprendre un
travail aussi considérable et aussi difficile. Je me
suis contenté de classer les systèmes en relevant
ce qui pouvait intéresser la métrique galloise, et
à étudier le caractère, le rôle de la rime et de
l'allitération, la cadence du vers, sommairement
mais suffisamment pour dégager les traits communs aux deux métriques.

§. 1. — *Systèmes*.

Trois choses frappent tout d'abord dans une
comparaison de la métrique irlandaise avec la métrique galloise : 1° l'absence en irlandais des laisses ou tirades ; 2° la prédominance écrasante du
quatrain composé de vers ou membres de sept
syllabes ; 3° la préoccupation du nombre des syllabes du mot final du membre ou du vers, préoccupation qui ne se montre, en gallois, que dans le
seul genre du *cywydd deuair hirion*.

Les quatrains à membres de sept syllabes, de
beaucoup les plus communs, peuvent se classer en
quatre groupes :

1° La longue ligne de quatorze syllabes ne fait
pas rimer sa coupe ou, si l'on veut, la syllabe
avant la pause principale avec son mot final ; il
n'est pas rare que la coupe rime avec un mot dans
l'hémistiche suivant ;

2° Les membres des deux longues lignes riment entre eux ;

3° Les membres ou vers 1 et 3 du quatrain riment entre eux, les deux longues lignes rimant entre elles ;

4° Les deux longues lignes ne riment pas entre elles ; les deux hémistiches de chaque ligne riment entre eux ; la strophe est scindée en deux.

, C'est au premier groupe qu'appartiennent les hymnes de Colman, Fiacc, l'hymne de Broccan en grande partie (1) :

Sén de donfe fordonte ‖ macc Maire ronfeladar (2)
fora [f]oessam dún innocht ‖ cia tiásam cain temadar.

La coupe rime avec un mot dans l'hémistiche suivant :

Itir foss no utmaille | itir suide no sessam.

Le vers suivant a une rime qui rappelle exactement le vers breton et le *cynghanedd lusg* des Gallois :

Ruire nime fri cech tress | issed attach adessam.

Pour le cas des hémistiches ou vers 1 et 3 du

(1) *Goidelica*², p. 121, 126, 127.
(2) *Ibid.*, p. 121, *Colman's Hymn.*

quatrain rimant entre eux, les grandes lignes rimant de leur côté, cf. :

> In innsib mara **torrian** | ainis innib ad**rimi** (1)
> Legais canoin la Ger**man** | ised adfiadat **lini**.

In cath fechta imbeth**ron** | frituaith cannan la mac Nuin
Assoith ingrian frigab**on** | issed adfeit littri d**üinn**.

Il y a des strophes à mi-chemin entre le premier et le deuxième groupe; on les rencontre dans
l'hymne de Sancta'in, à côté de strophes du premier type il y en a du deuxième. Il y en a où la
finale de la première grande ligne rime avec la
coupe du second et avec la finale de la seconde
longue ligne (2) :

Mór ri fitir arfine fiadu | huasdomun dill**ocht**
Dommanmain ar cechguall**ocht** | nim tharle demna dib**ocht**
Ocdigde dé denim**ib** | mochorp ropsig**ith** s[o]eth**rach**
Arnadris iffernn uath**ach** | ateoch inrig adroet**ach**.

Si c'est le troisième membre qui ne rime pas
avec les autres, on a l'équivalent exact du type
gallois de l'*Englyn unodl cyrch* :

---

(1) Cf. Hymne de Fiacc, *Goid.*, p. 127-128. C'est plus fréquent
dans l'hymne de Broccán (*Goid.*, p. 137, v. 5-6, 7-8, 9-10, 19-20,
25-26, 59-60.

(2) *Goid.*, p. 147.

Poème du manuscrit de saint Paul de Corinthie (*Goidelica²*, p. 176) :

Mac **D**iarmata dil damsa ‖ cid fiarfachta ní insa
A molad maissiu máenib [] luaidfidir láedib limmsa.

Ce qui donne :

Mac **D**iamata dil damsa
Cid fiarfachta ní insa
A molad maissiu **máenib**
Luaidfidir láedib limmsa.

L'hymne de Maelisu présente les types 1° et 2°, et aussi le type intermédiaire dont nous parlons. Il mourut en 1082 (Stokes, *Goid.*², p. 174). L'hymne est en longues lignes de douze syllabes divisé en deux hémistiches (genre *rinnard*).

La variété du premier type qui fait rimer la coupe avec un mot du second membre de la grande ligne offre un intérêt également considérable, car c'est l'exact équivalent du *cywydd odliaidd* gallois (v. t. I, p. 68). C'est le type de tous les vers des trois poésies ossianiques tirées du Livre de Leinster et publiées par Windisch, *Irische Texte*, I, p. 158 et suiv. (la troisième présente des irrégularités) :

Ogum il-lia lia uas **lecht** | bali i teigtis **fecht fir**,
Mac rig hErend ro **gaet and** | do gae **gand** os gabur gil.

Tarlaicc **Cairpre** aurchur n-**airc** | domuin a **mairc** maith is tres
Gairsiu condristais a **sciss** | Oscur ro bi a lam **dess**.

Tarlaic Oscur irchur n-**oll** | co fergach **lond** immar leo
Co ro marb **Corpre** hua **Cuind** | rias-ra-**giallsatar** **gluind** gléo.

Le dernier quatrain du poème appartient au quatrième type.

Le deuxième type apparaît déjà dans l'hymne de Broccan (1) :

> Andorigenai inrí | dofertaib ar sancht Brigti
> Niadorontaì ardune | cairm icuala cluas nach bi.

Hymne de Maelisu (2) :

> In spirut nóeb imm**unn** | innunn ocus oc**unn**
> In spirut nóeb chucunn | taet a Chríst co hop**unn**.

Serglige Conculaind (3) :

Mád do Láegaire Búadach | tisad ág bád imuallach
No sirfed hErind na n-íath | d'íc mic Connaid mic Iliach.

Le quatrième type est très répandu et l'a été de bonne heure. C'est le type du genre dit *debide* (4); les hémistiches sont arrivés à l'indépendance complète; les longues lignes ne riment plus entre elles; le quatrain se divise de fait en deux distiques. On le trouve dans les poésies du manuscrit

(1) *Goid.* ², p. 138, v. 3.
(2) *Ibid.*, p. 174.
(3) *Irische Texte*, I, p. 215.
(4) Le deuxième type est également compris dans cette classe : voir Thurneysen, *Mittel. Versl.*, p. 147.

de saint Paul, du manuscrit de Milan, etc., etc. :

Messe ocus Pangur **Bán** ‖ cechtar náthar fria saind**án**
Bíth a menma-sam fri **seilgg** ‖ mu menma céin im sain-
[ch**eirdd** (1).

D'après certaines théories qui seront discutées
au chapitre final, il ne faudrait pas séparer de ce
type de la longue ligne de quatorze syllabes, la
longue ligne de quinze syllabes divisée en deux
membres de huit et sept syllabes ; en moyen-irlandais, le premier membre se termine par un dissyllabe et le second par un trisyllabe, ou encore le
premier par un dissyllabe et le second par un monosyllabe (2).

Le distique de longues lignes de quatorze syllabes, avec ses diverses modifications, est l'origine
de toutes les variétés de quatrains des vers de
sept syllabes que l'on rencontre en moyen-irlandais. Parmi ces variétés, je signalerai seulement
le quatrain à rimes alternées :

Sruama serba seim**líde**
Fochasrachaib dosf**enned**
Nuada merda meir**blige**
Is na lasrachaib t**ened** (3).

Ordonné en distiques de longues lignes, c'est

---

(1) *Ir. Texte*, I, p. 316.
(2) Thurneysen, *Mittel. Versl.*, p. 156. Le premier porte le nom
de *dian midseng*, le second de *setnad mor*.
(3) *Saltair na rann*, p. 120, n° 8169.

l'équivalent du type cornique de la *Pascon agan Arluth*. En cornique, il a cette différence que le quatrain se compose de longues lignes :

> Sruama serba seimlide ‖ fochasrachaib dosfenned
> Muada merda meirblige ‖ is na lasrachaib tened.

Ici, le principe de la rime des membres 1 et 3 du distique de grandes lignes est appliqué à l'intérieur des petites lignes : *serba* et *merda* des vers 1 et 2, *fochasrachaib* et *lasrachaib* des vers 2 et 4 riment entre eux.

Les longues lignes sont presque toujours au plus deux à deux; il y en a cependant quelquefois plus (1).

Si les quatrains de vers de sept syllabes ont manifestement la même origine, il y a des strophes qui ne sauraient y être ramenées, par exemple celles dont chaque hémi-strophe rime par la finale, tandis que les vers intermédiaires riment entre eux (type *aab-aab* ou *aab-ccb*).

Ce type a dû être fourni par le distique de longues lignes à trois membres :

> A erennaig de drochrannaib is lomnan dorn (2)
> A albannaig a lochlandaig a goblan gorm.

---

(1) Thurneysen, *Mittel. Versl.*, p. 17, n° 42.

(2) Thurneysen, *Mittel. Versl.*, III, p. 70, n° 20. Ce vers porte le nom de *dian airreng impoid*. Cf. le type *ollbairdne Romaind celomus*, p. 10, 13.

A crennaig
Do drochrannaib
Is lomnan dorn
A albannaig
A lochlandaig
A goblan gorm.

C'est l'histoire du *hupunt byrr* gallois (v. *Métr. gall.*, II, ɪ, p. 271).

La strophe de vers de cinq syllabes a dû sortir du type *rathnuaill bàirdne* ou d'un type analogue à trois membres (1) :

Amlaib arcingib | átha airtheraig | Érenn iathaige
Dagri dublinde | déne duthaige | tréne triathaige.

La strophe dite *eochràid tri fiche focul* (2) sort de ce distique et est simplement augmentée de trois vers par hémistrophe.

Les strophes caractérisées par le fait que le vers terminant chaque hémistrophe est plus court que les autres, doit avoir une origine analogue à la *cyhydedd hir* du gallois (v. *Métr. gall.*, II, ɪ, p. 245 et suiv.). Le type expliquant clairement cette origine est le distique dit *sedradh gablanach* (3) (10 + 9 ou 5 + 5 + 5 + 4) :

A gilla lcochaille | leacaigh molaise | a leca cuirre | gerbh
[ghlaisi grian
A sechi corcra | a chac armaislaibh, areithi folta, faisaigh ar
[fiadh.

(1) Thurneysen, *Mittel. Versl.*, p. 141, n° 9.
(2) *Id.*, *ibid.*, II, n° 104.
(3) *Id.*, *ibid.*, III, n° 106.

C'est de ce type qu'est sortie la strophe dite *ochtfoclach bec* (1) :

> A maic higeamaid
> Etrond romebaidh
> Ocus a maic rebaig
>   A leanaib laic
> Beca dobossa
> Caela darcosa
> Aban feoir rossa
>   Darcossa cait.

C'est d'après ces types qu'ont été construites les strophes à vers inégaux et de même structure, quant à la rime (2).

Ces strophes à hémistrophes régulières sont souvent augmentées d'un ou de deux membres, quelquefois trois. Les types des quatrains y sont mêlés, ce qui multiplie singulièrement les variétés de strophes (3), variétés dont beaucoup ne paraissent guère usitées.

Le vers de dix syllabes, divisé en deux hémistiches de cinq syllabes, apparaît dans l'hymne

---

(1) Thurneysen, *Mittel. Versl.*, III, n° 140.

(2) *Laid luibencosach bec* (4 vers de 5 syllabes + 1 de 4 ‖ 3 vers de 5 + 1 de 4). — *Eochraid cuicsrelhaib* (4 × 6 + 4 ‖ 4 × 6 + 4). — *Reicne dechubaid* (3 × 6 + 4 ‖ 3 × 6 + 4). — *Laid luibenchosach mor* (3 × 6 + 5 ‖ 4 × 6 + 5). — *Ochtfoclach* (3 × 6 + 5 ‖ 3 × 6 + 5). — *Debide scaillte corranach* (7 + 7 + 7 ‖ 7 + 7 + 7) : les vers 3 et 6 riment en ce cas, etc.

(3) Voir par exemple le type *rinnard mór* dans le *Felire húi Gormáin*.

d'Ultan à Brigitte (1). La structure est celle du
premier type du grand vers de quatorze syllabes :

> Ron soëra Brigit | sech drungu demna
> Ro roena reunn | catha cach thedma.

Les hémistiches 1 et 3 riment dans un distique :

> Brigit be bithmaith | breo orda oiblech
> Don fe don bithflaith | in grian tind tóidlech.

Outre les grands vers de dix, douze, quatorze,
quinze, dix-neuf syllabes mentionnés, les Irlandais
avaient de grands vers de onze, treize, seize, dix-
huit syllabes. La tendance manifeste est au vers
coupé par hémistiches égaux (2 + 2; 3 + 3;
4 + 4; 5 + 5; 6 + 6; 7 + 7; 8 + 8; 9 + 9;
10 + 10 (2).

Cette idée était si ancrée dans la tête des métriciens irlandais que le vers qui dépasse la mesure,
régulière pour eux, de six ou sept syllabes est un
vers *agrandi* (3), ce qu'ils expriment par *carn-* ou
carr- devant le nom du vers. Ainsi le type *ran-*

---

(1) *Goid.*, p. 135.
(2) Thurneysen, *Mittel. Versl.*, p. 139-147.
(3) Il est possible qu'il y ait eu, dans certains cas, agrandisse-
ment ; mais si le phénomène est naturel, l'accourcissement d'un
membre par la chute d'une syllabe devant la pause est plus probable. Dans le plus grand nombre des cas peut-être, l'inégalité
provient de la réunion en longue ligne de vers de longueur
inégale.

daigecht mor ordinaire compte sept syllabes par
vers; *carnrandaigecht* en compte huit. Le *dechnad
mor* comprend une longue ligne de 8 + 6 syllabes; *carrdechnaid* en a seize (8 + 8) (1). Voici
les longues lignes à membres inégaux :

$$5 + 4$$
$$4 + 6$$
$$5 + 6$$
$$6 + 4$$
$$6 + 5$$
$$7 + 3 \text{ (et } 3 + 7)$$
$$7 + 5$$
$$4 + 8 \text{ (et } 4 + 4 + 4)$$
$$7 + 9$$
$$8 + 5$$
$$8 + 6$$
$$8 + 7$$
$$8 + 10$$
$$10 + 9 \text{ (ou } 5 + 5 + 5 + 4) \text{ (2)}.$$

On a donc des vers de neuf, dix, onze, douze,
treize, quatorze, quinze, seize, dix-huit, dix-neuf
syllabes à membres inégaux.

Les types de 9 (5 + 4), de 11 (5 + 6), de 12 (4 +
4 + 4), de 15, 16 (dans bon nombre de distiques
gallois à *paladr englyn unodl unsain*), de 19 (5 +

---

(1) Thurneysen, *Mittel. Versl.*, p. 131.
(2) *Id., ibid.*, p. 155-158.

5 + 5 + 4) sont connus en gallois. Pour les grands
vers à hémistiches égaux de dix, quatorze syllabes, il en est de même.

Au-dessous du vers de neuf syllabes, les métriciens irlandais, à une certaine époque, ont la no-
tion très nette qu'il n'y a plus que des *membres*
de l'unité métrique et non un tout. C'est ainsi que
pour eux un *octosyllabe* constitue un *pied;* de
même pour sept, six, cinq, quatre, trois, deux syllabes. Le *pied* s'appelle *deach* et répond au *pes* latin,
si bien qu'une syllabe s'appellera aussi *deach*. Lo-
giquement, ils ont construit là-dessus des quatrains
composés de membres de une, deux, trois, quatre,
cinq, six, sept, huit syllabes, et par conséquent de
longues lignes de deux, quatre, six, huit, dix,
douze, quatorze, seize syllabes (1) :

> **Grad | glun**
> **Dan | dun**.

Les membres de une, trois, quatre, cinq, six
syllabes sont présentés comme 1/5, 1/4, 1/3, 1/2 de
la *randaigecht mor;* le membre à deux syllabes
n'en représente pas tout à fait un quart. Le membre de six syllabes à terminaison dissyllabique est
la moitié du *dechnad* (*lethdechnad*).

Le nombre des syllabes du mot final du vers
joue un rôle important dans la métrique irlandaise

---

(1) Thurneysen, *Mittel. Versl.*, p. 130, 164.

et sert souvent de critérium, avec le nombre total des syllabes, pour différencier certaines variétés de strophes. Un seul cas nous intéresse.

Une des lois du moyen-irlandais, c'est que la deuxième et la quatrième ligne dans le quatrain doivent finir par un mot ayant une syllabe ou deux de plus que le mot final des lignes impaires. D'après une statistique faite par M. Windisch sur un poème du onzième siècle (1), sur trente couples de lignes, dans dix-sept la première ligne finit par un monosyllabe, et la seconde par un dissyllabe ; dans dix, la première finit par un monosyllabe, mais la seconde par un trisyllabe; dans trois cas seulement le mot final de la première ligne est un dissyllabe, et celui de la seconde un trisyllabe. En somme, dans vingt-sept cas sur trente, c'est un monosyllabe qui termine la première ligne, c'est-à-dire le premier hémistiche de l'ancienne longue ligne.

Dans le poème du manuscrit de saint Paul (*Messe ocus Pangur Bán*), *tous* les vers impairs du quatrain se terminent par un *monosyllabe;* tous les pairs, par un *dissyllabe.*

Dans les traités de métrique en irlandais-moyen, la règle pour le genre *debide scailte*, le plus répandu de cette classe, c'est que le mot final du premier membre de la longue ligne doit avoir une ou deux syllabes de moins que le mot final du se-

_____

(1) *Beiträge zur Irishe Metrik* (5ᵉ loi).

cond : le premier est-il un monosyllabe, le second est dissyllabique ou trisyllabique ; le premier est-il dissyllabique, le second est toujours trisyllabique (1).

Voici, d'après Thurneysen, la statistique, pour les traités en moyen-irlandais, des types de longues lignes à mot final d'un nombre de syllabes inégal d'un membre à l'autre (2). L'exposant à la droite du nombre indique le nombre des syllabes de la finale :

$$3^1 + 3^1 + 3^1 + 3^5 \qquad 7^1 + 7^5$$
$$4^2 + 4^2 + 4^1 \qquad 7^2 + 7^1$$
$$4^1 + 8^2 \qquad 7^5 + 7^1$$
$$4^5 + 6^1 \qquad 7^5 + 7^2$$
$$4^5 + 8^1 \qquad 8^2 + 5^1$$
$$5^5 + 4^2 \qquad 8^5 + 7^2$$
$$5^5 + 5^2 \qquad 8^2 + 10^4$$
$$6^2 + 5^1 \qquad 8^2 + 7^1$$
$$6^1 + 5^2 \qquad 8^2 + 7^5$$
$$6^5 + 4^1 \qquad 8^2 + 8^5$$
$$6^5 + 5^2 \qquad 8^2 + 8^4$$
$$7^5 + 5^1 \qquad 10^2 + 9^1 \ (5^2 + 5^2 + 5^2$$
$$7^1 + 7^2 \qquad \qquad + 4^1)$$

Sur vingt-cinq types de grandes lignes, seize ont un membre terminé par un monosyllabe ; à ce

(1) Thurneysen, *Mittel. Versl.*, p. 147.
(2) *Id.*, *ibid.*, p. 153, 155.

monosyllabe répond neuf fois un dissyllabe et sept
fois un trisyllabe. Dans sept types, à un dissyllabe
répond un trisyllabe; dans deux cas, à un dissyllabe répond un mot de quatre syllabes (1).

Il y a des types de vers à terminaisons isosyllabiques, tout en ayant des membres (2) inégaux :

$$8^2 + 6^2 \qquad\qquad 7^2 + 3^2 \ (3^2 + 7^2)$$
$$8^2 + 5^2 \qquad\qquad 7^1 + 5^1$$
$$8^2 + 4^2 \ (4^2 + 8^2) \qquad 7^1 + 3^1$$
$$8^1 + 4^1 \qquad\qquad 5^2 + 6^2.$$
$$7^5 + 9^5$$

Les traités de métrique en moyen-irlandais trai-
tent encore de types fort différents de ceux que
l'on rencontre communément chez les auteurs :
ils forment les classes des *laid*, *emain*, *anair*,
anamain.

Voici quelques échantillons de ces genres :

Laid. — Le genre dit *laid lubenchossach* (II,
15) se compose de trois vers de six syllabes et d'un
vers de cinq, *sans rime*, mais il est à peu près
certain qu'on n'a que la moitié de la strophe et
que le vers final de l'autre hémistrophe rimait
avec le dernier de la précédente. Dès lors, rien de
frappant. Cela nous reporte à une époque où les

_____

(1) Thurneysen, *Mittel. Versl.*, p. 153-158.
(2) *Id.*, *ibid.*, p. 151-153.

membres du grand vers ne rimaient pas entre
eux.

Laid lubenchossach :

> Nimthang tadc torathar
> Tes dib teobrogha
> Breg dobrea brigbrechtaibh
> Brigtar broine bri.

Laid imrind, II, 17 :

> Aliu iath i nherenn
> Hermach muir mothach
> Mothach sliab srathach
> Srathach caill cithach
> Citach áib essach
> Essach, etc.

CLASSE DES EMAIN :

II, 19. Dunchad dinsloig | sab catha in ciuin
Cuimnith recta ruaid | riasil buidnech briuin.

II, 118. Dún dithogla doth sluagh | sruaim ndorcha doram
Rád erdairc dobith | bith fairge forlan.

Le triomphe de l'*emain* est le genre suivant
(II, 18) :

Audaim coirti | cos roithe | roth soithe | soud gaphta | gart
[ferta
Fertha gart | gaphta sodh | soithe routh | roithe cos | coirti
[udhaim.

C'est exactement, en plus grand, plus *gorchest*, le système gallois de la *cynghanedd groes dymchweledig* (t. I, p. 79).

CLASSE DES ANAIR :

II, 21.   Indlid **dun** | **dub** iarmar
        Mag feda **dian** | **dian** cuillian clar.

II, 22.   *Anair rindaird.*

     Oengus oll | **fonn frinath**
     Febda fial | **fian frirath.**

II, 23.   *Anair tintudach.*

     Scian **scothas** | **rind rethes**
     Liag lothas | **tond teithes**
     Teiches tind | **lothas liag**
     Rethes rind | scothas scian.

(Cf. plus haut, *Emain*, II, 18).

II, 24.   *Anair trebraid* (1).

     Fegaid **uaib** | sair **fothuaid** | inmuir **muad** | **milach**
     Adba **ron** | **rebach ran** | **rogab lan** | **linad.**

II, 116.   **Belach sond slecta** | **sét** credmaic calma
         Cath bodbae b-na | **bert torna talma.**

CLASSE DES NATH :

C'est un mélange des genres précédents (*anair*

_____

(1) Pour la rime, cf. distique de *gwawdodyn byrr.*

tintudach, laid imrind), avec la strophe à vers final rimant à l'hémistrophe :

III, 26. Brigid **buadach**
        Buaid na fine
        Siur righ **nime**
        Nar imduni
        Eslind luige
        Lethan breo
        Rosiacht náemnem
        Mumme Goidel
        Riar nanoiged
        Œbel æcnai
        Ingen Dubthaig
        Dune uallach
        Brigit buadach
        Betad beo.

CLASSE DES ANAMAIN. — Ce genre était propre, à ce qu'affirme le traité, à l'*ollam !*

I. — *Anamain becc*, II, 120 $\left(\begin{smallmatrix} 5 & + & 4 \\ 4 & + & 5 \end{smallmatrix}\right)$.

   Ingen ingoband | ben incherda
   , Gnuis roglasi | acus roderga.

II. — *Anamain mor* (II, 152 : II, 114).

II, 114. Ni loeg ilige lobordaimm laiges
        Leth neilim imsechsach saiges.

IV, 25. Anamain irdairc | uasal inslonnod
        Nisdenand duine | uile acht ollom.

Ce qui, en somme, caractérise les types les plus

caractérisés de ces genres, ce sont les reprises, les
liaisons, les complications de rime et d'allitération.
Cela se présente à toutes les époques, et il me
paraît impossible d'en tirer aucun éclaircissement
pour l'histoire de la métrique irlandaise. L'absence
de rime n'est totale dans aucun exemple. Elle ne
prouve tout au plus, dans l'exemple qui se prête-
rait le mieux à cette supposition, que l'absence de
rime entre les membres du grand vers à une certaine époque, ce qui est constaté d'ailleurs en gallois comme en irlandais.

Qu'il puisse y avoir quelque chose d'ancien dans
ces bizarreries, c'est possible et même probable;
mais il est fort douteux, en dehors du système des
reprises de la finale à l'initiale (1), soit par la répétition du mot tout ou partie, soit par l'allitération, que ces genres, *tels qu'ils nous sont présen-*
tés, aient été pour la plupart fort cultivés. Ce sont
jeux de cuistres lettrés, sans inspiration, de *filidh*
désireux d'étonner le vulgaire, ou des exercices
d'assouplissement d'étudiants ès poésie.

Il y a un genre à mettre à part, c'est le genre
retoric. Il rappelle celui des *sequences* latines
(v. Windisch, *Revue Celtique*, V, p. 389, 478).

Pour les autres types, v. plus bas, ch. II, § 3.

_____

(1) Cf. *The second battle of Moytura* (Wh. Stokes, *Revue Cel-*
tique, XII, p. 110).

CHAPITRE V.

§ 1. — *Rime*.

Il y a deux variétés principales de rimes : la rime proprement dite et l'assonance.

I. *La rime proprement dite*. — Elle consiste dans l'accord complet des voyelles accentuées et dans l'identité ou la *parenté* des consonnes qui les suivent jusqu'à la fin du vers.

Pour la parenté des consonnes, voici les classes en moyen-irlandais :

c p t;
b d g;
ch ph th, f et s (*ph, sh*);
ll, mm (mb), nn (nd), rr, ng;
gh, dh, bh, mh, l, n, r;
s et *f* forment deux classes à part, n'assonant qu'entre elles.

Cette classification est juste pour la période la plus récente du moyen-irlandais, mais elle n'est pas assez large pour une période plus ancienne. M. Whitley Stokes donne la classification suivante d'après le *Martyrology of Gorman* :

I. c t p; g d b.
II. ch, th, ph, f.
III. gh, dh, bh, l, ll, mh, mm, n, nn (nd), r, rr, (ng).
IV. s ; *f* et *s* ne comptent pas.

Ces lois sont trop rigoureuses même pour le onzième siècle; c'est ainsi que l'assonance, par exemple, de *th* avec *dh* est fréquente (1).

En vieil irlandais, les lois d'accord des consonnes sont encore moins rigoureuses. M. Whitley Stokes (2) a constaté l'accord de :

c et *g* aspirés avec *t;*
l et *g* aspiré avec *ll;*
n avec *rr*, *ll;*
l avec *rr;*
nt avec *nn;*
t aspiré avec *ph* (*f*);
t et *n* avec *ph;*
m non aspiré avec *dh;*

(1) Windisch, *Beiträge zur Ir. Metr.* (troisième loi).
(2) *Revue Celtique*, VI, p. 306-307.

d aspiré avec *t ;*

b aspiré avec *ll ;*

r et *b* aspiré avec *nn* (*nd*).

Voici les règles générales d'assonance, au point de vue des consonnes, données par M. Whitley Stokes pour la poésie du vieil irlandais et du moyen-irlandais :

1° Une syllabe terminée par une voyelle ne peut assoner qu'avec une syllabe terminée par une voyelle (1) ;

2° Une syllabe terminée (actuellement ou anciennement) par deux consonnes ne peut assoner qu'avec une syllabe terminée (actuellement ou anciennement) par deux consonnes.

Exception. — Cette règle ne s'applique pas aux mots étrangers ni toujours dans les mots indigènes à *t* (*tt*) venant de *nt ;* à *m* (*mm*) de *mn ;* à *nn, rr, ll.*

Au point de vue de l'accentuation des syllabes rimantes, M. Whitley Stokes donne l'importante loi suivante : Au cas d'une double ou triple assonance (rime), la première syllabe du premier membre du groupe doit avoir l'aigu ; la première syllabe du second membre doit avoir l'aigu ou le grave (*nebenton*) préférablement à l'aigu. Un monosyllabe ayant l'aigu peut assoner avec une syllabe finale ayant seulement le grave.

(1) *Revue Celtique,* VI, p. 307-308.

Il est probable qu'à l'origine l'accord des consonnes obéissait, en principe, aux mêmes lois
en brittonique qu'en vieil irlandais. Nous avons
constaté des restes de l'ancien état de choses dans
les plus vieilles poésies galloises (v. plus haut, II, ı,
ch. II, §§ 1 et 3).

II. *L'assonance.* — 1° Dans les monosyllabes :
les voyelles sont différentes ; les consonnes après
la voyelle tonique sont identiques ou parentes :

Tri maic Nera ar lin lerg | tri maic Uislend, cobra n-garg
Senlacch Arad, nad bo borb | a Cruachnaib Conalad ard (1).

2° Dans les polysyllabes : les syllabes inaccen-
tuées s'accordent pour le vocalisme et le consonantisme. Ici aussi le consonantisme est le principal : les voyelles n'entrent en ligne de compte
qu'autant qu'elles déterminent le caractère palatal
ou non-palatal des consonnes. Dans les syllabes
atones, c'est le timbre de la consonne qui détermine l'assonance (2).

Il y a un autre genre qui répond exactement à
l'assonance des langues romanes : les voyelles
sont identiques ; on ne s'occupe pas des consonnes : bA : blas ; cAs : tlAcht (3).

(1) *Mittel. Ir. Versl.*, p. 134.

(2) Thurneysen, *Mittel. Versl.*, p. 134-135. Cf. *Revue Celtique*,
VII, p. 88. O'Molloy désigne ce type d'assonance consonantique
par le mot *uaithe.*

(3) C'est ce qu'O'Molloy appelle *comharda briste, correspondentia fracta.*

Ce genre d'assonance est peu usité; l'autre, en revanche, joue un grand rôle.

L'assonance dans les monosyllabes est l'équivalent exact du genre *prost cyfnewidiog* des Gallois.

La grande différence entre les deux métriques, en ce qui concerne la rime, c'est qu'en irlandais, souvent les deux syllabes rimantes sont accentuées, tandis qu'en gallois, en exceptant le cas où la rime est portée par deux monosyllabes terminant le vers, la syllabe rimante est atone ou, plus exactement, ne porte qu'un accent secondaire.

Il n'y a qu'un genre, en gallois, où anciennement la rime ait eu lieu entre deux voyelles accentuées, c'est dans la *cynghanedd lusg*, c'est-à-dire le genre qui règne exclusivement dans la métrique du moyen-breton. Il est sûr que la syllabe finale du premier membre ou vers se terminait anciennement dans ce genre par une syllabe accentuée, et que cette syllabe rimait avec la pénultième accentuée du second membre. L'irlandais et le gallois s'accordent en un genre très voisin de ce type de la *cynghanedd lusg*, type connu en gallois sous le nom de *cywydd deuair hirion*, et dont le caractère essentiel est que la rime soit entre une syllabe *accentuée* à la fin du premier membre et une syllabe *atone* à la fin du vers ou de la longue ligne.

§ 2. — *Rime ou assonance interne.*

Les règles de la rime interne sont, au fond, les
mêmes en irlandais qu'en gallois et en breton ;
l'origine de cette rime est la même. Elles ont été
exposées clairement par les métriciens irlandais :

Dans la grande ligne à rime, la finale (souvent
la finale accentuée) du premier membre doit rimer
avec la finale à accent secondaire de la longue
ligne :

Messe ocus Pangur Bán ‖ cechtar náthar fria, sáindān
Bíth a menma-san fri seilgg ‖ ma menma cēin im sáincheirdd (1).

Toutes les finales du premier membre dans ce
poème sont monosyllabiques. Si cette assonance
n'a pas lieu entre les deux membres, il faut que
le premier membre de la deuxième ligne assone
avec un mot du second membre :

Muinter íchonchobair ‖ cro teand imtigearna
Ruibne na rogloire ‖ ogmoire ilearda (2).

L'assonance manquant entre la fin des deux
membres, le vers est dit *scailte scoilte*. Si la rime
même entre la finale du premier membre et un mot
du second manque, le vers est dit *scailte cen*

(1) Poème du manuscrit de Saint-Paul, Windisch, *Irische
Texte*, p. 316.
(2) *Mittel. Versl.*, p. 131.

aicill. Dans ce cas, d'après les métriciens, il faut que le premier et le troisième membre du distique à grandes lignes riment entre eux :

> Noco mac fir trebair ‖ nocotaille i fearunn
> Nocoraga imdegaid ‖ nocoraga remum (1).

Dans le poème du manuscrit de saint Paul (*Aed oll*), dans toutes les longues lignes où la finale du premier membre n'assone pas avec la finale du second, il y a rime ou assonance entre la finale du premier membre et un mot du second :

> Aed oll fri andud n-ane ‖ Aed fonn fri fuilted féle
> Indeil delgnaide as chóemem ‖ di dingnaib Roerenn rede.

Poèmes ossianiques (Irische texte, p. 158).

Sur sept distiques de quatorze vers, dans six toutes les finales du premier membre riment ou assonent avec un mot du second membre (2). Dans la seule strophe où cette rime n'ait pas lieu, la finale du premier membre de chaque ligne assone avec la finale de la ligne. P. 160-161, il en est de même; p. 162-163, également (3). Ici, dans un

---

(1) *Mittel. Versl.*, p. 136.

(2) Dans un vers, il semble qu'il y ait allitération et non assonance (*Ir. Texte*, p. 158) :

> Gairsiu condristais a scias ‖ Oscur ro bi a lam dess.

(3) Cf. le poème du manuscrit de Saint-Gall (*Gr. Celt.* ³, p. 953); The Bodleian *Amra Choluimb Chille* (Wh. Stokes, *Revue Cell.*, XX, p. 134, 136, 142).

cas, il y a rime non entre la finale du premier membre et un mot du second, mais entre un mot du premier membre et un mot du second :

> Mo genum im **duais** ro boi ‖ ocus mo **duais** imm ó.

La rime ou plutôt l'assonance de la finale du premier membre avec un mot du second membre, n'est pas rare dans les hymnes, au moins dans une des deux lignes :

Hymne de Colman (*Ir. Texte*, p. 9, v. 53, 54; 6, v. 1-4) :

> Bendacht for Columcille | con noebaib Alban alla
> For **anmain Adamnain áin** ‖ rola **cain** forsna clanna

> Sén de don *fe* fordonte ‖ mac Maire ron **feladar**
> Fora **foessam** dún innocht | cia tiasam cain **temadar**

> Itir foss no utmaille ‖ itir suide no **sessam**
> Ruire nime friceech **tress** ‖ issed attach **adessam.**

Hymne de Fiacc (*Ir. Texte*, p. 11, v. 5; 13, v. 25) :

> Bái se bliadna i fognam ‖ maisse dóine nistoimled
> Batar ile Cothraige ‖ cethartrebe dia **fognad**

> Ba leir Patraicc co m-beba ‖ ba sab indarba clóene
> Is ed tuargaib a **Eva** ‖ suas de sech treba dóine.

Hyme de Broccan (*Ir. Texte*, p. 29, v. 21 ; 30,
v. 29) :

Ni bu sanct Brigit **suanach** ‖ ni bu **b**úa**rach** im seirc Dé
Lathe buana di mad **bocht** ‖ ni frith **locht** annlam chraibdig.

En moyen-irlandais, la loi est que chaque quatrain renferme, outre *deux* rimes finales, deux rimes ou assonances internes (1) :

> Mugain ingen choncraid chein
> Maic Duach don Des-mumain
> Re chren **fialgarta** cen faill
> Ben **Diarmata** maic Cerbaill.

Pour la rime interne en gallois et en breton,
v. livre II, ch. II ; livre III, ch. II.

Les Irlandais ont porté les lois de la rime interne dans la poésie latine chrétienne :

Conclamantes Deo dig**num** ‖ **hymnum** sanctae Mariae
Ut vox pulset omnem **aurem** ‖ per **laudem** vicariam
Opport**unam** dedit **curam** ‖ aegrotanti homini (2).

Cf. hymne de Colman, *Goid.*², p. 122, 22 :

Regem regum rogam**us** ‖ in nostris serm**onibus**
Anacht noe a **luchtlach** ‖ diluvi temp**oribus**.

Pour la rime entre la coupe et un mot du premier membre, cf. hymne de Fiacc, *Goid.*[2], p. 127,
34 :

Iccaid **luscu** la **truscu** ‖ mairb dosfiuscad do bethu.

L'exemple latin précédent de rime interne est le
seul que W. Meyer ait rencontré dans la poésie
latine du sixième au onzième siècle. Il établit (1)
que si les Celtes n'ont pas inventé la rime, c'est
chez eux qu'elle s'est développée. Ce sont les Irlandais et leurs disciples qui ont notamment im-
planté la rime *dissyllabique* sur le continent.
W. Meyer avance que c'est chez les Irlandais que
l'on trouve aussi les plus anciens exemples de
prose rimée (dans l'*Antiphonarium Banchorense*).
La prose rimée existe auparavant dans Gildas et
dans le *De Excidio* et dans l'*Epistola* : il y a de
très nombreux membres de phrases rimant. Un
passage de la fameuse lettre au consul Agitius fait
l'effet de deux vers allitérant et rimant aux membres 1 et 3 (*De Exid.*, XVII) :

10   Repellunt nós | barbari ad máre
10   Repellit nós | mare ad bárbaros.

§ 3. — *L'allitération.*

L'allitération peut se faire par voyelle initiale

(1) *Id.*, *ibid.*, p. 65.

ou consonne initiale. A ce point de vue, les voyelles se valent (Windisch, *Beiträge zur Ir. Metr.* (2e loi).

L'allitération frappe la syllabe accentuée. Aussi l'article, les pronoms possessifs et relatifs, certains adjectifs pronominaux et certaines prépositions, à ce point de vue, ne comptent pas (1). Au cas où deux consonnes commencent les mots allitérants, il suffit qu'une des deux allitère ; exception est faite pour *sc*, *sp*, *st*, qui n'allitèrent qu'entre eux (2). En matière d'allitération, on ne tient pas compte de l'éclipse ni de l'aspiration (cf. pour le gallois, tome II, livre II, ch. III, § 4).

En moyen-irlandais, d'après O'Molloy, toute ligne ou vers du quatrain doit contenir une allitération (deux mots allitérants). La loi, en réalité, n'est pas aussi rigoureuse. Suivant M. Windisch, l'allitération se trouve dans le plus grand nombre des lignes, mais non dans toutes. L'allitération se fait principalement entre les deux derniers mots de la ligne. Il peut se trouver entre ces deux mots des mots atones ou des mots moins importants métriquement (préposition et pronom posses-

(1) Wh. Stokes, *Revue Celtique*, VI, p. 303-304.

(2) *Id.*, *ibid.*, p. 304. M. Atkinson a fait remarquer qu'il en était de même chez les Anglo-Saxons. M. Whitley Stokes remarque que, dans ce cas, ce seraient les Anglo-Saxons qui auraient emprunté aux Irlandais cette habitude. Mais il cite des cas en vieil irlandais qui semblent prouver que *sc*, *sp*, *st* pouvaient allitérer avec *s* initiale suivie de voyelle (p. 304, note 1).

sif par exemple); quelquefois, cependant, on
trouve des formes verbales et même nominales.
Cette habitude de mettre les mots allitérants dans
le même membre s'explique par l'indépendance à
laquelle le membre est arrivé. Quant aux mots
allitérants dans un membre de sept syllabes, ils
étaient destinés fatalement à être rapprochés.
L'allitération, de plus, y gagnait en vigueur et
faisait saillir davantage les syllabes accentuées des
deux mots. Mais il y a trace, dans les hymnes et
dans certaines poésies insérées dans les récits épiques, de l'ancienne loi, d'après laquelle chaque
membre devait être relié à l'autre par l'allitération :

Immun tisat ar tedmaim | nachantairle adamna

Snaidsium Moisi degtuisech ‖ ron snaid tria rubrum maire

Rop sciath dûn diar n-imdegail ‖ *rop* saiget huan fri demnai

Melchisedech rex Salem ‖ incerto de Semine (1).

Batar ile Cothraige ‖ cethartrebe dia fognad (2).

Il peut y avoir plus de deux mots allitérants.
L'allitération, on le voit, a déjà beaucoup perdu
de son importance. C'est dû vraisemblablement au
rôle de plus en plus important de la rime. Il n'est
cependant pas vrai de dire que l'allitération, en
irlandais, n'est qu'un ornement : elle sert encore

(1) Hymne de Colman, *Goid.* ², p. 122.
(2) Hymne de Fiac, *ibid.*, p. 127.

à faire ressortir plus fortement la syllabe accentuée
des deux mots les plus saillants du vers.

§ 4. — *Rythme.*

Si on prend le mot irlandais isolément, les
pieds les plus fréquents doivent être le *trochée* et
le *dactyle*, avec un autre type à mouvement initial
iambique et chute trochaïque. En effet, dans les
noms et le verbe simple, l'accent est sur la première
syllabe du mot. Dans le verbe composé, en exceptant l'impératif où, même dans le verbe composé,
il est sur la première syllabe, il est sur la première syllabe du second membre du composé :
caraim, j'aime, *do-mélim* (vescor), *tó-mil*, vescere.

A côté de l'unité des syllabes groupées en mot
sous l'accent, il y a l'unité de prononciation groupant aussi sous un accent commun des éléments
qui peuvent être par eux-mêmes accentués s'ils
sont indépendants. C'est l'unité de prononciation,
dans laquelle s'englobe le mot indépendant, et
l'unité grammaticale qui règlent la cadence, le
rythme, les coupes du vers en irlandais comme en
brittonique (v. plus haut, livre II, chap. VII, § 2).
Comme pour le gallois, pour plus de clarté, je
donne quelques lignes de prose en vieil irlandais,
en moyen-irlandais, que M. Whitley Stokes a eu
l'obligeance de me transcrire en indiquant les ac-
cents principaux de l'unité; j'y ai ajouté un trait
entre les éléments intimement unis. Les lignes

en irlandais moderne m'ont été fournies par mon
collègue et ami M. Dottin.

Dullúid Pátricc o-Thémuir hi-crich Láigen conráncatar
ocus-Dúbthach Máccu-Lúgir (Macc ú Lugir?) ucc-Dómnuch
Mār criathar la-áuu Cénselich. Aliss Pátricc Dúbthach im-
dámnae n-épscuip día-désciplib di-Láignib, idōn (1) fēr sóer
sócheniuil cen-ón cen-áinim nádip rúbecc nádip rómār béd
a-sómmae... fēr ōin-sétche dunnarrúcthae áct oen-túistiu.
Frisgárt Dúbthach ni-fétor-sa dim-múintir áct Fiacc-Find
di-Láignib duchóoid húaimse hi-tíre Cónnacht. Amal-
immindraítset conácatar Fiacc-Find cúccu. Asbért Dúbthach
fri-Pátricc : « Táir dúm-bérradsa, áir fumrése in-fér dumm-
imdīdnaad..., áir is-mār a-góire. » (Book of Armagh, *Goidelica*[2], p. 86.)

Si on analyse ce morceau, on trouve environ :
Iambes, 8 ; anapestes, 2 (?) ;
Trochées ($\_\cup$), 16 ; dactyles ($\_\cup\cup$), 3 ; type à initiale atone et chute trochaïque ($\cup\_\cup$, $\cup\cup\_\cup$, $\cup\_\cup\cup$), de
20 à 22.

MOYEN-IRLANDAIS (*Acallam na Senórach*, 1-10, Book of
Lismore).

'Ar-tábhuirtt chátha chómuir ocus-chátha Gábra ocus-
chátha Ollurbha, ocus 'ar-ńdīthugud na-Féindi, ro-scáilset
iar-sin ina-ndróngaibh ocus-ina-mbúidhnibh fo-Eirinn, co-
nār-mbáir re-hámm na-húaire-sin díbh ácht madh-dá óclach
máithe do-déreadh na-Féindi -i- Oisín mác Find ocus-Cáilti
mác-Crúndchon mhíc Rónāin ar-scíth a-lúith ocus-a-lámhaigh

_____

(1) M. Whitley Stokes n'est pas sûr de l'accentuation de *idōn*,
non plus que de celle de *act* et *air* qui, dit-il, ont pu être atones.

dā-náonmar óclach máraon (ou maráon?) ríu, ocus-táncatar
in-dá náonmar láoch-sin a-hímlibh Sléibhe Fúait fóndsco-
thaigh fóithremail co-Lúghbhartaibh Bána amách rísa n-ábar
Lúghbudh isin-tán-so, ocus-dobhádar co-dúbach dómhenm-
nach ánn re-fúinedh néll nóna in-óidhchi-sin.

En comptant les *pieds* on arrive approximativement à :

Iambes (◡⊥), 5 ; anapestes (◡◡⊥), 2.

Trochées (⊥◡), 16 ; dactyles (⊥◡◡, une fois ⊥◡◡◡),
4 ; unité d'expression à initiale atone et chute
trochaïque (◡⊥◡, ◡◡⊥◡, ◡⊥◡◡), de 21 à 24.

IRLANDAIS MODERNE (*Dialecte de Connaught*, Galway).
(*Revue Celtique*, t. XIV, p. 120.)

Chúaidh (1) Cúchulainn go-hálbainn go-bhfágbadh-sē a-
mhúnadh o-bheána-draóidhechta. Le-dúl go-hálbainn dó,
tháinic-sē aig-beána-mhúinte. D'fhán-sē (a)n-óiread-so
áimsire nó-go-bhfúair-sē fíos air-a-gnóthaibh. In-san-ám
a-bhfúair-sē fóghluim a-gnótha o'n-mbeána-dráoidhechta
ghlác-sē grádh dhó. Ghéill-sē go-bpósfadh-sē í. Thúg-sē-dho
a-thóil a uirre an-úair ghéill-sē i-phósadh. Thúg-sī dhó
búaileadh ·luas nach-raibh-gáisgidheach air-bith (io)nann-
a-chósainte. Núair-a-fùair-sē fhéin 'na-mháighistir air-an-
mbùaileadh-luas, dúbhairt-sē go-ráibh-sē in-ám aige dhúl
a-bháile go-hEírinn.

M. Dottin me fait remarquer une particularité
des plus frappantes dans ce morceau. L'unité
grammaticale *o-bheána-draóidhechta* (sorcière,
femme de sorcellerie), *aig-beána-mhuinte*, *o'n-*

(1) *Do* qui précédait n'est plus prononcé (*do-chúaidh*).

m-beána-draóidhechta, contient le mot *bean*, femme ; pour éviter le choc de deux syllabes accentuées dans le composé, entraîné par le rythme naturel de la langue, le narrateur a ajouté un *a* (analogue à l'*e* féminin français) à *bean*, *a* qui n'a rien d'étymologique et est purement euphonique.

Comme types de poésie indigène, je choisis non les hymnes, pour des raisons que j'exposerai plus bas, mais certaines poésies des récits épiques qui me paraissent se rapprocher davantage du type brittonique indigène décrit plus haut.

Serglige Conculaind (*Irische Texte*, p. 211) :

9   Fóchen Lábraid |! lúath-lam ar-claídeb
10 Cómarbae-búidne || snéde-slégaige
8   Sláidid-scíathu || scáilid-góu
9   Créchtnaigid-cúrpu || gónaid-soéru.
8   Sáigid-oírgniu || aíldiu-innáib
7   Mánraid-slúagu |! sréid-múine
9   Fóbartach-fían || fóchen Lábraid.

11 Fochen Labraid | lúath-lam | ar-claideb-augra
12 Urlam do-rath | rurtech do-chách | saigthech do-cath
13 Créchtach a-thóeb | cundail a-bríathar | brígach a-chert
12 Cartach a-flaith | laimtech adess | diglach a-gus
9   Tinbech la-eochu | Labraid Fochen.

9   Fochen Labraid || luath-lam ar-claidem
8   Láechdu ócaib || uállchu múrib
8   Mánraid-góssa || gníid-cáthu
8   Críathraid-ócu || tócbaid-lóbru
8   Táirnid tríunu || fóchen Lábraid.

Fled Bricrend (*Irische Texte*, p. 270) :

11 Am-éscid-sea | for-átha | for-ílatha
12 Co-ncht-ánfaid (1) | írgaile | re-n-ócaib úlad
8 Nichúir form-sa | rémthus rérig
7 Con-cléchtaim-se | cáirmteoracht
11 Re-n-arcaib | ré-n-erredaib | ri oencairptib
14 I n-dolgib | n-drobelaib || hi-cailtib | hi-cocrichaib
13 Nad-clechta | err-óencharpait || do-imluad | ar-mési.

Ibid., p. 276 :

7 Greit-ríg | senrechtaid-buáda
6 Barc-bodbae | bruth-brátha
6 Breó-digla | drech-curad
8 Cúinsiu-chórad | cride-n-dracon
9 Altfad m-brochbúada | fordundibni
8 In luchthond | lámderg Loegaire
12 Luth | la-fáebra | foltchip || tond | fri-talmain | tadbéim (2).

Ibid., p. 280 :

6 Dóit fri-dóit | leóit fri-leóit
10 Fúamain | fri-fuamain || gualaind | fri-gualaind
8 Bil | fri-bil || fonnad | fri-fonnad
8 Fid | fri-fid || carpat | fri-carpat
8 Dos-fíl uli | a-baíd-máthair.

8 Mná finna | fornochta | friu
9 Aurchíche | aurnochta | etrochta
9 Collín n-ingen | n-aurlam | n-imchomraic

(1) Le texte, dans ce vers, n'est pas sûr.
(2) Je coupe ici pour indiquer la symétrie d'un membre à l'autre.

8 Liss aurslocthi ‖ búirg | faenbela (1)
10 Dabcha | úar-uisci ‖ dérguda | indlithi.

Il serait facile de relever d'autres poésies où le
nombre des syllabes d'un vers à l'autre n'est pas
égal. Je laisse de côté le type de poésies analysé
par Windisch, *Revue Celtique*, V, et qui rappelle
le type des *sequences* latines. Un poème du *Toch-
marc Ferbe* est particulièrement instructif, non
au point de vue de l'inégalité dans le nombre des
syllabes, mais pour la très frappante coïncidence
de l'unité grammaticale et du membre. C'est d'autant plus frappant que les métriciens y voient un
vers de sept syllabes plus trois. Or, en réalité, le
vers est coupé en trois membres, deux de trois
syllabes et un de quatre (*Irische Texte,* dritte ser.
2 Heft, p. 470). La dix-neuvième syllabe rime avec
le mot le plus fortement accentué du membre de
trois précédent, mot monosyllabique finissant le
membre.

Deilm in-gaeth | granni in-grith ‖ bith robedb
Derb in-rád | rainfid in-fer | sleg tri-Gerg

Urchur-arad | tri-reing ríg | gním co-neim
Snigfid fuil | formna-fer (2) | sleg fri-sleig

Gesfid sciath | ria-m-bein bailc | a glaic gil
Beti cuirp | i-cossair-chairn | bat mairb fir

(1) Je ne coupe pas ici pour la prononciation, mais pour mon-
trer la symétrie d'un membre à l'autre.
(2) Une syllabe paraît manquer.

Bás meic-ríg | do-lágin ríg | biid-gnim gér
Ulach ard | (im) ma chorp cruaid | trúag in scél

Brisfid-Badb | bid-bríg-borb | tolg for-Meidb
Ilar-écht | ár for-slúag | truag in-deilm.

Les hymnes montrent l'isosyllabie et l'isostichie
dominant. En les scandant par groupe de sens et
de prononciation, il me semble qu'on arrive cependant à un rythme assez sensible :

Sẽn-Dé | don-fé | fordónte ‖ Macc-Máire | ron-féladar
For-a-[í]fóessam | dún innócht ‖ cia-tíasam | cain-témadar
Itir-fóss | no-útmaille ‖ itir-súide | no-sessam
Rúire-níme | fri-cech-tréss ‖ isséd | áttach | adéssam
Itge-Abeil | meic-Adaim ‖ hÉli hÉnoc | diar-cóbair
Ron sóerat | ar-diangalar ‖ secip-léth | fon-rh-bíth | fógair
Nóe-ocus-Abraham ‖ Isac | in-mácc ádamra
Immun-tísat | ar-tédmaim | nachan-táirle | ádamna !

(Goidel. ², p. 121.)

Pour le rôle de l'unité de prononciation, je ren-
voie à la transcription de l'hymne de Fiacc, faite
à ce point de vue par M. Whitley Stokes (Revue
Celtique, VI, p. 295). Les toniques sont séparés
des atones par une ou deux atones (1), très rarement par trois. En tenant compte de l'unité de
prononciation et de l'unité grammaticale, on explique facilement la rencontre de deux syllabes

_____

(1) La préoccupation de ne pas avoir trop d'atones entre les
toniques est manifeste en moyen-irlandais.

toniques qu'on trouve plusieurs fois dans cette hymne :

V. 31.   Do-*ríg áingil* fo-gniad.

En réalité, l'unité grammaticale comprend *do-ríg-áingel; aingil* a un accent secondaire :

V. 32.   Fóaid for-léicc lúim | ocus-cúilche flíuch ímbi.
Scandez : Fóaid for-léicc-lúim | ocus-cúilche-flíuch ímbi.

V. 35.   Ro-*chéss mór sáeth* il-léthu.
Scandez :   Ro-chéss mòr-sáeth il-léthu.

Il faut reconnaître cependant que le rythme des hymnes laisse fort à désirer. Ce n'est pas là qu'il faut chercher le rythme indigène.

Comme pour le gallois, il semble bien qu'il y ait à l'époque la plus ancienne que nous puissions atteindre par les textes, c'est-à-dire le neuvième siècle (1), deux courants : l'un indigène conservait trace d'une poésie rythmique fondée sur l'accent, avec la succession régulière d'unités de prononciation équivalentes en toniques, sinon en atones, de durée égale, où l'isosyllabie n'était pas rigoureusement nécessaire, où l'isostichie n'était pas exigée, mais où la similitude ou l'identité de structure était recherchée pour les lignes étroitement

---

(1) Sur cette question, voir Thurneysen, *Revue Celtique*, VI, p. 326 et suiv. M. Strachan a également démontré que l'*Amra Cholluim Chille* ne pourrait être antérieur au neuvième siècle.

unies; l'allitération et la rime étaient les moyens
de faire saillir les membres du vers et les mots
importants de chaque membre : la rime finale
manque parfois. L'autre courant se distingue par
la rigueur dans le nombre des syllabes, par la ré-
gularité de la rime finale, par de fréquentes irrégularités, parfois même par l'absence de rythme
en dehors des finales des vers. Ces finales sont la
grande préoccupation des métriciens, tandis que
dans la poésie que je considère comme indigène,
en irlandais comme en gallois, c'est en quelque
sorte secondaire : ce que le poète national veut
surtout c'est, tout en recherchant la symétrie et
l'équilibre dans la structure des membres, lier fortement les membres du vers et en faire saillir avec
force les mots principaux.

Dans ces vers :

Fochen Labraid ‖ lúath-làm ar-claideb,

la finale n'a aucune espèce d'importance; elle ne
rime même pas avec le vers suivant; rimerait-elle
d'ailleurs que ce serait un pur ornement ou simplement un moyen de lier d'une certaine façon
deux vers qui se suivent.

De même dans :

Sláidid | sciathu ‖ scáilid | góu,

ce que le poète a recherché, c'est la symétrie et

III.   17

l'équilibre dans toutes les parties du vers, qu'il a
pris soin de souligner par l'assonance interne;
c'est aussi d'unir et de faire ressortir les mots importants par l'allitération.

Que l'on prenne, au contraire, les hymnes; le
point capital pour le poète, c'est d'avoir le même
nombre de syllabes dans les deux membres de la
grande ligne, et la rime entre les finales de ces
lignes ou entre les finales des deux membres :
nombre égal de syllabes finales avec rime accentuée, tel est l'essentiel dans le vers des hymnes.
L'allitération pouvait en être absente, et, de fait,
l'est souvent, sans que la nature du vers fût
altérée.

Thurneysen a sûrement raison quand il fait ve-
nir la métrique irlandaise, telle qu'elle apparaît
dans son type de beaucoup le plus répandu, la
longue ligne de deux membres de sept syllabes,
de la poésie rythmique latine populaire. Le point
de départ pour lui est le tétramètre trochaïque catalectique populaire, fondé non sur la quantité des
syllabes, mais sur leur nombre et l'accentuation :

Caesar Gallias subégit || Nicomedes Cáesarem
Ecce Caesar nunc triúmphat || qui subegit Gállias
Nicomedes non triúmphat || qui subegit Caésarem.

Cf. hymne de Secundinus :

Audite omnes amántes || deum sancta mérita.

Ce type originaire aurait subi deux modifications principales :

1° Les deux longues lignes sont liées par la rime qui d'abord est trisyllabique.

Hymne de Cuchuimnei :

> Cantemus in omni die ‖ concinentes rárie
> Conclamantes Deo dignum | ymnum sanctae Máriae.

Le grand *seadna* en est la reproduction très exacte.

2° Le nombre des syllabes des deux membres devient égal par la chute de la syllabe non accentuée devant la césure.

Le schema primitif :

$$\text{—} \text{—} \text{—} \text{—} \text{—} \acute{\text{—}} \text{—} \| \text{—} \text{—} \text{—} \text{—} \acute{\text{—}} \text{—} \text{—}$$

devient :

$$\text{—} \text{—} \text{—} \text{—} \acute{\text{—}} \| \text{—} \text{—} \text{—} \acute{\text{—}} \text{—} \text{—}$$

Ce vers ainsi modifié aurait encore subi d'autres modifications qui, en effet, peuvent servir à expliquer certaines espéces ou variétés de vers irlandais, mais qui pour la comparaison que nous faisons ne sont pas essentielles. L'important au point de vue brittonique est cette seconde modification. Elle explique en effet parfaitement le genre de la *cynghanedd lusg*, qui parti de la longue ligne de quatorze syllabes aurait envahi tous les vers brittoniques.

Il est fort possible que les Celtes aient eu un vers de sept syllabes, qui s'est confondu avec le type latin. En tout cas, c'est bien le type du tétramètre trochaïque catalectique latin modifié, avec son nombre exact de syllabes, avec sa loi d'accentuation des finales, qui est devenu le modèle du vers le plus répandu en Irlande, en Cornouailles insulaire, en Bretagne armoricaine, et qui a laissé en Galles un type très particulier et très caractérisé de mètre : celui de la *cynghanedd lusg* et, jusqu'à un certain point, celui du *cywydd deuair hirion*. La rigueur dans le nombre des syllabes, la préoccupation par-dessus tout de l'accentuation et du nombre des syllabes du mot final sont des traits sûrement étrangers à la métrique indigène. Il y a d'autres preuves irrécusables de l'origine latine de ces vers. La longue ligne de quatorze syllabes d'origine latine ou de contexture latine n'avait naturellement pas l'allitération; on s'est contenté de faire rimer les syllabes accentuées du mot final des deux membres. Or, tout justement le vers moyen-breton qui reproduit exactement le type latin est totalement dépourvu d'allitération. Il ne connaît que les deux rimes, primitivement finales, la rime de la césure principale avec la pénultième accentuée du mot final.

Le cornique, qui n'a guère que le vers de sept syllabes et la longue ligne de quatorze syllabes, n'a pas du tout de *cynghanedd*. L'allitération lui est inconnue. En gallois, le vers à *cynghanedd lusg*, l'équivalent exact du vers breton, se contente de la rime de la finale du premier membre avec la pénultième : il se passe, comme l'ont remarqué les métriciens, d'allitération. Enfin, le *cywydd odliaidd*, l'*englyn unodl cyrch*, c'est-à-dire les quatrains sortant des longues lignes de quatorze syllabes, se passent également de toute *cynghanedd* autre que la rime intérieure.

Il n'est pas jusqu'au *style* lyrique qui ne soit absent de ce dernier type. Le vers rythmique latin a tué complètement le vers indigène en breton-armoricain, en cornique ; il l'a profondément troublé en irlandais et en gallois. Le vers indigène, en gallois comme en irlandais, a jusqu'à un certain point pris sa revanche. Il a fait pénétrer une partie de ses procédés dans le vers d'origine latine, notamment l'allitération. D'ailleurs, il coexistait à côté de l'autre. Cet état de trouble est visible dans les plus anciens textes poétiques gallois et irlandais, textes dont les plus anciens ne paraissent pas remonter au delà du neuvième siècle.

L'accord du gallois et du breton-armoricain prouve que le vers du type latin a été emprunté très anciennement, sûrement pendant l'occupation romaine. Il est probable qu'il est venu aux Irlandais par les moines bretons. Pénétrés de culture latine par les cloîtres, les Irlandais ont continué à

subir, plus que les Gallois, l'influence de la poésie
latine. Le grand *seadna* est une copie, de l'époque
chrétienne, du tétramètre trochaïque catalectique
de la poésie rythmique latine. De là l'écrasante
prédominance de la longue ligne de quatorze syllabes. La prédilection pour les longues lignes est
probablement aussi un effet de l'influence latine :
elle est très marquée dans la poésie rythmique latine du sixième au onzième siècle (1).

L'influence de la culture latine suffit à expliquer
la prédominance du type de vers imité du latin.
Il est possible aussi qu'il y ait eu d'autres causes.
L'accent, en gallois, avait sûrement subi une évolution qui a pu troubler la versification. Il est sûr
qu'en Irlande aussi l'accent avait perdu de son
énergie et que la poésie indigène tendait, en
somme, au vers à nombre fixe de syllabes.

Quoi qu'il en soit, la langue se pliait mal à la
cadence de la poésie rythmique latine, pour des
raisons indiquées plus haut. Aussi le rythme est-il
assez souvent troublé. Ainsi s'explique aussi vraisemblablement le fait relevé par Wilhelm Meyer
que les Irlandais qui ont cultivé dans leurs poésies latines la rime avec tant de succès pèchent
très souvent contre les lois essentielles du rythme
latin.

On s'explique facilement que les termes communs entre les deux métriques ne soient pas nom-

(1) W. Meyer, *Ludus*, p. 49.

breux. J'ai signalé plus haut l'emploi frappant en
gallois de *gair*, en irlandais de *bricht*. *Bann* paraît équivalent à *ard*, dans le sens d'assonance,
dans le *tribann* (trois assonances) et la *cyhydedd
nawbann?* Le mot *casbhairdne* paraît être le même
que le gallois *posferddein* (chez Taliesin *posber-
dein*), quoique la voyelle du premier terme soit
différente (1). En irlandais, *casbhairdne* désigne
un genre de mètre; en gallois, il en a sans doute
été de même, mais le mot paraît avoir évolué.

(1) Il est possible qu'il y ait eu étymologie populaire, d'après
des mots comme *pos-iar*, grosse poule.

CONCLUSION.

Comme il était naturel dans des langues à accent très intensif comme les langues celtiques (1); il a existé chez les Gaëls comme chez les Bretons, une poésie fondée, non sur le nombre des syllabes, mais sur l'accent : il y avait dans chaque vers, parmi des syllabes non accentuées ou faiblement accentuées, un nombre impossible aujourd'hui à fixer de syllabes à accent particulièrement fort. Les syllabes atones pouvaient ne pas compter. Certaines équivalences étaient admises entre longues et brèves. Il y avait toujours dans le vers deux mots allitérants, un dans chaque membre. Ces mots étaient les plus saillants. Le pied était,

(1) L'accent, en goidélique, a été, à en juger par ses effets, plus intensif qu'en vieux-haut-allemand même. Il a eu des effets moins palpables en brittonique, où son histoire est plus compliquée. Mais aujourd'hui encore, dans la plus grande partie de la Bretagne, l'accent est très énergique ; il en était de même en cornique. En gallois, il est moins intensif. En breton, l'accent est un accent d'intensité et de hauteur. Il me paraît qu'il en est de même en gallois.

en quelque sorte, l'unité de prononciation. L'unité de prononciation et l'unité grammaticale, qui souvent se confondent, jouaient un grand rôle dans les coupes du vers.

En gallois, dans le vers *simple* (5, 6, 7, 8 (1) syllabes), ces unités déterminent les divisions des vers ; c'est particulièrement frappant dans les vers de sept, huit, neuf, dix, douze syllabes divisés en trois membres.

Ce que le poète recherchait surtout, c'était l'équilibre entre les membres du vers, et une union intime entre les syllabes les plus saillantes au point de vue du sens : lier les membres du vers en faisant ressortir les syllabes des deux mots les plus importants, était le rôle de l'allitération (2).

Le vers ne reposant pas sur le nombre des syllabes, il n'y avait pas d'isosyllabie d'un vers à l'autre ou d'un groupe à l'autre, mais identité au point de vue du nombre des syllabes fortement accentuées, et similitude de coupe et de rythme entre les vers intimement unis.

Le vers était généralement à deux membres. Il

(1) Ces divisions, lorsque le nombre des syllabes est devenu fixe, ont fini par se régulariser; les coupes sont devenues obligatoires à certaines places dans certains types, mais l'action des unités est néanmoins à toute époque visible.

(2) Les ressemblances entre ce système et celui de la métrique germanique sont saisissantes; bien des points restent, il est vrai, à approfondir.

pouvait arriver qu'il fût porté à trois membres, on pourrait dire à trois *ictus*.

Un autre genre de poésie rythmique a pénétré en Grande-Bretagne avec les Romains. Cette poésie rythmique était fondée sur le nombre des syllabes et la succession régulière des syllabes accentuées et atones, les syllabes accentuées coïncidant généralement avec les temps forts du vers. Parmi les mètres apportés par eux, le tétra-mètre trochaïque catalectique (8 + 7 syllabes avec le schema :

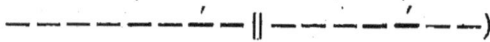

a joué un rôle prépondérant. Il a donné, en brit-tonique, le type ou la contexture de la longue ligne de quatorze syllabes, avec le schema :

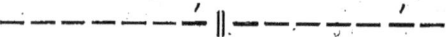

En gallois, c'est le type du *cywydd deuair hi-rion;* du *cywydd odliaidd;* de l'*englyn unodl cyrch*. Ce type a pénétré un moment dans *tous* les vers gallois (*cynghanedd lusg*). Il est carac-térisé par le nombre fixe des syllabes et la rime de la finale du premier membre ou vers avec la pénultième du deuxième vers ou longue ligne. Ce type est celui sur lequel ont été faits *tous* les vers en moyen-breton. Il conserve de son ori-gine le principe du nombre fixe de syllabes, la rime finale à des places déterminées et primiti-

vement frappant toujours des syllabes accentuées.
De finale, en gallois comme en irlandais, la rime
est devenue interne. Comme il y avait d'abord
deux rimes, une à chaque finale, la loi a été qu'il
fallait deux rimes internes. Le *cywydd deuair
hirion* du gallois ne peut se séparer du type à
cynghanedd lusg. En cornique, les lois d'accentuation sont oblitérées, mais c'est le type de la
longue ligne de quatorze syllabes qui a fourni à
peu près tous les mètres du cornique.

En irlandais, c'est également le tétramètre trochaïque catalectique latin qui a été l'origine des
formes métriques de beaucoup les plus usitées.

En gallois comme en irlandais, l'ancienne versification existait. Elle était particulièrement vivace
en gallois. Dans les plus vieux poèmes, il reste
des traces évidentes de l'époque où le nombre des
syllabes n'était pas fixe. La finale du vers et le
soin de la rime ne préoccupaient pas exclusivement
les poètes. Ce sont les mêmes principes que dans
l'ancienne poésie indigène. Le style même est
différent dans les deux poésies. Mais vers le neu-
vième-dixième siècle, en tout cas au onzième, il
est clair que les deux métriques sont d'accord sur
un point important : le nombre fixe de syllabes
dans le vers. C'est frappant dans les vers à trois
membres (9, 12 syllabes) : l'équilibre exact que recherchait la poésie indigène entre les membres ne
pouvait plus être atteint que par l'égalité dans le
nombre des syllabes. Les deux langues ont dû ar-

river à ce point par suite d'un affaissement dans
l'intensité de l'accent. Dès lors, les deux métriques
se sont facilement fondues, quoiqu'il reste des
traces évidentes d'origine latine dans le vers gallois
à *cynghanedd lusg* et dans le *cywydd odliaidd*
et l'*englyn unodl cyrch*. Auparavant déjà, le procédé d'allitération avait pénétré dans le vers d'origine latine, mais il n'y était pas nécessaire. Un
certain nombre de vers n'ont que la rime, parfois
même la rime finale. Il semble qu'il y ait eu une
sorte d'incertitude et d'hésitation chez les poètes.
Au douzième siècle, en Galles, la métrique se
raffermit. Les poètes emploient la rime interne,
mais unissent la fin du vers au membre rimant par
l'allitération. Le vers à allitération exige toujours
deux mots allitérants, qui sont toujours deux mots
saillants : l'allitération frappe, en général, la syllabe initiale à accent principal et quelquefois à
fort accent secondaire.

Parmi les vers, les vers de cinq, six, sept, huit
syllabes constituent des vers *simples*. Les vers de
neuf et dix syllabes, onze, douze, treize, quatorze,
seize, dix-neuf syllabes, en gallois, sont des vers
composés, des longues lignes. Dans les longues
lignes, les césures sont à place déterminée. La
prédilection pour les longues lignes est probablement, en partie au moins, due à l'influence latine.
La longue ligne de quatorze syllabes (et celle de
quinze en irlandais) est ou empruntée directement
ou refaite sur un modèle latin, le tétramètre tro-

chaïque catalectique latin populaire. Le vers de douze syllabes à trois membres de quatre syllabes paraît identique au *versus spondiacus tripartitus;* mais la coupe en trois membres symétriques se retrouve dans les vers de sept, huit, neuf, dix syllabes et paraît indigène : elle repose sur l'unité d'expression ou l'unité grammaticale. Il semble que le vers de douze syllabes à trois membres de quatre syllabes soit le vers de huit à deux membres égaux plus un membre de quatre, de même que la longue ligne dite *hupunt hir* ou *hwyaf* est le vers de douze à trois membres plus un membre de quatre syllabes.

Les strophes sont sorties des longues lignes, à l'exception du triplet. L'*Englyn unodl unsain* gallois est constitué par deux longues lignes, l'une généralement de seize syllabes et l'autre de quatorze. Sa formation indique l'existence du quatrain, si commun en irlandais, et dont il y a d'ailleurs de nombreux échantillons en gallois. Le triplet de vers de sept syllabes n'est peut-être que la longue ligne de deux membres de sept augmentée d'un troisième membre. Le triplet à membres inégaux a pu débuter par le tétramètre trochaïque catalectique (8 + 7) augmenté d'un membre de sept syllabes. Il est fort probable que la forme du triplet et celle du quatrain sont indigènes.

APPENDICE

La métrique irlandaise d'O'Molloy.

La grammaire irlandaise d'O'Molloy étant aujour-
d'hui fort rare, je crois rendre service à bon nombre de
celtistes et compléter utilement ce volume en trans-
crivant ici la partie consacrée à la métrique irlandaise :

(P. 142)   CAP. XIV (1).

DE PROSODIA ET CARMINUM GENERIBUS.

Hucusque Grammaticum utcumque egimus : Lite-

---

(1) Grammatica latino hibernica, Nunc compendiata, avthore
Rev. P. Fr. Francisco O Molloy Ord. Min. Strict. Obseruantiae
in Collegio S. Isidori S. Theol. Professore Primario, Lectore
Iubilato, Et Prouinciae Hiuerniae in Curia Romana Agente
Generali.
   Romae, ex Typographia S. Cong. de Propag. Fide MDCLXXVII.
   In-12, 8 pages non numérotées, 286 pages numérotées. (Exem-
plaire appartenant à M. d'Arbois de Jubainville.)

ras, Syllabas, Orthographiam, Pronunciationem, De-
clinationes, Conjugationesque insinuauimus (p. 143),
necnon & Orationis partes. Animus erat Rhetoricam
praemittere Poësi. Poëta enim Laurea dignus, ex prosâ
seù soluta Oratione ligatam faciens, suos eleganter
concinnat versus, & vix aliter : Verùm non dabatur
tempus, alio quippè & alio distrahebar, corpore infir-
mus properante ad occasum. Solam igitur dabo Prosodiam veterum regulis, et observationibus refertam.

Prosodiam hic usurpo pro Methodo quadam, seù arte
construendi Carmina. Carmen autem Oratio est, stric-
tiori pedum, seu syllabarum lege rite coërcita; orna-
tissimum dicendi genus. Carmen apud Hibernos est
triplex, scilicet metrum, vulgò *dan direach*, et *bruilin-
gcacht* (p. 144), et *oglachas*, de quibus infra. Maxime
autem de Metro, omnium quae unquam vidi, vel audiui ausim dicere, quae sub sole reperiuntur, difficil-
limo; quo nimirùm benè semel cognito, nulla in reliquis cognoscendis supererit difficultas.

Carmen hoc vt euadat metrum, Hibernis *dan direach*,
vel *rann direach* septem necessariò expostulat : certum
scilicet syllabarum numerum, quartorum numerum,
concordiam, correspondentiam, extrema, seù terminos,
unionem, et caput; quae vulgo dicuntur *nuimhir cheath-
romhan, cinteacht shiolladh in gach ceathromhain, uaim,
comhardadh, rinn agus airdrinn* (p. 145), *uaitne, agus
ceann*. His octauum addi possit, non quòd semper sit
necessarium, sed quòd frequenter admittatur, vulgò
urlann, de quo suo dicemus loco.

Genera metrorum praecipua (ut omittam minus
principalia, vulgò *coiraisde*, seu *foaisde*, quae varia
sunt) et principaliora, ac nunc magis in usu, apud Hi-

bernos sunt quinque, vocanturque *dhebhidhe*, *seadna*, *rannuigheacht bheag*, *rannuigheacht mhor*, et *casbhairn*.

Aduerte autem ex necessariis septem supra numeratis, quatuor priora scilicet numerum quartorum, numerum syllabarum, concordiam, et correspondentiam, hoc est *nuimhir cheathro*(p. 146)*mhan*, *nuimhir shiolladh in gach ceathromhain*, *uaim*, *comhardadh*, requiri indispensabiliter ad quodcumque metrum, cuiuscunque fuerit generis : Verùm non sic de tribus vltimis necessariis ibidem numeratis : quia requiruntur necessariò non ad omne genus, sed ad quaedam genera. Sic maius, et minus extremum requiruntur ad genus, vulgò *deibhidhe*, praecisè, et indispensabiliter; Vnio verò non nisi ad *rannuigheacht mhor*, et *casbhairn ; ceann* autem ad *rannuigheacht bheag*, et *seadna* solummodò.

(P. 147) ### CAP. XV.

DE QUARTIS, ET SYLLABIS.

Metrum completè sumptum, vulgò *rann*, seù *rann iomlan*, construitur ex duobus semimetris. Quartum vocatur in metro sermo constans pluribus dictionibus coadunatis constantibus determinatum syllabarum numerum. Appellatur quartum, quia est quarta pars metri completi, tametsi sit unica pars ex duabus quibus conflatur semimetrum. Poëma vulgò *dan*, multis constat metris, et tot quot voluerit Author; aliis *duain*. Quando ex duobus semimetris, vulgò *leathrann*, integratur metrum, primum semimetrum Hi-(p. 148)bernis nuncupatur *scoladh*; secundum verò *comhad*. Quodlibet metrorum apud Hibernos in poëmate debet secundum se perfectum claudere sensum, et orationem sine dependentia ab altero. Imò primùm semimetrum independenter à secundo perfectum generat sensum : nihilominus quando ex duobus, vt suprà, conflatur metrum, sese inuicem respiciunt, et eorum sensus mutuò referuntur ad idem propositum. In componendis autem metris benè incipitur primò à secundo semimetro, vulgò *comhad ;* ut cum pleno sensu, et neruo grauiùs, et gratiosiùs fieri possit primum semimetrum, eique quadrare ; longè quippè difficiliùs fit *comhad*, quàm *seo*-(p.149) *ladh*, vt patebit infrà.

Numerus syllabarum, vulgò *tomhas*, vel *cinteacht shiolladh* est quodlibet metri quartum constare septem syllabis, non pluribus, sine eo quòd aliqua elidatur, neque paucioribus, ut *iomdha sgeul maith ar Mhuire*. Excipe tamen metrum generis nuncupati *seadna;* in cuius primi, et secundi semimetri quarto requiruntur octo syllabae, vt *mairg fheuchas ar inis cheitlionn*. Dixi, sine eo quòd aliqua elidatur, seù mergatur, vt dictum est de mersione, vulgò *bathadh :* quoties enim ex duabus syllabis pronunciari debet, et fieri unica, vt interueniat haec elisio, requiritur quòd aliqua (p. 150) vocula finiat in vocalem, vulgò *comhardaigh*. Debet insuper interuenire aduerbium, vulgò *iarmbeurla*, incipiens cum vocali, et sequens immediatè ad praefatam voculam, ut finalis voculae vocalis, et initiatiua aduerbii inuicem elidant, ita vt vnica efferatur syllaba ordinariè breuis, vt *anaidh re rogha a Ri nmhairr ;* etenim *a* in *rogha* per *a* subsequens aduerbiale eliditur. Item, *an taga gearr as i as fearr*, vbi in *scansione* ex *a* breui in *rogha*, et *a* aduerbiali sequenti sit una syllaba. Item ex *i* et *a* in *as* vnica sit syllaba. Verùm quando finalis vocalis voculae, vt dixi, corresponsalis est breuis, initiatiua verò subsequen-(p. 151)tis aduerbii est longa, tunc potest ibi indifferenter fieri, vel non fieri mersio iuxtà exigentiam quarti, vt videre est in *fuaras bogha o Bhrian bhuide;* vbi ad seruandas septem dumtaxat syllabas illaesas integrè, ex *a* breui in *bogha*, et *o* subsequenti nulla fit elisio, omittitur autem elisio ne desit syllaba, aliàs tamen meliùs elideretur, tametsi excusetur elisio aliter facienda, vt dixi, certâ quâdam licentiâ. Dixi meliùs, quia altera vocalium est breuis, altera longa; vnde cum utraque quandoque est breuis nulla sit elisio, vt patet respectiuè ad *a* in *fa*, et *i* in *iargno*, vt hic *a taim fa iargno on eacht*.

(P. 152) CAP. XVI.

DE CONCORDIA.

Concordia, vulgò *uaim*, duas expostulat voculas, quarum neutra sit aduerbium, vulgò *iarmbeurla* in omni quarto huiusmodi metri, vulgò *rann direach*, quae voculae debeant indispensabiliter incipere, vel ab aliqua vocali, hinc inde eiusdem vel diuersae speciei, vel ab eadem omninò consona, vt

> *Iomdha sgeul maith, ar mhuire.*
> *Fa moltar a miorbhuile.*

Do gheìb ar an oìg nìoduin.
Sgel as coir do creidìomain.

In primo enim quarto concordant *maith*, et *mhuire*, utpote incipientia (p. 153) ab *m*, similiter *moltar*, et
miorbhuile incipientia ab *m*, concordant in secundo
quarto : in tertio autem *oigh*, et *iodhuin* propter *o* et *i*
vocales initiatiuas, nec obest *n* in *niodhuin*, quia non
est litera propria, seù possessiua istius voculae, sed
accidentaria et aduentitia, ad quam non debet attendi,
sed ad sequentem huiusmodi aduentitiam, qualis ibidem est *i*. Similiter concordant in quarto, seù vltimo
quarto dicti metri *coir*, et *chreidiomhain* propter initiatiuas, nempè *c* utrinque repertam.

Haec autem concordia est duplex ; propria scilicet, et
similitudinaria, vulgò *fioruaim*, et *uaim ghnuise*. Propria dicitur (p. 154) illa, qua duae vltimae voculae
alicuius quarti concordant modo iam dicto. Similitudinaria autem, qua duae uoculae alicuius quarti concordant quidem, etsi non sint vltimae ipsius dictiones.
Exemplum habes concordiae propriae in singulis quartorum allati iam metri. Exemplum autem similitudinariae accipe. *Dfior cogaidh comhaillther sioicain*, similitudinariae enim modo iam explicato concordant *cogaid*
et *comhaillther* incipientes, esto non sint ultimae dictiones quarti, imò vt sic concordent hac concordantia
necessum est non sint ultimae.

Aduerte autem quòd aduerbium nunquam facit concordiam, nec ipsum impedit. Similiter neque correspondentiam facit, (p. 155) de qua infrà, neque impedit,
neque maius extremum, neque minus, neque vnionem,
de quibus infrà, unquam constituit.

Concordia, quae dicitur propria, seruire potest loco similitudinariae, et viceuersa in omni quarto, praeter tertium, et vltimum secundi semimetri quartum, qualia semper, et indispensabiliter propriam requirunt concordiam, sine qua nunquam sufficit similitudinaria, quae multoties sufficit in primo semimetro. Non requiritur praeterea aduerbium tametsi toleretur, iacere ante voculas similitudinariae concordes in quarto, vt videre est in hoc; *do chosnas comhadh nar mhaith*, vbi aduerbium *do* toleratur, nec similitudinariam impedit concordiam inter subse(p. 156)quentes voculas; Poëtae tamen despicientes huiusmodi similitudinariam aduerbio postpositam, vocant asperam, vulgò *uaim gharbh* vel *gnuis gharbh*. Tu autem hanc euites velut ingratam, sed vt euitare queas, sequentes tibi praescribuntur regulae : Primò, vt ultima quarti vocula sit Nominatiuus verbo, vt *dfior cogaidh comhaillther fiothchain;* Secundò, vel vt uerbum finiat subsequenter ad Nominatiuum, vt *an cogadh ceart bhuadhaigheas;* Tertiò, vel vt adiectiuum finiat post substantiuum, vt *gabham chugam conradh maith;* Quartò, vel vt substantiuum ad adiectiuum finiat, vt *ni fear* (p. 157) *misi as maith conradh;* Quintò, vel vt substantiuum, quod in Genitiuo regitur ab alio substantiuo finiat, vt *ni cothrom cogaidh bhambha;* Sextò, vel vt verbum actiuum finiat post Accusatiuum vt *as breaghdha an bheansoin loitim;* Septimò, vel vt substantiuum in Accusatiuo à verbo actiuo finiat post verbum, vt *ni beodha laoch loiteas mnaoi.*

Neque Eclipsis, nec aspiratiua *h*, neque nudatio, seù obtenebratio, vulgò *uirdhiugha*, de qua suprà, neque *seimhiughadh*, neque *lomadh* impedit hanc concordiam, nisi in sequentibus, quando scilicet litera *h* sequitur

immediatè ad *p*, et efficit vt (p. 158) efferatur instar *f*,
et sic litera *f* erit initialis alterius voculae concordantis
cum dictione incipiente a *ph*, vt videre est in hoc quarto
admhaim dhuit mo-phcacaidh fein.

Quoties autem *h* sequitur ad consonam *f* voculae initiatiuam, toties illa consona *f* non erit quae facit concordiam, sed prima litera subsequens ad *f*, sic aspira-
tam, seù mortificatam per *h*, vt *tagair leam a fhlaith
eirne*, vbi *l* in *leam* et *l* in *fhlaith* faciunt concordiam
similitudinariam nulla habita ratione istius *fh*. Item
tagair leam a fhlaith life vbi *l* in *fhlaith*, et *l* in *life*
propriam faciunt concordiam.

(P. 159) Litera *s* initialis nunquam concordat nisi
cum alia *s*, et tali qualis ipsa, seù qualiter ipsa affici-
tur, adeòque *s* non concordat cum *sb*, neque cum *sc*,
neque cum *sd*, neque cum *sg*, sed *s* simplex requirit *s*
simplex (*sic*); similiter *sb* postulat *sb*, et sic de aliis vt
interveniat concordia. Pariformiter non concordat cum
ts ante particulam *an*, sed *ts*, vt concordat requirit aliud
ts, quale postulat articulus *an*, vt alibi diximus, exemplo
de *an tsuil*, *an tslighe*, etc.

Vidimus alibi consonantes molles numero tres, vide-
licet *c*, *p*, *t*; item duras nempè *b*, *g*, *d*, item asperas, scilicet *ch*, *th*, *f*; (p. 160) item quinque fortes vt *ll*, *nn*, *rr*, *m*,
ng; item septem leues, vt *dh*, *gh*, *bh*, *mh*, *r*, *l*, *n*. Poëtae
autem docent de qualibet harum classe, seruato iam or-
dine, consonas prioris classis nobiliores esse, seù maioris potestatis, consonis quibuscunque subsequentium
classium : Et dicunt consonam *s* principem esse omnium
consonarum, seù reginam ; post vero ipsam aiunt tres
molles praecellere aliis subsequentibus omnibus omnium classium, similiter duras excellere asperas, et

fortes praecellere leuibus omnium, vtpotè ignobilissi-
mis, et debilissimis.

Nota tamen, quòd *m* rarò nisi in fine voculae sit longa,
vt in *tam mam;* imò rarò hoc ipso effertur longè, quia
consonae fortes (p. 161), maximè finales, sunt mediae
quantitatis in pronunciatione, mediae, inquam, vt suprà, inter longam et breuem. Reuoca in mentem, quod
suprà docuimus de quantitate syllabae, vulgò *sine* quam
dixi triplicem, nempè longam, breuem, et mediam, vulgò
fada, gearr, et *meadhonach ;* hinc longa linea ponitur
suprà *bás, rós,* etc. sine qua forent breues, vt *bas, ros,*
bos, supra quae nulla apponitur linea designans quantitatem longam, vel mediam; Verùm media quantitas
denotata per lineam non adeò longam super impositam
medio quodam tractu effertur, non sicut longa vel breuis, sed breuiùs quàm longa, et longiùs quàm breuis, vt
cáint, géall dónn (p. 162) *seáng,* de quibus adhuc redibit
sermo.

CAP. XVII.

DE CORRESPONDENTIA, ET EXTREMIS.

Correspondentia, vulgò *comharda,* duplex est, altera
sana, vulgò *slan;* altera fracta, vulgò *briste.* Sana consistit in conuenientia duarum vocularum, in numero
syllabarum, et quantitate vocalium, et immixtione consonarum consimilium, seù eiusdem classis, aut defen-
dentium sese ipsa iuxtà ordinem syllabarum; praeterquam quòd initiatiua consona non necessariò debeat

sic correspondere (p. 163) cum vlla initiatiua alterius
voculae, nisi quando plures consonae quàm duae simul
confluunt in initio; tunc enim perindè est, quae illarum
correspondeat alteri in altera vocula, quia sufficiet si
altera aliqua maximè subsequentium sic correspondeat
alteri in altera vocula. Vnde quantum ad tres consonas
molles *c*, *p*, *t* correspondebunt cuicumque subsequenti
correspondentia etiam sana. Sic correspondent *roc, sop,
lot,* sunt enim monosyllabae eiusdem quantitatis vtpote
breuis, eiusdem in specie vocalis, eiusdemque classis
omninò consonae extrà initialem non excedentium duas,
quia omnes sunt molles, adeòque inter se correspondent. Sic correspondent *gad*, et *lag*, propter identitatem
(p. 164) vocalium, et quantitatis, et classis consonarum, cuius sunt *d*, et *g*. Similiter correspondent *deach-
mhoidh*, et *leathnoidh*, et *leanfoidh*, quia conueniunt in
numero syllabarum; item in quantitate, item in vocalibus, et consonis, extrà primam eiusdem classis v. g.
in *dh*, hinc inde in *ch*, *th*, et *f*. Similiter per omnia correspondent *barr*, et *gann*, et *ball*, et *am*, et *bang :* item
concordant *taobh*, *aodh*, *laogh*, *caomh*, *saor ;* item concordant *daol*, *faon*, *taom*, nulla habita ratione princi-
piantis consonae.

Aduerte ex consonis quasdam mutare suam potestatem
et naturam ob consortium aliarum, de quibus postea
redibit sermo.

(P. 165) Correspondentia fracta est duarum inter se
vocum conuenentia in numero syllabarum, et vocalium,
et quantitate, nulla habita ratione consonarum quoad
speciem, vel genus, vel classem, sed ut non constent
consonis ad sanam deseruientibus correspondentiam.
Huiusmodi autem correspondentia fracta tolerat, vt vo-

cularum sic correspondentium altera finiat in vocalem,
et altera in consonam : sic fractè correspondent *ba* et
blas ; item *cas,* et *tlacht ;* item *aoi,* et *aois ;* item *blaoisg,*
et *baois,* etc.

Termini, de quibus suprà, diuiduntur in maius extremum, et minus extremum, vulgò *rinn,* et *airdrinn.*
Suntque duae voculae, quarum una alteram vnica
(p. 166) tantùm excedit syllaba, inter se tamen conueniunt, vt dictum est de correspondentia in numero syllabarum etiam, excepta prima excedentis, nulla habita
ratione aliàs primae syllabae, qua posterior excedit
primam. Excedens autem vocatur maius extremum, et
est postrema vocula istius semimetri in quo admittitur.
Excessum verò, seu vox pauciorum syllabarum appel-
lata minus extremum, est vltima dictio primi quarti
cuiusque semimetri in quo admittitur, adeòque haec
vocatur *rinn,* illa verò *airdrinn ;* sit exemplum *glas,* et
sonas ; item *tachas,* et *cuartachadh ;* item *gabhaidh,* et
fuarabhair. Ex quibus voculae *glas,* tanquam minori
extremo (p. 167) benè conuenit *sonas,* tanquam maius
extremum quando ritè ponuntur in metro : et sic de
reliquis. Dixi autem in quo admittitur, quia vt suprà,
etsi admittatur in genere metri, vulgò *deibhidhe,* nequaquam similiter in reliquis quinque suprà numeratis.
Sit ergo exemplum huius metri in quo admittitur.

Oglac do bhi ag Muire mhoir.
Nach ttug eiteach na honoir.

Vocula enim *mhoir* est minus extremum ; vocula vero
honoir, est maius extremum ; similiter fieri debet in se-

cundo semimetro per omnia suo modo vt in sequenti
integro videri est metro :

> *Naoi coed is trifichidh feibh.*
> *Ag Rigead deilis abeit.*
> (P. 168)   *Soisir glic armta a ufhuinn.*
> *Coisir Chalbag mhic Conuill.*

Vel sic :

> *Geug oile nar tib o iroid.*
> *Barr uirre ni bh-fuarr aoncoid.*
> *Fal'foitnin nar claon le crioi.*
> *Ardchoilin saor a sinsior.*

Vnio, vulgò *uaithne* est duarum conuenentia vocularum inter se, sicut dictum est de correspondentia, praeterquam quòd non postulet vocales utrobique esse easdem, tametsi requirat vt haec interueniat inter subtilem
et subtilem, item inter largam et largam; sic enim et
non aliter vniuntur, vt videri est in *caol*, et *maol*, item
inter *saoghalta*, et *aondalta*, item inter *tig*, et (p. 169)
lig; syllaba enim larga nequit vniri subtili, vt *lig*, et *lag*.
Verùm si voculae non sint monosyllabae, sed polisylla-
bae, sufficiet eas conuenire in subtilitate, vel largitate
vlti marum syllabarum, vt *adhbha*, et *biodhbha*, item
inmhe, et *doimhne*, item *ormhaille*, et *seanroighe*. Si ta
men in omnibus conuenirent syllabis hinc inde, vtrobique largis et subtilibus, vel tantùm largis, vel tantum
subtilibus, eò foret meliùs, et gratiosiùs, et dulciùs.

Caput, vulgò *ceann*, appellatur monosyllaba vox, quam
semimetrum generis *seadna* requirit in vltimo loco pos-
tremi quarti, cuiusmodi sunt *ionn* in sequentis semimetri fine, et *bhfionn,*

(P. 170) *Oigre Chataoir cionn a cinid.*
Ionmuin linne giod é tonn.
Bratac aige na ccuig ccoiged.
Cathac oigfear utr na bfionn.

Urlann ea vocatur vocula in initio primi quarti alicuius
semimetri reperta; cui vt alia correspondeat, aut correspondentiam faciat non est necessum, neque vitium
si faciat : vnde si huiusmodi vocula nullatenus interueniat, eo longè maioris semimetrum est laudis, et vocatur inde ab Hibernis *laindeunamh*, quod sonat perfecta compositio, perfectam intellige antonomasticè
dictam.

Aliud adhuc requiritur in metro, et vocatur *Amus*,
inque hoc consistit vt vocales sint eiusdem soni, ita vt
vix non coincidat cum (p. 171) correspondentia fracta,
de qua superiùs; praeterquam quod *Amus* semper
et indispensabiliter in numero syllabarum postulat
aequalitatem, vt hic :

> *Mas daonnact dealbiar san dan.*
> *Mas dealb no laocract no lut.*
> *Do nos gac mic roimir Riog.*
> *Reic a gniom ni doiglid dun.*

Sunt qui pro *Amus* faciendo ponunt A ad correspondendum vocali E. Sed rarò : nec hos in hoc laudo, nec
imitandos puto, quia non benè consonant vt potè sub-
tilis cum larga, sed faciunt dissonantiam. *oi* in syllaba
breui facit *amus*, seù consonat cum *ai* similiter breui,
vt in *troith*, et *flaith;* consonant namque vtrinque
subtiliter et sonat *oi*, quod (p. 172) *ai.* Loco huiusmodi
amus, benè potest deseruire correspondentia.

CAP. XVIII.

DE METRO HIBERNIS *deibhidhe*.

Huius generis semimetrum requirit, vt primum eius quartum finiat in voculam quae sit minus extremum, vulgò *rinn*. Secundùm verò eiusdem semimetri quartum desinat in alteram voculam quae sit maius extremum.

Quodlibet quartum cuiusque semimetri postulat constare septem syllabis, non pluribus, nec paucioribus in scansione, vt ante dictum est, siuè interueniat elisio alicuius vocalis, siuè non.

(P. 173) Primum huius generis semimetrum, vulgò *seoladh*, vltrà minus, et maius extremum, et dictum in quartis syllabarum numerum, adhuc requirit in quolibet quartorum illam, de qua supra dixi, concordiam, vel propriam, vel similitudinariam, ita vt in vtroque quarto primi semimetri ad minus interueniat similitudinaria, elegantior autem foret propria, sed propria semper citrà licentiam requiritur in quartis secundi semimetri, scilicet inter vltimam quarti voculam, et aliam immediatè praecedentem, vel quasi immediate, et valdè vicinam.

Secundum verò semimetrum plùs adhuc exposcit, nempè vt nullum sit verbum, vel nomen in vltimo eius quarto praeter ma(p. 174)ius extremum cui non correspondeat aliud in anteriori eiusdem quarto; quia nullum debet esse in primo quarto huiusmodi secundi semimetri, vel verbum, vel nomen (si exceperis *urlann* et minus extremum) cui non correspondeat alterum in sequenti quarto eiusdem. Dixi nomen, vel verbum, quia inter haec et similes voculas non computantur aduerbia vel articuli, vt aliàs dixi. Sit exemplum.

> *Oglac do bi ag Muire moir.*
> *Nac ttug eiteac na honoir.*
> *Leis nar bail don uile ban.*
> *A main act Muire matar.*

Ubi insuper necessum est, vt concordiae vltimi semimetri sint propriae, et non similitudinariae. Declaro omnia : Vides si numeraueris (p. 175) quodlibet quartum septem constare syllabis, non ampliùs factâ scansione vt in primo quarto allati iam semimetri, in quo interuenit elisio inter *bhi*, et *ag : * vides praeterea minus extremum quod exceditur à maiori, et cum eadem quantitate, eiusdemque speciei syllabae contineatur in maiori extremo; nam sic *mhoir* comprehenditur in *honoir*. Vides praeterea qualiter in eodem quarto reperitur concordia etiam propria inter *muire*, et *mhoir*, utpotè concordantibus in initiatiua consona. Porrò vides qualiter finalis consona minoris extremi habet similiter finalem consonam maioris extremi, eiusdem secum classis, nempè consonam leuem, cuiusmodi (p. 176) est *r* utrobique. Item vides in secundo quarto prioris semimetri qualiter interueniat concordia inter *eiteach,* et *honoir,* quia incipiunt utrinque a vocali : nam ad *h* non attenditur, quia non est possessiua, sed accidentaria. Vides praeterea in primo quarto secundi semimetri concordiam esse inter *bhail,* et *uile : * incipiunt enim utrinque à vocalibus, nec officit *bh* in *bhail,* quia accidens est, et non possessiuum istius voculae. Rursus vides minus extremum eiusdem nempè *bhan* comprehendi in maiori subsequentis, nempè *mathar*, in

quibus conuenitur etiam in consonis finalibus, nempè
n et *r*, quae sunt leues eiusdem classis.

Adhuc vides *bhail* et *bhan* ha(p. 177)bere vnionem
vt suprà dictam, eamque insuper interuenire inter
muire, et *uile.* Item finalem consonam maioris et minoris extremi, nempè voculae *bhan* et *mathar* esse
eiusdem classis utpote utrinquè leuis. Caeterùm omnia
requisita ad hoc genus metri ibi reperies. Vt hic :

> *Tig na cheatrar uair oile.*
> *Tig na cuigear cladoire.*
> *Tig na dhis tig na auine.*
> *Tig aris na Ruruidhé.*

Item hic :

> *Glaine no cac ui mur triai.*
> *Laige a ttrach no Tirial.*
> *Subailce gan ceim ar cul.*
> *Trén re dubailce a deaclu.*

Latinè.

Nec te candidior Tyrel nec firmior extat :
(P.178) Cui comes ut virtus, nescia fama mori.

> *Buan do tionsgnam a cclar Cuinn.*
> *A Phaid tonmuin mic Eumuinn.*
> *Leat air silead méas as mó.*
> *Ni féas dod cinead claoclo.*

Latinè.

Cœpisti : stabis : nec declinaberis hilo :
Cor quia Patricii sors variare nequit.

Do ḟo raḋ me a sloinne siar.
Cionnas dioltar le talia.
An ḃlaitḃé mear gan meirge.
Bean an graimeir gaoiḋelge.

Latinè.

Proposui nuper ; num possit forte Thalia.
Grammatica agnomen flectere lege tuum.

(P. 179)   *Ag roiḋeargaḋ dongeig gil.*
Buḋ lear mḟreagraḋ on ingin.
Sḋo buḋ siiḃinn le mó a ḟos.
Aoiḃinn an glor dar geillios.

Latinè.

Cunctatur, dubitat, pallet, rubet, heasitat, alget :
Haec hilari tandem voce, Thalia (?) ; refert.

Mait ol si an forainm ḟal.
Sogairm naċ traoṫar Tirial.
Bu caraiḋ gan ḃeim go bás.
Gan malart é a naonċas.

Latinè.

Esse Tyrel dicas indeclinabile nomen :
Mutari nescit. Casibus ergo caret.

Sicut , et in omni alio metro huius generis obseruabis.

(P. 180) Difficile quidem factu apparet hoc metri genus, verum difficiliùs creditu quod superiùs allatum *naoi cced*, etc., etc. refert ; verissimum tamen, cuius ipse oculares vidi et audiui testes fide dignissimos : nempè quod Carolus Conalli filius Molloyorum Prin-

ceps, Auus Illustrissimi nunc viuentis, vastato Hiber-
niae Regno fame, flamma, ferro sub Elisabetha Regina
in summis annonae penuriis, inuitatos a se pro Christi
Natalitiis per dies duodecim tractauerit, nongentos
sexaginta homines in domo propria.

CAP. XIX.

DE METRI GENERE HIBERNIS *seudna*.

Seudnae genus requirit octo syllabas in primo quarto
utriusque semimetri; in relïquis verò septem non plures, nec pauciores in scansione, siuè elisio interueniat,
siuè non,

Porrò petit vt primum tùn primi, tùm secundi semimetri quartum vocabulum finale habeat duarum praecisè syllabarum; reliqua verò quarta finiant in voculam
vnius syllabae, vt *maighre geal fa eitibh eala, deitil re
bhfear ttreagha teid.* Item *Ri na ndut an Ri doroighne. Do
ni ur don choinnle chrion* (p. 182). Sunt aute *comhad* non
seoladh. id est secundū semimetrum non primum.

Vocula monosyllaba qua secundum finitur quartum,
ab Hibernis vocatur *braighe*, ante quam immediatè
praecedere debet alia vocula bisyllaba. Supportatur
tamen aliquando inter iacere inter ipsas *iarmbeurla*,
seù articulus aduerbialis, seù aduerbium, quale tunc
etiam vocatur *braighe*. Verum etsi supportetur repu-
tatur pro vitio in hoc rigorosi carminis genere: ut
hic:

Cuimnig go bfuil a Ri ad Rolla.
Fuil na ttri ecolla ar dochul.

Vbi inter *ecolla* et *chul* iacet aduerbium *ar;* dc *do*
enim nihil (p. 183) curatur quia non est aduerbium.
Nihilominus si huiusmodi aduerbiam (*sic*) eclipsatur,
seù elidilur, seù mergi contingat in monosyllabam,
tunc nullius vitii erit nota : vt hic :

Act iongnad ag fiora a bfomoir.
Ciod fa ttiobrad onoir daod.

Item :

Iomda file ga bfuil aige.
Ga fige a ttuig oide deoin.

Vbi aduerbium *do* eliditur per sequentem monosyllabam *aodh* in primo semimetro. Item per monosyllabam
eoin in secundo semimetro; vti aliàs diximus de mersione, vulgò *baladh.*

Huius seudnae quartum duas continebit voculas
ad minus, (p. 184) quarum neutra sit aduerbium, vel
articulus, earumque vna sit finalis, et altera in vi-
cinio et ambae coëant, vt suprà dixi Cap. praecedente,
ita vt ambae incipiant a vocali aliqua, vel certe ab
eadem in specie consonante, vt benè concordent, vt
dictum est Cap. 16. quo te remitto, vt *tri gartha as gnathach na dhunadh,* vbi *gartha* et *gnathach,* in primo quarto
primi semimetri concordant, seù conueniunt, extra voculam finalem in consona initiatiua *g,* quod sufficit ad
eius concordiam tametsi non requiratur, qui suffecisset
huiusmodi concordiam interuenire inter vltimam voculam, et aliam in anteriori, vt aliàs docuimus Cap. prae-

cedente, vbi aduerte *a* finalem (p. 185) in *gartha* per
a initiatiuam in *as* elidi, et ex vtraque fieri vnam
syllabam in scansione. Rursus hoc quartum finit in
dictionem *dhunadh*, vtpotè bisyllabam, adeòque hoc
quartum habet ex se omnia necessaria ad primam me-
dietatem primi semimetri. Nunc ergo eamus ad alteram
quae sic habet : *dunadh ard a nibhther corm*, in qua vides
septem syllabas, vltimam verò voculam esse monosyllabam, nec non concordiam dari inter *ard*, et *nibhther*,
eò quòd incipiant vtrinque ab *a* et *i* vocalibus : *n*
quippè in *nibhther* non est própria, vel possessiua, sed
accidentaria, et mèrè casualis, qualis non impedit,
neque deseruit ad concordiam, vt alibi dixi (p. 186)mus.
Nec aliud requiritur hic ad primum seudnae semimetrum. Transeamus modò ad primum secundi semimetri
quartum, quod sic habet : *gair na sted a ndail na*
ndeigfear.

Vbi obserua octo tantùm interuenire syllabas, et vltimam voculam esse bissyllabam, et concordiam reperire
inter *ndail*, et *ndeigfear* non propter *n* vtrobique repertam, quae nullius est pósitiua, vel propria, vtpotè vtrinque aduentitia, sed propter *d*, quae et initialis est, et
propriè positiua ambarum vocularum.

Rursùs obseruatur concordia in hoc quarto inter
vltimam voculam, et aliam anteriorem, quod semper
est necessum, sicuti etiam in vltimo quarto secundi
(p. 187) semimetri, vt alibi insinuauimus. Nunc perga-
mus ad vltimum huius semimetri, quod sic habet *gair*
thed is gair gheimheal ngorm, in quo vides septem tantùm dari syllabas, vltimam praetereà dictionem esse
monosyllabam omnino conuenientem in quantitate et
sono, imò et finali consona leui vltimae voculae mono-

syllabae primi semimetri, nempè *corm*. Quae enim
maior conuenientia quam illa reperta inter *corm* et
ngorm abstinendo ab identitate? Adhuc vides, ut requiritur, dari concordiam non similitudinariam, sed
propriam inter finalem voculam *ngorm,* et penulti-
mam *gheimheal*. Incipiunt enim à consona *g* tanquam
propria, et positiua vtriusque (p. 188) cùm *n* propria
non sit, sed aduentitia vltimae voculae. Praetereà vides
hic dari correspondentiam, vt requiri docuimus Cap. 16,
inter *ndail* primi quarti huius posterioris semimetri,
et *gair* secundi quarti eiusdem, nec non inter *ndeigfear*,
et *gheimheal*. Ita inter *sted*, et *thed* in iisdem. Et sic
omnia necessaria ad hoc genus metri iam enumerata
interueniunt. Genus ipsum etsi sit difficile est elegantis-
simum, cuius gratia annexum addo compositionem, Latinè etiam explicatam esto, nec cum tanta emphasi, nec
cùm aequali vel neruo, vel succo.

> Ablait na muad ; a plur Pluncett.
> A Iarlaid glormair finid Ghall.
> Dhaoib ar cuirid briagmar Brigde.
> (P. 189)   Mile bliagan stuille tall.

Latinè.

Flos Procerum; Fingalle Comes, Plunchette Pianeta ;
Mille tibi, post hoc, Brigida festa paret.

> Dhuit san Roim failtead is ficead.
> Aisdead dana luaidtear linn.
> A lam an ceirt nac fann feili.
> A lann an eic glegil finn.

Latinè.

Munificae, iustaeque manus, cantoris in urbe ;
Fraenator, Cygno candidoris Equi.

Da dtugad Dia duinn mar grasa.
Faicsin tagaid a colar cuirc.
Nir beag leann act sin mur saogal.
Dam sdom dream nir baogal bruid.

(P. 190) Latinè.

Te si fortè domi videam ; nihil ampliùs optem :
Nulla mihi restet poena ; nec ulla meis.

Sud oruib os iocdar mocda.
Slainte cillin cleibmo cuim.
Niars na mod saogalta site.
Aondalta sgol crice cuinn.

Latinè.

Deprecor ex toto, binam tibi corde salutem ;
Vbera cui Pallas ; Iupiter arma dedit.

CAP. XX.

DE METRO MAGNO ET PARVO, NEC NON *casbairn*.

Numeratis iam duobus metrorum generibus oportet
(p. 191) ad reliqua tria, vt praemisimus, passum facere,
quibus et primo generi commune est constare quatuor
quartis, et singulis horum similiter constare septem
tantum syllabis, vt dictum est, in quo et in aliis à
reliquis differt *seudna*.

Metrum itaque magnum, vulgò *rannoigheachd mhor*
vltrà septem syllabas in singulis quartorum necessariò

requirit finalem cuiusque quarti dictionem esse monosyllabam, hoc est unius tantùm syllabae. Praetereà necessum est interueniat vnio, de qua suprà inter finales
dictiones duas, primi nimirùm, et secundi semimetri
vltimas, quae vtique debent vniri, seù vnionem, vulgò
uaithne habere inter se, verùm (p. 192) non requiritur
vnionem interuenire inter reliqua extrema, tametsi
postuletur quòd interueniat inter duas voculas, quarum vna sit in primo quarto, altera in secundo primi
semimetri ; ex quibus prima vocula debet esse penultima, vel quasi penultima eiusdem primi quae cum sua
corresponsali in secundo quarto, vt dictum est, conuenire debet in numero syllabarum, in quantitate, in
vocalibus, seù subtilibus, seù largis, earumue sono.
Caeterũ non est necesse vt singulae voculae primi
quarti primi semimetri perfectè concordent cum suis
corresponsalibus in secundo quarto eiusdem semimetri.
· Sit exemplum :

> Dealg ataloid oiras Taidg.
> Dar nantratoib tocta in (sic) tuilg.
> (P. 193)   Creuct oilear feolfogail ndeilg.
> Loige an deirg beogonaid bhuirb.

Vbi vides omnia seruari, quae dicta sunt requiri ;
primò septem syllabis quodlibet constare quartum, dari
concordiam in primo quarto primi semimetri, nempè
inter *athaloidh*, et *othras*. Item *athaloidh* perfectam habere correspondentiam cum *nantrathoibh ;* sed et *othras*,
et *tochta* correspondere inter se esto non tàm perfectè,
petereà optimè concordant *tochta*, et *tuilg* in secundo
quarto primi semimetri, vbi ne superfluat syllaba eli-

ditur *a* in *tochta* per subsequens *a* in *an*. Item benè
vniuntur (p. 194) *tuilg*, et *bhuirb* quantum ad vocales
syllabas, sonum, et quantitatem, vocula autem *creucht*,
prima nimirùm secundi semimetri, et est et sortitur
nomen *urlann*, de quo suprà. Porro *oile* et *fheolfhoghail*
concordant, *oile* verò et *loighe* bene vniuntur, sicuti et
ndeilg, et *deirg* inter se : similiter egregiè vniuntur
fheolfhogail, et *bheoghonaidh*. Vbi vides vndique perfectum Metri magni artificium in se sanè difficillimi, vt et
videre est in sequenti.

> Calbac mac cataoir na ccat.
> Tarbac gan taiaoir da tiog.
> Fial an tog comirom o ceart.
> I ar ttact o congholl na ciot.

(P. 195)   Vel sic :

> Do cleact mo card ga cur.
> Theact go tanad teact go tiud.
> Mas ar grad é, gion gurb ead.
> Nar an fear a ne, a niud.

Quantum attinet ad aliud genus Metri, vulgò *rannoi-*
gheacht bheag, obserua benè quòd eodem planè modo
fiat sicut praecedens *annoigheacht mhor*, praeterquam
quòd omnia quarta in *rannoigheacht bheag* finiant in
voculam bisyllabam, vt videre est in sequenti.

> Roga na cloinne Conall.
> Troga na droingea dearam.
> Tolg dar seolad rug romam.
> Conall tug deogan fearann.

In quo vides omnia obseruari, (p. 196) quae obser-

uantur in praecedente Metro, et nullam interuenire
differentiam inter utrumque, praeterquam quod finales
voculae quartorum huius Metri sint bisyllabae; istius
verò finales omnes sint monosyllabae.

Vnde ad hoc genus metri attinebit sequens :

> On mac rob aosda dfiacaid.
> Taosgia lig mat gac muadaig.
> Calbac og roga an riograid.
> Toga tiortaig clo cuanaidh.

Genus denique Metri, vulgò *casbhairn* in quolibet
sui quarto septem syllabarum, finire debet in voculam
trisyllabam, requiritque, sicut dictum est de reliquis,
suas concordias, correspondentias, et vniones proportione seruata, nec minoris est artificii (p. 197) esto
minoris appareat suauitatis, vt videre est in sequenti.

> Puirt riog acaid fiodnloga.
> Siod catail a ccomlada.
> Da goin darm i iugaine.
> Do marb soin an sioduige.

Vbi vides quarta omnia septem syllabarum finire in
dictionem trisyllabam, concordare autem in primo
quarto *achaidh* et *fionnlogha*, vtpotè incipientia à vocalibus elisa litera *f*, item *riogh* in ipso et *siodh* in sequenti, correspodent similiter *achaidh* et *chathail*, item
chathail, et *ccomhladha* concordant in litera *c* initiatiua
vtriusque : similiter in secundo semimetro concordant
darm, et *iughaine*. Item correspondent *darm* in primo
(p. 197) eius quarto, et *mharbh* in sequenti, similiter
goin, et *soin*. Item concordant in postremò *soin* et

siodhuighe in initiatiua litera nempè consona *s*, etc. vt
dictum est de Metro magno obseruata proportione, iuxta
hoc examina sequens eiusdem nempè Metri carmen.

Laoċ adḃal an togchalḃaċ.
Caor a ngaḃa grianlasa.
A naṁa o ḟeiḋm aoiḃneasa.
Taṁta mur ḟhein ḟiarasa.

CAP. XXI.

DE CARMINE, VULGÒ *oglachas*.

Iam sufficienter diximus de Metro recto maximè nunc
vsitato, tametsi alia adhuc re(p. 199)stant Metrorum
genera iis inferiora, et Metra non recta, ex quibus est
praesens. Metrum igitur, seù quasi Metrum, seù
vmbram habens Metri, seù Metrum secundum quid
dictum *oglachas* fieri potest ad imitationem cuiuscunque
Metri recti superiùs traditi, etsi frequentius fiat ad
imitationem eorum, quae vocantur *deibhidhe seudna,*
Metri magni, parui, et nonnunquam *casbharn* quantum
ad primum semimetrum, quantum verò ad secundum,
ad similitudinem Metri parui.

Omne ipsius quartum requirit septem syllabas, nunquam plures, nisi fiat ad imitationem *seudna,* tunc
autem priora semimetrorum quarta constabunt octo
(p. 200) syllabis : Simia enim est; et eo ornatius fit, si
in singulis quartorum seruetur concordia, de qua su-
perius dictum ; de vera autem vnione, vera correspon-

dentia nihil curat, nihilominus, si interuenerint, eo
melius. Dixi de vera, quia similitudinarias, seù appa-
rentes admittit, atque requirit, hoc est, vt sonet ad
aurem, et loco verarum habeat *amus*, de quo suprà.
Exemplis res patebit. Accipe igitur *oglachas* factum ad
imitationem *deibhidhe* vt :

> A duib gil an ccluin tu in gair.
> Sa toigse a moig go mordail.
> Ni binn lais gac cluais do cluin.
> Gair bainse mic i dalaig.

Reuocatis enim in mentem, quae dedimus de *deibhidhe*
videbis (p. 201) omnia hic currere non in rei veritate,
sed quoad apparentiam, quod sufficit, imò sufficit, quod
constet maioribus, et minoribus extremis, et interueniat in singulis quartorum concordia, seù sana, seù
fracta, et interueniat *amus*, ita vt maïus extremum
contineat minus, esto ipsum excedat plusquàm vna
syllaba, vt hic :

> Dorb a treatan ar gac traig.
> Niall mac Eacac Mhuigmeadain.

Vbi vides contra legem, et regulas recti Metri, vulgò
deibhidhe voculam *traighn* monosyllabam, et minus extremum contineri quidem finaliter in vocula *Mhuig-
mheadhain* velut in maiori extremo, verùm excedi plus-
quam vna syllaba ab ipsa, siquidem altera vocum est
mo(p. 202)nosyllaba, quòd in *deibhidhe* est vitium, non
verò in *oglachas deibhidhe*, vbi *amus* supplet vices verae
conuenentiae.

Aliud *oglachus* imitatur *seudnam*, de quo suprà, in

quo *amus* habet locum, et collum, vulgò *braghaid*, de
quo suprà ; imò si ponatur *amus* cum vocula duarum
syllabarum, eo meliùs, sed et sine hoc sit haec Simia,
vt :

> Gab a sile a nagaoid haignid.
> Ionar, falloing, filed sroill.
> Lean don ceird ar ar crom Aine.
> Tuill bonn, taille ar do toin.

Vt fiat ad imitationem Metri magni, nihil requiritur,
nisi quòd extrema verba quartorum sint monosyllaba,
vt ibi dictum (p. 203) est ; nec curat an vniantur fractè
et imperfectè, anne autem perfectè, et integrè : sufficit
praeterea interuenire *amus* loco correspondentiae,
verùm postulat vt quarta indispensabiliter finiantur
voculis monosyllabis, haec autem vox vnius syllabae
in sequenti quarto, cum qua habeat *amus*, seù appa-
rentem correspondentiam, et haec iaceat circa medium
eius, vel quasi medium, et vt finales dictiones vtriusque semimetri correspondeant saltem secundùm *amus*,
vt videre est in sequenti.

> Da leigti go suaimneac do.
> Dha dig no tri dol da cuid.
> Do beurad Scaan do Bhal.
> A cead do cac beit a muig.

(P. 204) Deuotius autem sic :

> Triur ata ag braith ar mo bás.
> Giod a taid do gnat im bun.
> Truag gan a ccroca re crann.
> An diabal an clann sa cnum.

An corp, an tanam, an spre.
  Ar ndul dam i ccre mur cac.
  Orrad ata brait an triair.
  Sas deimin go mbiad go bráth.
Ni tiobrad aoinneac don triur.
  Don dis oile giod inl claon.
  An cuid do roitfead na geig.
  Dhoib ar a ccuid fein ar aon.
An diabal as dorda dail.
  An fear leis nac ail act olc.
  Ar an anam soilbir seim.
  Ni geaba se an spreid sa corp.
(P. 205) Na cnuma giod amgar sud.
  Ga gcurtar mo cul i gcre.
  Dob fearr liu aca mo corp.
  No manam boct is mo spre.
Do bfearr le mo cloinn mo spreidh.
  Do beit aca fein a nocd.
  Dhamsa giod fagus a ngaol.
  No manam ar aon smo corp.
A criost do croca le crann.
  Sdo gonad le dall gan iul.
  O taid ag brait ar mo slad.
  Is truag gan gad ar an triur.

Eodem prorsus modo fit *oglachas* ad imitationem Metri parui, praeterquam quòd dictiones finales debent esse bisyllabae, vt sic :

(P. 206)   Ar do clairsig go nduine.
     Ni bi mo suile act druite.
     Ionann leam is a claisdin.
     Do lama dfaicsin uirre.

Omne *oglachas*, cuius primū quartum sit instar

casbhairn, et secundum instar Metri parui, non requirit nisi vt voculae trisyllabae primi et tertii quarti finales habeant inter se conuenientiam, vulgò *amus* : Item vt dictiones finales primi et secundi semimetri talem adhuc habeant conuenientiam inter se, vt videre est in sequenti :

> Slan uaim don da aodaire.
> Ga bfuil an earr na dtosac.
> Duamen fir na saobtuicsi.
> Ni biu ni as sia da nodad.

(P. 207)   CAP. XXII.

DE CARMINE, VULGÒ *droigneac*.

Hoc genus Carminis, vulgò *droighneach*, latinè *spinosum*, admittit ad libitum Authoris in omni suo quarto indifferenter, vel nouem syllabas, vel plures ad tredecim. Singula autem quartorum debent finire cum vocula trisyllaba. Finalis praetereà vocula primi quarti debet habere *comharda*, de quo suprà, cùm alia vocula in initio, vel medio sequentis quarti, cuiuscumque sit semimetri. Item *uaithne* suo modo sub fine secundi quarti ; reliqua autem verba debent inter se habere *comharda*, de quo suprà, et conuenire (p. 208) hincinde utrobique : Denique dictiones finales utriusque semimetri debent correspondere, vt in sequenti :

> Do geib rom gan Folta gan imreasain
> An slog re fifnleasaib corcra in chuirmlisin.

Sbu diol tine don uallcat Eamhnasoin.
Dealblasair buadhclac bleidbe na bruignesin.

Nolo omittere aliud carminis genus, vulgò *caisbhairn cheanntrom*, nimirùm ex grauitate, seù, magnitudine Capitis ita dictum : sit autem eodem prorsùs modo, quo ipsum *caisbhairn*, de quo suprà, praeterquam quod singula ipsius quarta desinant in (p. 209) dictionem quatuor syllabarum, et quodlibet octo constet syllabis, vt videre est in sequenti :

> Mac sud ar slioct Fionnmanannain.
> Ag sud an slioct séangmharfallain.
> A earla dluit dromglanfollain.
> Cuic le ndearna deagmanannain.

Aliud adhuc, vulgò *seudnainor* sit quemadmodum ipsum Seudna, de quo suprà, praeterquam quòd semi-metrum quodcunque huius desinat in voculam trisyl-labam vt

> Dfior cogaid comailtcar siotcain.
> Seanfocal nac saruigtear.
> Ni fagba sit act fear fogla.
> Fead banba na mbanfoitred.

(P. 210) Aliud adhuc restat, vulgò *seudná mhea-dhonac*, sitque instar Seudnae, praeterquàm quòd prima quarta vtriusque semimetri finiant cum vocula trisyl-laba, vel quasi trissyllaba inter se concordantibus : Postremae autem dictiones bissyllabae vtriusque semi-metri correspondeant, interueniat in quartis concordia, imò et correspondentia quaedam inter finalem voculam

primi quarti semimetri, et aliam sub medio quarti
subsequentis; vt :

> Fearr sillead na Psalm ncamduide.
> Do niti ar tcabtoib linne.
> Mairg do geib an gloir nettarbhaid.
> Oid ar breg Psalmoib binne.

Aliud, vulgò *rionnard* con(p. 211)stat quatuor quartis,
et omne quartum sex syllabis, cuiusque finalis dictio
est bissyllaba, vltimae metrorum correspondent, vltimum cuiusque quarti concordat cum alioquo vocabulo
mox antecedenti; in vltimo praetereà semimetro debet
interuenire correspondentiá, vt in sequenti :

> Rom na feile fanad.
> Fairce filead eireann.
> Grian na mag an mionfonn
> Aunam giall gan geibeann.

Alii hoc *rionnard* vocant *trionnard;* instar eius datur
dhanard pauciorum adhuc syllabarum, plurium verò
citreannard, et aliud adhuc cuius semimetra constant
decem syllabis, quinque in vno quarto, et (p. 212) quinque in alio, vt dictum est de Aodo ni fallor *mac uidhir*,
vt :

> Gan aidide daod.
> Faidide an feur.

Hoc est non obediendo *Aodo* eò altiùs gramen; in
quibus vides quàm eleganter seruetur proprius syllabarum numerus, et quartorum, necnon concordia, correspondentia et vnio, de quibus suprà : dantur et plura

adhuc genera Metrorum vel rectorum, vel quasi rectorum, de quibus, quia raris, et non adeò in vsu, et mihi
non occurentibus nequaquam loquar. His autem visis
facilè dignoscentur, et ipsa et corum leges, adeòque Te
ad Authores remitto, et ad veterum obscruantias
Librorum.

———

(P. 213)   CAP. XXIII.

DE CARMINE HIBERNIS *Druilingeact.*

Hoc genus Carminis fit cum correspondentia ad
minùs fracta, seù similitudinaria, de qua suprà; Item
cum concordia aliqua, et vnione, necnon cum extremis,
et capitibus, vt supra, suo modo; Quarta rursus potiun-
tur septem syllabis. Ipsum fit ad imitationem cuiuscunque Metri recti: sed ex omnibus imitari solet
Metrum, vulgò *casbairn* nuncupatum, vt :

> Muc caoluig ag clasuigeact.
> Fa bun aoltuir téasccarad.

Verùm mihi videtur, quod (p. 214) imitetur potiùs
carmen, vulgò *seudnamheadonac*, de quo suprà, vt ibi
videre est. Hoc alio autem modo imitari potest Metrum
paruum, de quo suprà.

> Ata a lan dhiocd is deineach.
> Isin crios a ta torad.

Eodem autem modo fit utrumque semimetrum ipsius

quando fit ad imitationem metri parui, vel Metri *casbairn*, et cognominatur ab ipsis generibus, quae imitatur, sicut et cognominatur *oglachas*; continebitque tot, et tales syllabas in quartis, quot et quales requirit Metrum quòd imitatur, seruatis hinc inde concordiis suo modo, correspondentiis, et vnionibus, necnon conuenentia vtriusque semimetri, vt

(P. 215)   Mas deoin fuarus no eigean.
            A riogain deidgeal data.
            As coir mo ceangal dargad.
            No mo marbad le bata.

Vel sic :

            Ni fuil san glor bfaoilid niit.
            Muna raib mein mait da ioir.
            Ni fuil san ccrut seaghornn suairc.
            Act cloideam luaide a ttruaill oir.

Instar praeterea Metri magni componitur hoc modo :

            Truag an dail on truag an dail.
            Bhios for sluag in beata bain.
            Nac e as doman do gac aon.
            Dhail a mbeidis a aos graid.

Vel sic cum quinque syllabis in quolibet quartorum :

(P. 216)   Uc as cian mo cuairt.
            Le da uair do lo.
            Da raib si ni as sia.
            Biaid mo pian ni as mo.

Hoc similiter modo imitatur *casbhairn*, finiendo ni-

mirùm quarta in trissyllabis; seruatis reliquis, vt
supra :

> Fada a taid na hingeana.
> Do cuaid ar ceann na cruite.
> Ni he moille an imteacda.
> Act a tteagmail sa muine.

Sic proportione seruata, vt superiùs iam insinuauimus, aliorum potest imitari naturam, de quibus non
pono exempla, quia legenti, et obseruanti hucusque
dicta, statim flent manifesta.

(P. 217)   CAP. XXIV.

DE QUIBUSDAM PRAECOGNITIONIBUS.

Diximus alibi aliquatenùs de quibusdam necessariis,
et necessariò praecognoscendis ad componenda huiusmodi Carmina, nimirùm de diuisione, et coniunctione,
et affinitàte, et mutabilitate, et eclipsi, et potestate
consonarum; Item de earum elatione, de breui longa,
et mediana quantitate vocalium, quae omnia sunt valdè
retinenda, sicut et diuisio vocalium in largas, et sub-
tiles, de dipthongis, et tripthongìs, hoc est biuocali, et
triuocali eiusdem syllabae.

Diximus praetereà consonarum alias esse leues numero septem : alias verò molles numero tres ; alias duras numero tres (p. 218); alias fortes numero quinque,
tametsi hae quinque aliquando euadant leves apposi-

tione signi longi : alias asperas numero tres, aliam
verò dici classem, etsi non mereatur tale nomen, eò
quòd contineat solam consonam *s*, quae proinde vulgò
appellatur solitaria, et omnium Regina, quia nobilis-
sima, et coniungibilis cum quacunque, et prae omnibus
requirens in correspondentiis aliud *s* sibi respondere.

Aduerte diligenter secundùm Poëtas ex his consonan-
tibus alias aliis esse nobiliores, vtpotè potentiores :
post *s*, enim molles dicuntur *c*, *p*, *t*, nobiliores quàm
durae, quàm fortes, quàm asperae, et quàm leues. Similiter consonae durae *b*, *d*, *g*, potentiores sunt asperis,
fortibus, et leuibus.

(P. 219) Pariformiter asperae sunt fortiores leuibus,
et fortibus, fortes verò fortiores sunt leuibus, adeòque
leues sunt omnium ignobilissimae, et debilissimae.

S Omnium Princeps sibi non admittit parem, neque
similem, neque affinem, neque cognatam, neque vllam
eiusdem secum classis, tametsi cuiuscumque consonae
consortium in eadem syllaba, vnde in Metro cum
nulla alia facit concordiam nisi cum alia *s*, vt dictum est.

Nota quod *s* in voculis finiens rarò constituat syllabam longam, nisi in paucissimis signatis pro longis, vt
mam, a taim, vel *tam;* imò consonae fortes in fine voculae ordinariè mediam retinent quantitatem in accentu, mediam (p. 220), inquam inter breuem, et longam, vt aliàs insinuaui.

Quando *h* sequitur immediatè ad *p*, tunc *p* sonat eodem prorsùs modo quo *f* apud Latinos, adeòque in Metro non solum *f* cum *f*, sed insuper *ph* cum *f* facit concordiam, vt videre est in sequenti quarto Metri.

Admain duit mo peacad fein.

Quotiescunque *h* sequitur ad *f* in initio dictionis, inter quam, et aliam debet intercedere concordia, nullatenus attenditur ad *f*, vel *h*, sed ad subsequentem literam, siuè consona sit, siuè vocalis, vt talis dictio concordet cum altera incipiente ab aliqua vocali similiter, vel consona, vt alibi dictum est, vt videre est in sequenti quarto.

Tagair leam a flaii eirne.

(P. 221) Vbi propter *l* in *leam*, et *l* in *fhlaith* non obstante *fh*, datur perfecta concordia, sicuti inter *l* in *fhlaith*, et *l* in *life*, quarti sequentis :

Tagair leam a flaii life.

Vt aliàs dixi.

Ad huius modi concordiam cum consona *s* requiritur in alia vocula similiter *s* initiatiua indispensabiliter, nec *sh* concordat cum *s*, sed cum *sh* similiter incipiente; nec *sl*, nisi cum *sl*, nec *sn* nisi cum *sn*, nec *sr* nisi cum *sr*. Si tamen casu contingat quod *s* initiatiua voculae sequentis ad articulum *an*, vt *an tsuil* taceatur, tamen vt concordet, requirit in altera vocula *s* initiatiuam, aliàs vitiabitur Metrum.

(P. 222) Dantur quaedam consonae quae ad consortium alterius in syllaba mutant suam naturam, et accentum, vt mox dicemus.

Aliàs do regulas pro correspondentiis.

1. Ad correspondentiam non licet vti vna consona simplici, nisi correspondeat *ei*, aliqua saltem ex sua classe, siuè sit ipsa, siuè alia eiusdem classis, ita vt

leuis correspondeat cuicunque leui, aspera asperae, et similiter de aliis.

2. Vt detur correspondentia non requiritur vt fiat hinc inde inter plures consonas repertas immediatè in vña dictione, quam inter duas cum alia dictione etiamsi ex ipsis vna sit fortis, et altera leuis, adeòque benè, et sufficienter correspondent *foghmhar*, et *gormghlan*.

(P. 223) 3. Non licet in altera correspondentium vocula poni *s* aliquam superfluam, seù cui non respondeat in altera adhuc alia *s* vnde vitium est in sequenti versu, in quo non benè correspondent *ccaisgsin* cum *raithsin :* Spernatur ergo Author, qui cecinit malè.

> Nir loisg don toisgsin na tige.
> L[o]isgfid don toisg oile iad.
> Daoine ban ccaisgsin gan crod.
> San raitsin craoibhe cruacon.

Vbi vitiatur correspondentia inter *ccaisgsin*, et *raithsin*, vel certè inter *toisgsin* et *loisgfidh*.

4. Vt fiat correspondentia, consona mollis siuè sit *c*, siuè *p*, siuè *t*, admittit consortium cu(p. 224)iuscunque consonae durae, fortis, vel leuis in vna dictione correspondentium; et quae conueniunt cum alia consona molli, et altera quacunque posita in ipsius consortio praeter *p ;* adeòque benè correspondent *seachtmhain*, et *leantair.* Item *geanthnuith*, et *seantuir.*

5. Quando consona aspera, nempè *ch*, vel *th*, vel *fh*, vel *ph*, aut *sh*, sequitur immediatè ad leuem, nempe ad *bh, mh, dh, gh, l, r,* aut *n,* tunc sonabit instar consonae mollis, qualis est, *c*, vel *p*, vel *t*, vt videre est in *slatioll*, quòd sonat, ac si scriberetur *slatcoll.*

6, Consona dura, nempè *b, d, g,* si venerit ante as-

peram, nempe *ch*, *th*, vel *f*, vim habebit consonae
(p. 225) mollis, et aspera vim cosonae leuis, vt videre
est in *gadchor*, *bratrad*.

7. Vbicunque *ch*, venerit immediatè ante vel post *s*,
sonabit instar leuis, vt videre est in *teachso*, *fearso*,
quae et benè concordant; similiter dic de *cneascaomh*,
et *treaslaogh*.

8. *S* Potestatem habet mollificandi consonas, seù
reddendi positas ante se quinque, nempe *dh*, *th*, *b*, *d*, *g*;
indurandi verò, seù duras reddendi positas immediatè
post se, *ch*, *th*, vt in his *fleaschorr*; enunciabitur enim
ac si scriberetur *fleasgorr*. Ex dictis sequitur quòd benè
concordent in Metro *leatso*, et *fleadso*. Item *ceapso cadso*
(p. 226), quae tamen non corresponderent benè nisi ratione potestatis quam habet litera *s* suprà anteceden-
tem, et subsequentem immediatè consonam, non enim
correspondent *flead*, et *ceap*, et sic de aliis, quia *p* est
mollis, et *dh* est leuis. Litera autem *s* immutat eas, vt
dictum est, facitque concordare.

9. *S* Finalis cum alia *s* accedente, vt in *glassa* valet
ad correspondendum, stante huiusmodi duplicitate alteri dictioni habenti vnicam *s*, vt *basa*. Similiter consona dura, et aspera correspondent, quando molliuntur,
adeòque correspondent *iota*, et *iotdha*. Similiter duae
consonae leues deseruiunt ad correspondendum uni
consonae leui (p. 227), vt patet de *uaidhibh*, et *guail-
nibh*, in quorum primo inuenitur *dh*, quae est vnica
consona leuis in secunda autem reperiuntur *ln*, quae
sunt duae consonae leues. Vnde Metrum :

Dhol uaisdib ni bud dior dam,
Ar guailnib riogh as riogan.

Similiter quando *da* (de quo suprà vbi de dictione,
vulgò *samhlaighthe*) venit post aut *l*, aut *n*, facit consonam fortem, et correspondentiam cum forti, vt inter
maius, et minus extremum; adeòque huic minori extremo *urra* benè concordat maius extremum, hoc
saoghullda.

Similiter dic de ipso respectiuè ad alias leues.

10. Quando duae vocales coëunt simul in duabus
syllabis (p. 228) ita vt unam non constituant, sed duas,
prima erit breuis, si unquam fuit naturà breuis. De syllaba autem vna biuocali, vel triuocali quoad quantitatem attinet omnis biuocalis *ao, ua, eu* et *ia*, et omnis
triuocalis *aoi, uai,* et *iui,* erúnt longae quantitatis,
vulgò *sighne fada :* Similiter longa erit *ae* semper, et
ordinariè : Excipe voculas quibus adiungitur, vt aiunt
Hiberni, tanquam *cuidinsgne :* vt *gonae,* et similibus, in
quibus sit breuis.

11. Biuocalis *eo*, ordinàriè semper longa est, exceptis
paucis, ex quibus est *deoch, neoch.* Biuocalis *ea* semper,
vel breuis est, vel media praeterquam in *cuidinsgne*
secundae personae, vt cum dico (p. 229) *da mbuailtea,*
vbi longa est. Caeterum natura breuis est si non repe-
riatur inter biuocales, vel triuocales longa. Reliquae
biuocales aliquando sunt breues, aliquando longae, interdum mediae; adeòque firmam non habent regulam,
sed reguntur usu, et authoritate. Quando dictio finit in
consonam fortem erit mediae quantitatis ex natura
sua, tametsi, vt dixi, Poëtae valeant, necessitate ita
compellente eam facere longam. Verùm quando consonae huiusmodi fortes veniunt inter duas vocales eiusdem voculae sonant leuiusculè, et breuiter, vt *coinne,*
loinge, buille, uirre, cairre, inne, singe, etc. Verùm si

cosona mollis subsequitur ad huiusmodi fortem (p. 230)
in fine, syllaba tunc erit mediae quantitatis, vt
spongc, etc.

12. Consona leuis veniens ante consonam mollem;
item mollis veniens ante leuem, anteriorem syllabam
reddunt breuem, nisi syllaba de se sit naturâ longa,
vt *arc sgoilt macraidh.* Consona autem dura ante leuem
posita praecedentem syllabam, imò post, facit quantitatis mediae, vt *lorg, tadhg,* etc., exceptis paucis, vt
barda, braighdebh. Consona autem dura veniens ante
leuem, anteriorem syllabam, nisi fuerit naturâ longa,
facit breuem, vt *tagra, agra,* etc.

13. *S* Praeposita cuicunque praecedentem syllabam
voculae in qua est, nisi sit natura longa facit breuem,
vt *loisg, ceist,* etc.

(P. 231) Praetereà syllaba breuis euadit media, sub-
sequente consona leui ante consonam asperam, vel *s*,
vt *manchoibh, hinnsibh.* Item consona aspera praeposita
leui, anteriorem syllabam reddit breuem, vt *eithre,*
haithribh, etc.

14. Syllaba quantitatis mediae nullam praecedit
consonam simplicem, seù vnicam praeter solam *m*.
Caeterùm lectio Authorum, et vsus te docebit, quae
Romanis procul positis non occurrunt.

Addo alias adhuc regulas pro concordia, et sint
sequentes.

1. Deseruit quaecunque vocalis ad concordiam inter-
ueniendam inter voculas modò initiatiuè, et propriae
vocularum literae principes sint vocales, vt alibi insi-
nuaueram.

(P. 232) 2. Si ad imitatiuam literam *f.* sequatur *h*,

tunc concordia non attenditur penès *f*, sed penes quamcunque immediatè sequentem.

. 3. *Sh* non concordat nisi cum altera *sh*, neque *s*, nisi cum *s* concordant *sg*, *sb*, *sm*, *sd*. Item *sr*, *sl*, *sn*. Concordat *ph* cum *ph*, necnon cum *f*.

4. Quando eclypsatur initialis voculae litera (excepta sola *f*) haud eclypsans, sed eclypsata erit, quae debet concordare, sic concordant *bean*, et *mbuachaill*, etc.

5. Aduerbium, vulgò *iarmbearlo* non seruit, neque obest, neque prodest ad concordiam : etsi adiungatur dictioni, nihilominùs haud litera initialis ipsius aduerbii, sed dictionis debet concordare (p. 233), vt alibi dictum de *mo*, et *do*.

Rursùs pro correspondentiis sit tibi prima Regula.

Prima vocalis non correspondet perfectè nisi suae simili, etsi concordet quaecunque cum quacunque, vt dictum est.

Secunda omnis consona concordat cum sua simili, imò correspondet, sed si in correspondentibus interueniant plures, quàm duae, non oportet quòd correspondeant plùs, quàm in duabus hinc inde, vt alibi dictū est, vt enim correspondeatur huic voculae *druichtsgreamh*, sufficit interuenire aliam voculam correspondentem ei in medio per consonam *t*, et *s*, sine eò, quòd interueniat, vel *ch*, vel *g*, vel *r*; tametsi interuenientibus omnibus (p. 234) hinc inde, quòd difficulter, vel nunquam fieri potest, stetisset correspondentia.

Tertia nulli consonae licitum est non correspondere modo iam dicto, praeter interdum molles, de quibus suprà meminisse oportet, sicut de dictis de potestate, eclypsi, et submersione, nè nimirum in correspondentiis sua vis non maneat cuique consonae iuxtà accentum. Bene igitur correspondent *caiththear*, et *faiceadh*, quia licet in prima vocula coëunt duae consonae, nempè *th*, et *th* in accentu tamen sonant unicam mollem.

Quarta correspondentia requirit voculas conuenire in numero syllabarum, quantitate, et ordine, non tamen ita et tanto cum rigore, vt consonae non (p. 235) queant transponi, vt videre est in *macraidh*, et *saltair*.

Quinta cum aduerbio nunquam fit correspondentia, neque vna vox correspondere potest sibi ipsi nisi quando duplicem habet sensum, et sic dupliciter sumatur, vel quando interuenit quaedam variatio, vulgò *breacadh*, vt cum vocula magis necessaria in semimetro, voculam quae vocatur *urlann*, vel aliquam voculam primi semimetri, vel alias voculas easdem sibi secum, seù ad se trahit, cum quadam elegantia, vt hic

As i an cataoir an chathaoir.
An cataoir ga comtataoir.

Haec sufficere possunt cuicumque mediocriter oculato, vt Poëtarum sciat Regulas, et Hibernicorum (p. 236) eorum genera Carminum, meo iudicio omnium quae sub coelo fiunt difficillima. Veteres adhuc pro vitio habent nisi Poëma claudatur, seù finiatur eadem prorsùs syllaba, vel dictione, vel phrasi qua incepit, et vocant clausuram ; Verùm ego hoc non verto vitio, tùm quia nullam video rationem, vel regulam sic praescribentem, tùm quia plerosque legi doctissimos, et versatissimos, qui hunc veterum non obseruarunt usum.

FIN.

ADDITIONS ET CORRECTIONS

AUX DEUX TOMES

TOME I (V. *Errata*, p. 382).

Page 1. Pour compléter la bibliographie de la métrique galloise, on peut signaler des articles de Gwallter Mechain (*Gwaith*, II, p. 164, 356, 489 ; III, pp. 135-172) ; Schuchardt, *Keltische Briefe* (*Romanisches und Keltisches*, pp. 410-414).

P. 17, au lieu de : *au milieu du treizième siècle*, lisez : *à la fin du treizième siècle*.

P. 34, avant-dernière ligne du tableau, au lieu de : *conjunctiona*, lisez : *conjunctisona*.

P. 37, au lieu de : *dauamsérawl, triamsérawl*, lisez : *dauamsérawc, triamsérawc*.

P. 50, dernière ligne, au lieu de : *prysg*, lisez : *p-r-ysg*.

P. 51, *b-rh = p-r* : au lieu de : *prin*, lisez : *p-rin*. — *d-rh = tr*, au lieu de *tro*, lisez : *tr-o*. — *g-rh = cr*, au lieu de : *cri*, lisez : *c-ri*.

P. 52, *f = ff* : au lieu de : *fai*, lisez : *f-ai*.

P. 84, ligne 14, au lieu de : *au traité de la métrique*, lisez : *en traitant de la métrique*.

P. 87, l. 14 : à *dominante*, ajoutez : *de la strophe*.

P. 103, l. 9 : à *ce qui paraît peu naturel*, ajoutez : *à son époque*.

P. 110, note 1, l. 5, au lieu de : *page 117*, lisez : *page 111*.

P. 112, l. 2 : à *ce qui paraît peu naturel,* ajoutez : *au seizième siècle.*

P. 132, l. 10, au lieu de : *Sion Padam,* lisez : *Sion Padarn.*

P. 138, l. 1, au lieu de : *drovsgl,* lisez : *drosgl.*

P. 146, l. 16, au lieu de : *y dyddiawn,* lisez : *dydd iawn.*

P. 168, l. 1, au lieu de : *p. 338,* lisez : *p. 339.*

P. 178, l. 13, au lieu de : *hoyww,* lisez : *hoyw.*

P. 184, l. 7, au lieu de : *y bydd,* lisez : *y byd.*

P. 185, l. 15, au lieu de : *a ddwg,* lisez : *a ddug.*

P. 185, l. 21, au lieu de : *Llyna'r,* lisez : *Llyma'r.*

P. 191, l. 4, au lieu de : *eiltr,* lisez : *eithr.*

P. 192, l. 29, au lieu de : *adda,* lisez : *Adda.*

P. 194, l. 8, supprimer le point final.

P. 196, l. 6, au lieu de : *collen,* lisez : *Collen.*

P. 196, l. 21, ajoutez le vers suivant après *mann a gyrcho* :
Mewn ffydd, nid oes mann y ffo.

P. 205, l. 5, au lieu de : *neb ochelud,* lisez : *neb a ochelud.*

P. 210, dernière ligne, au lieu de : *Llerch,* lisez : *Lle 'ich.*

P. 221, l. 13, au lieu de : *addaf,* lisez : *Addaf.*

P. 223, l. 11, au lieu de : *Eingl giawdd,* lisez : *Eingl gawdd.*

P. 227, l. 4, au lieu de : *hoiw,* lisez : *hoyw.*

P. 229, l. 8, ajoutez à *rime* : *rime du premier mot du dernier vers.*

P. 231, l. 11, au lieu de : *bwnt y rhedd,* lisez : *hwnt y rhed.*

P. 240, l. 1, au lieu de : *mae anturiaeth,* lisez : *mae'r anturiaeth.*

P. 240, l. 13, au lieu de : *a'm hen,* lisez : *a'mhen.*

P. 241, l. 9, au lieu de : *crused,* lisez : *Crused.*

P. 243, l. 10, au lieu de : *arthur,* lisez : *Arthur.*

P. 244, l. 1, supprimez le trait d'union après *hydd.*

P. 251, l. 20, au lieu de : *trwy'r gwynnas,* lisez : *trwy'r gwynnon.*

P. 259, l. 6, au lieu de : *gwdw,* lisez : *gwddw.*

P. 263, l. 9, au lieu de : *henn,* lisez : *honn.*

P. 306, l. 5, au lieu de : *Eryraïdd,* lisez : *Eryraidd.*

P. 307, l. 6, au lieu de : *ber ddigoll*, lisez : *bur ddigoll*.

P. 307, l. 14, au lieu de : *allwl*, lisez *attwî*.

P. 309, dernière ligne, au lieu de : *neddlf*, lisez : *neddf*.

P. 313, l. 26, au lieu de : *deuawl*, lisez : *denawl*.

P. 323, au lieu de : *Rhys Richard*, lisez : *Rhys Prichard*.

P. 324, l. 21, au lieu de : *'fuddod*, lisez : *'fudd-dod*.

P. 325, l. 6, au lieu de : *perdwn*, lisez : *pardwn*.

P. 330, l. 20, au lieu de : *Teios*, lisez : *teios*.

P. 337, l. 22, à *bán*, supprimez l'accent.

P. 337, l. 23, au lieu de : *meirionnydd*, lisez : *Meirionnydd*.

P. 237, l. 25, au lieu de : *Meillionnog*, lisez : *meillionnog*.

P. 341, l. 16, au lieu de : *o'ch beraidd*, lisez : *o'th beraidd*.

P. 343, l. 15, supprimez le point final.

P. 349, l. 10, au lieu de : *fydd bîlh*, lisez : *fydd byth*.

P. 351, l. 16, au lieu de : *dachrerad*, lisez : *dechreuad*.

P. 352, l. 11, au lieu de : *ffoll*, lisez : *ffol*.

P. 353, l. 1, au lieu de : *lleniaeth*, lisez : *lluniaeth*.

P. 359, l. 18, ajoutez un point après *farwol*.

P. 360, l. 11, ajoutez un point après *Trugaredd*.

P. 362, l. 22, supprimez le point après *fedd*.

P. 365, l. 20 et 28, au lieu de : *mynydd mawr*, lisez : *Mynydd Mawr*.

TOME II, 1ʳᵉ PARTIE

P. 5, l. 5, au lieu de : *segï*, lisez : *segi*.

P. 5, l. 8, au lieu de : *digorbit*, lisez : *dimgorbit*.

P. 22, l. 7, supprimez le point et virgule après *mabolaeth*.

P. 41, l. 1, au lieu de : *Llyvelyn*, lisez : *Llywelyn*.

P. 53, l. 11, au lieu de : *sans recdi*, lisez : *dans recdi*.

P. 56, l. 19, au lieu de : *rhagyrwedd*, lisez : *rhagyrwed*.

P. 58, l. 5, au lieu de : *meuvyr*, corrigez : *meuuyr* (= *meiwyr*).

P. 61, l. 24, au lieu de : *mileant*, lisez : *milcant.*

P. 66, l. 14, au lieu de : pour *dalheith*, lisez : pour *y talheith.*

P. 67, l. 19, au lieu de : *dyfrydedd*, lisez : *dyfryded.*

P. 76, l. 17, au lieu de : *arlled*, lisez : *ar lled.*

P. 97, l. 15, au lieu de : *hael*, lisez : *haed.*

P. 109, l. 5, au lieu de : *diwrn*, lisez : *divwrn.*

P. 109, l. 6, au lieu de : *llawneu*, lisez : *llavneu.*

P. 114, l. 10, au lieu de : *Adaw*, corrigez : *A daw.*

P. 122, l. 15, au lieu de : *Dyganhy*, lisez : *Dyganhvy.*

P. 127, l. 10, au lieu de : *Adaf*, lisez : *adaf.*

P. 145, l. 16 et note 5 : *llydau*, en note; texte, *llydan* : lisez : *llydan*, en note ; texte, *llydau.*

P. 146, l. 47, au lieu de : *Manhyver*, lisez : *Nanhyver.*

P. 149, l. 10, au lieu de : *rec*, lisez : *rac.*

P. 159, l. 14, au lieu de : *en barnu*, lisez : *eu barnu.*

P. 165, l. 11, au lieu de : *Deou*, lisez : *Deon.*

P. 183, l. 6, au lieu de : *cent strophes*, lisez : *de cent à cent cinq strophes.*

P. 184, note, l. finale : $(\frac{6}{8})$, lisez : $\frac{6}{7}$ pour 220, 19; 221, 26; $\frac{8}{7}$

225, 1 ; pour 252, 9, c'est la coupe $\frac{6}{8}$ 7.

P. 185, l. 7, au lieu de : *cinq*, lisez : environ *douze ;* au lieu de : (p. 286, 13), lisez : *Livre Rouge*, p. 285, 25 : 286, 7, 10 (vers de 9 syll.) ; 288, 9 (voir *scansion*) ; 282, 4, 19 (2ᵉ vers : synizèse à *gwedy y*) ; 221, 11 ; 256, 15 ; 259, 7 ; 263, 16 ; 264, 3 ; 274, 12.

P. 185, note 1, au lieu de : p. 129, 4, lisez : 29, 4.

P. 190, l. 17 : *soixante-six strophes ;* il y en a de 70 à 74.

P. 192, l. 2, au lieu de : 264, 6, lisez : 264, 16.

P. 192, note 1, l. 1, au lieu de : 229, 19, lisez : 220, 19 ; l. 2, supprimez 235, 4 ; 236, 16.

P. 203, l. 18, l. 20, 25 : ces exemples sont à supprimer.

P. 207, l. 14, au lieu de : *glyssawch*, lisez : *glywssawch.*

P. 221, l. 22, au lieu de : *en 1365*, lisez : *en 1265*.

P. 226, l. 15, au lieu de : *kylchyueirt*, lisez : *kylchynveirt*.

P. 228, l. 17, au lieu de : *trac tra*, lisez : *rac tra*.

P. 230, l. 15, au lieu de : *ysilys*, lisez : *ystlys*.

P. 237 : la note vise le dernier vers de la strophe 1 et de la strophe 3 (Lieu).

P. 238, note, lisez plutôt : *Cerif i fordwys*.

P. 239, l. 1, au lieu de : *mi*, lisez : *ni*.

P. 239, l. 12, au lieu de : *eyn*, lisez *cyn*.

P. 241, l. 1, ajoutez à *strophe : de ce genre*.

P. 261, l. 6, corrigez : *guared guedy aeth*.

P. 269, l. 1 : *de cette époque*, c'est-à-dire *du quatorzième siècle*.

 ⸰ P. 277, l. 13, au lieu de : *wy at*, lisez : *wylat*.

P. 281, l. 8, au lieu de : *lefneu*, lisez : *lafneu*.

P. 282, l. 14, au lieu de : *sathbraith*, lisez : *sathraith*.

P. 283, dernière ligne, au lieu de : *vei'n*, lisez : *uein*.

P. 323, l. 8, lisez : *avec la syllabe accentuée du mot final du second membre*.

P. 329, l. 2, au lieu de : *hodaw*, lisez : *hodiaw*.

P. 331, l. 5, au lieu de : *Rhys ab Gruffudd ab Cynan*, lisez : *Rhys ab Gruffudd ap Rhys*.

P. 331, l. 12, au lieu de : *urtyan*, lisez : *urtyant*.

P. 332, l. 3-4, au lieu de : *Rhys ab Gruffudd ap Cynan*, lisez : *Rhys ab Gruffudd ap Rhys* ; il est appelé, dans la pièce, *Gorwyr Cynan*, ce qui s'explique, sa mère étant fille de Gruffudd ap Cynan.

P. 333, l. 6, au lieu de : *awyd*, lisez : *awydd*.

P. 335, l. 23, au lieu de : *dihyd*, lisez : *dilyd*.

P. 336, l. 20, à *e[r] oe vot*, supprimez *e[r]*.

P. 334, l. 7, au lieu de : **cor cad**, lisez : **cor cad**.

P. 345, l. 10, au lieu de : **from**, lisez : **fron**.

P. 353, l. 15, le trait avant *mor* doit être après.

P. 362, l. 16, au lieu de : *neithwir*, lisez : *neithwir*.

P. 362, l. 19, au lieu de : *velun*, lisez : *uelun*.

TOME II, 2ᵉ PARTIE

P. 18, l. 19, au lieu de : *twl*, lisez : *twll*.

P. 38, l. 10, au lieu de : avec *les* traits, lisez : avec *des* traits.

P. 45, l. 9, au lieu de : *gorgord*, lisez : *gosgord*.

P. 46, l. 7, au lieu de : *vriein*, lisez : *virein*.

P. 55, l. 7, au lieu de : *portbi*, lisez : *porthi*.

P. 62, l. 2, au lieu de : *ygalwt*, lisez : *ygwlat*.

P. 79, note, l. 1, supprimez 25 après 13 ; l. 2, supprimez 17 après 8 ; l. 3, au lieu de : *vingt-quatre* cas, lisez : *vingt-deux* cas.

P. 80, note 3, l. 1, à 31, 2, 17, supprimez 17 ; l. 2, à 34, 7, supprimez 7.

P. 81, note 1, l. 1, supprimez 34, 26 ; l. 3, supprimez 234, 22 ; au lieu de : 253, 25, lisez : 255, 25.

P. 81, note 2, l. 1, supprimez 27 après 31, 24 ; 11 après 33, 2.

P. 82, suite de la note 2 de la page 81, l. 1, supprimez 17 après 36, 1 ; 43, 4, est probablement à supprimer ; au lieu de : 44, 1, lisez : 44, 2 ; l. 1 et 2, après 48, 16, supprimez 29 ; l. 7, *Livre Rouge*, supprimez 13 après 220, 1 ; l. 8, après 26, ajoutez 226 ; après 229, 15, 21, supprimez 22 ; après 243, ajoutez 9 ; l. 10, supprimez 253, 3 ; l. 11, à 264, 8, supprimez 8 ; supprimez 265, 25, et 267, 1 ; l. 13, au lieu de : 283, 19, lisez : 283, 1.

P. 82, note 1, l. 2, supprimez, après 25, 28 ; après 60, 4, 7, supprimez 10, 12, 16.

P. 83, suite de la note 1 de la page 82, l. 1, ajoutez, après 269 : 4, 19 ; l. 2, à 281, 19, 22, supprimez 22.

P. 109, avant-dernière ligne, au lieu de : *teilthi-awg*, lisez : *teithi-awg*.

P. 122, l. 12, au lieu de : *guympan*, lisez : *gwympan*.

P. 123, l. 5, au lieu de : *hym*, lisez : *ym*.

P. 123, l. 11, et note 1, au lieu de : *syrch*, note ; texte, *syrth*, lisez : *syrth* ; texte, *syrch*.

P. 127, l. 12, au lieu de : *y, syllabe*, lisez : *y, en syllabe*.

P. 127, l. 19, au lieu de : *Dygmererws*, lisez : *Dygmmerws*.

P. 135, l. 15, au lieu de : *a lyfn-farch*, lisez : *ar llyfn-farch*.

P. 144, note, l. 5 et 6, au lieu de : *Hughei, Gworeesand*, lisez : *Hughes, Gworecsam*.

P. 145, l. 14, au lieu de : *yr*, lisez : *ys*.

P. 148, l. 7, au lieu de : *Kod-gymmynu*, lisez : *Kad-gymmynu* ; au lieu de : *gword-luestub*, lisez : *gword-luestu*.

P. 148, l. 20, au lieu de : *hantter*, lisez : *hanhér*.

P. 153, note, à *ce cas*, ajoutez : (en ce qui concerne la forme verbale avec un complément nominal ou pronominal, un sujet pronominal).

P. 154, l. 20, au lieu de *ieuenc lit*, lisez : *ieuenctit*.

P. 154, l. 22, au lieu de : *dygvyor*, lisez : *dygyvor*.

P. 156, l. 6, au lieu de : *a-Gūrrith*, lisez : *a-Gúrrith*.

P. 156, l. 11, au lieu de : *-rad-kyvla[v]an*, lisez : *-rad | kyvlávan*.

P. 156, note 5, au lieu de : *ici les*, lisez : *ici la*.

P. 157, l. 8, au lieu de : *hym chuel*, lisez : *hymchuel*.

P. 157, l. 10, au lieu de : *brouvhér*, lisez : *brouhér*.

P. 160, l. 2, au lieu de : *eu-trin*, lisez : *en-trin*.

P. 160, l. 21, au lieu de : *ys-gwoydawr*, lisez : *ysgwoydawr*.

P. 162, l. 5, supprimez le trait après *gwrhyt*.

P. 162, l. 25, au lieu de : *dychyfall*, lisez : *dychyfal*.

P. 163, l. 3, au lieu de : *Dychludeut*, lisez : *Dychludent*.

P. 167, l. 16, supprimez : (1).

P. 185, l. 8, au lieu de : *respontsot*, lisez : *respont sot*.

P. 198, l. 4, au lieu de : *Cynddylau*, lisez : *Cynddylan*.

P. 205 : Le type *hupunt byrr* n'est pas rare dans les *Cornish Dramas*.

P. 210, l. 6, au lieu de : *Grac*, lisez : *Grace*.

P. 217, note 1, pour la bibliographie, ajoutez : D'Arbois de Jubainville et G. Paris, *Des rapports de la versif. irl. avec la versif. romane* (Romania, VIII, 147 ; IX, 177).

P. 225, avant-dernier vers, au lieu de : *gerbh*, lisez : *garbh* ; dernier vers, au lieu de : *ā sechi*, lisez : *a sechi*.

P. 226, l. 9, au lieu de : *feoir*, lisez : *fēoir*.

P. 227, l. 7, au lieu de : *bithflaith*, lisez : *bithlaith*.

P. 233, l. 8, au lieu de : *i nherenn*, lisez : *nerenn*.

P. 234, l. 12, au lieu de : *tond*, lisez : *tind*.

P. 242, l. 10, supprimez la virgule après *fria*.

P. 243, l. 13, au lieu du *point* à la fin de la ligne, lisez : *deux points*.

P. 245, l. 4, au lieu de : *annlam*, lisez : *ann lam*.

P. 255, l. 10, supprimez le second *f* à *foessam*.

P. 261, l. 9, à *se passent*, ajoutez : *ou peuvent se passer*.

P. 263, l. 2, au lieu de : *bann* paraît équivalent, lisez : paraît *avoir été* équivalent.

INDEX GÉNÉRAL

(Les chiffres romains indiquent le tome : II. ı = tome II, 1ʳᵉ partie ;
II. ıı = tome II, 2ᵉ partie ; les chiffres arabes indiquent la page.)

A

GALLOIS

I

AUTEURS ET TEXTES GALLOIS

II

CHEFS ET PERSONNAGES DIVERS

III

NOMS DE LIEUX

B

BRETON, CORNIQUE, IRLANDAIS

AUTEURS ET RECUEILS

Anciens Noels bretons, II. ii, 177, 181-196.
Atkinson, II. ii, 217, 247 note 2.

Bewnans Meriasek, II. ii, 205-211.
Bourgault-Ducoudray. V. *Mélodies populaires.*

Cornish Dramas, II. ii, 205, 206, 211-212.

Dottin, II. ii, 250-252.

Ernault, II. ii, 177, 188, 196 (Cf. *Vie de sainte Nonne, Vie de sainte Barbe*).

Goidelica, II. ii, 219-222, 245-246.
Grand Mystère de Jésus, II. ii, 179-180, 181, 188, 190, 195, 200.
Gwerziou Breiz-izel, II. ii, 177, 181, 184, 196.
Gwreans an bys, II. ii, 211.

Irische Texte, II. ii, 221-223, 242-245, 252-254.

La Villemarqué (de), II. ii, 177 (Cf. *Anciens Noels, Grand Mystère de Jésus*).
Le Braz, II. ii, 177. V. *Soniou.*
Luzel, II. ii, 177, 196 (Cf. *Gwerziou, Soniou*).

Mélodies populaires de Basse-Bretagne (Trente), II. ii, 177, 181, 184, 185, 197.
Mittelirishe Verslehren, II. ii, 217, 223-229, 230-235, 240, 242.

O'Molloy, II. ii, 217 note, 247; Appendice.

Pascon agan Arluth, II. ii, 204, 205, 206, 224.

Sainte Barbe (Vie de), II. ii, 177, 180, 181, 188, 189.
Sainte Nonne (Vie de), II. ii, 177-180, 182, 183, 187, 188, 199, 200.
Saltair na rann, II. ii, 223.
Soniou Breiz-izel, II. ii, 177, 184, 187.
Strachan, II. ii, 256 note 2.

Thurneysen, II. ii, 217 note, 256 note, 258 (Cf. *Mittelirische verslehren*).

Whitley Stokes, II. ii, 217, 238-239, 249, 250, 251 (Cf. *Pascon agan Arluth, Bewnans Meriasek, Gwreans an bys, Goidelica, Saltairna.renn*).
Windisch, II. ii, 217 note, 230, 236, 247, 252 (Cf. *Irische Texte*).

Zimmer, II. ii, 151, n. 1, 217 note.

TABLE DES MATIÈRES

LIVRE II (*suite*).

LIVRE III.

TOULOUSE. — IMP. A. CHAUVIN ET FILS, RUE DES SALENQUES, 28.

www.ingramcontent.com/pod-product-compliance
Lightning Source LLC
Chambersburg PA
CBHW050148030726
47505CB00005B/1283